Knaur.

W0196648

Knaur.

Über die Autorinnen:
Yasmine Galenorn, Lynda Hilburn und Kathryn Smith gehören zu den erfolgreichsten Autorinnen der Romantic Fantasy. In dieser exklusiv in Deutschland erscheinenden Anthologie werden das erste Mal ihre Kurzromane veröffentlicht.
Genauere Informationen über die Autorinnen finden Sie auf den Seiten 122, 188 und 300.

YASMINE GALENORN
LYNDA HILBURN
KATHRYN SMITH

SCHWESTERN DES BLUTES

KNAUR TASCHENBUCH VERLAG

Besuchen Sie uns im Internet:
www.knaur.de

Deutsche Erstausgabe Januar 2013
© 2013 für die deutschsprachige Ausgabe bei Knaur Taschenbuch.
Ein Unternehmen der Droemerschen Verlagsanstalt
Th. Knaur Nachf. GmbH & Co. KG, München
Die amerikanische Originalausgabe von
»Schwestern des Mondes: Hexensilber« erschien 2010 unter dem Titel
»Etched in Silver« (in: »Inked«) bei Berkley Books, New York
© 2010 Yasmine Galenorn
Published by arrangement with The Berkley Publishing Group,
a member of Penguin Group (USA) Inc.
Redaktion: Ralf Reiter
Die amerikanische Originalausgabe von
»Tagebuch einer selbstverliebten Vampirin« erschien 2010 unter dem Titel
»Diary of a Narcissistic Bloodsucker«
© 2010 Lynda Hilburn
Die amerikanische Originalausgabe von
»Die Schattenritter: Verheißung des Blutes« erschien 2008 unter dem Titel
»The Wedding Knight« (in: »Weddings from Hell«)
bei HarperCollins, New York
© 2008 Kathryn Smith
Published by arrangement with Avon,
an imprint of HarperCollins Publishers LLC
Alle Rechte vorbehalten. Das Werk darf – auch teilweise – nur mit
Genehmigung des Verlags wiedergegeben werden.
Umschlaggestaltung: ZERO Werbeagentur, München
Umschlagabbildung: © Agentur Holl / Tony Mauro
Satz: Adobe InDesign im Verlag
Druck und Bindung: CPI – Clausen & Bosse, Leck
Printed in Germany
ISBN 978-3-426-51126-8

2 4 5 3 1

Inhalt

YASMINE GALENORN

SCHWESTERN DES MONDES: HEXENSILBER

Das Leben ist nichts ohne Besessenheit.
John Waters

Wenn wir ohne Leidenschaft leben könnten,
würden wir vielleicht so etwas wie Frieden finden.
Aber wir wären hohl.
Leere Räume, muffig und finster.
Ohne Leidenschaft wären wir wahrhaftig tot.
Joss Whedon

1

*D*er Raum war eine Schattierung dunkler als die Nacht. Ich schob mich durch duftende Rauchwolken und unterdrückte ein Husten. Der Duft von schalem Wein und langsam faulenden Lotosblüten hing klebrig und überreif in der Luft. Lärm hallte durch den kaum beleuchteten Raum – von dem misstönenden Chor aus Flüstern und Lachen, betrunkenem Gesang und Streitereien an den Spieltischen bekam ich üble Kopfschmerzen. Ja, im Colleqiua steppte der Bär, und er trampelte dabei auf meinen Nerven herum. Ich hatte einen sehr langen, richtig üblen Tag hinter mir, und er war noch nicht vorbei. Normalerweise kam ich hierher, um mich ein bisschen zu amüsieren, aber heute Abend war ich beruflich unterwegs.

Die Opiumfresser von der harten Sorte waren zahlreich versammelt. Meine Nase zuckte. Sie stanken ungewaschen – nach dem Schweiß und Schmutz einer ganzen Woche – und waren auf Sex aus. Nein, das stimmt nicht ganz. Sie waren auf Geld aus, und das beschafften sie sich, indem sie einer Frau – oder auch einem Mann – alles gaben, was sie oder er wollte. In Anbetracht ihrer Lebensgewohnheiten legten sie vermutlich noch ein paar Extras umsonst obendrauf. Krankheiten, Läuse, Flöhe … lauter nette Kleinigkeiten, die ich mir gewiss nicht einfangen wollte.

Die hübschen Jungs saßen in Grüppchen dicht gedrängt um ihre Tische zusammen, nuckelten an Wasserpfeifen, tratschten und beäugten jeden, der zur Tür hereinkam. O ja, sie gierten nach Geld. Opium war ein teures Gut, und die Vorliebe unserer illustren Königin belebte den Handel. Sie diktierte den Verkäufern in der ganzen Stadt den Preis. Prostitution war eine einfache Möglichkeit, an die nächste Dosis zu kommen.

Manchmal fragte ich mich, was mich immer wieder in diesen Nachtclub zog, aber natürlich waren nicht alle wegen der Drogen hier. Ich hatte im Collequia schon einige Freunde und Liebhaber kennengelernt.

Ich ließ den Blick auf der Suche nach meiner Beute durch den Raum schweifen. Roche, der zu den Verschleierten Feen gehörte, wurde wegen Vergewaltigung und Mordes gesucht. Außerdem gehörte er zufällig der Garde Des'Estar an. Oder vielmehr *hatte* er ihr angehört, bis er auf die schiefe Bahn geraten war. Auf die ganz schiefe.

Als Lathe, mein Chef beim Y'Elestrischen Nachrichtendienst, mir den Fall übertragen hatte, war mir eines sonnenklar gewesen: Die glaubten, dass ich nicht den Hauch einer Chance hatte, den Kerl zu erwischen. Mir und meinen Schwestern gaben sie immer die Fälle, die als unlösbar galten. So konnten sie uns Unfähigkeit vorwerfen und selbst das Gesicht wahren, während wir einen weiteren Strich auf einer langen Liste verbockter Aufträge bekamen. *Camille D'Artigo, zu Ihren Diensten – auf dem raschen Aufstieg ins Nirgendwo.*

Ich wand mich an einem Tisch vorbei und ignorierte die Betrunkenen, die mir auf den Busen starrten. Humberfeen, ein ganzer Haufen – derb und ordinär. Das Glotzen konnte ich ihnen allerdings nicht verdenken. Schließlich hatte ich mich absichtlich aufgedonnert. Erstens stand Roche auf kurvenreiche Frauen, also setzte ich auf mein Aussehen, um ihn aus der Reserve zu locken. Und zweitens hatte ich schon auf eine Gelegenheit gewartet, mein neues Outfit auszuführen: eine eng anliegende, halb durchsichtige, purpurrote Bluse, ein dünner Rock mit einem Schlitz bis zum Ansatz meines Oberschenkels und ein silbriges, hauchzartes Höschen. Das machte Eindruck, keine Frage.

Wenn Männer mir also auf den Busen glotzten, gehörte das praktisch dazu, und über so etwas ging ich lachend hinweg. Die schweißnasse Hand jedoch, die meinen Hintern betatschte, fand ich nicht mehr witzig.

»Das geht einen Schritt zu weit, mein Junge.«

Der Mann rührte sich nicht und nahm auch nicht die Finger weg. »He, Kleine, lass mich mal ran. Ich kann ein paar tolle Tricks mit der Zunge, die musst du erleben.«

»Finger weg. Bei mir gibt's keinen Mitleidsfick.« Und auch kein Geld für Sex, und die Opiumfresser waren ja doch nur auf Geld aus, um sich die nächste Runde leisten zu können.

»Mitleid müsste man mit dir haben, wenn du dich *nicht* von mir ficken lässt.« Er schnaubte grunzend und kniff fester zu.

Mir wurde klar, dass ich aus der Sache wohl nicht rauskommen würde, ohne eine Szene zu machen. Ich schob das Bein durch den Rockschlitz vor, um ihm den Silberdolch zu zeigen, der an meinem Oberschenkel festgeschnallt war. »Nimm die Finger von meinem Hintern, sonst ramme ich dir das hier in die Hose, und dann wirst du deinen Schwanz nie wieder gebrauchen können. *Verstanden?*«

Seine Kumpane lachten, und er machte ein finsteres Gesicht, ließ mich aber los.

Ich beugte mich zu dem Tisch vor. »Hört mal, Jungs, ein paar von euch sind gar nicht übel. Zumindest wärt ihr halbwegs passabel, wenn eure Augen nicht so glasig wären und eure Zähne ein paar Schattierungen weißlicher. Nehmt euch mal zusammen, macht euch präsentabel und sucht euch Arbeit.«

Ohne Vorwarnung packte der Hinterngrabscher mein Handgelenk und drehte mir heftig den Arm herum. »Miststück. Wenn ich gute Ratschläge von einem Mischling hören will, frage ich schon danach.«

»Wie hast du mich genannt?« Ich kam nicht an mein Stilett heran – er hielt mein Handgelenk gepackt. Aber er stand dicht hinter mir und drückte sich an mich, also trat ich ihm energisch mit dem Absatz auf den Fuß. Er jaulte auf und ließ mich los. Sofort zückte ich meinen Dolch, während er seinen Stuhl beiseitestieß. Der Kerl war gut eins neunzig groß und muskulös, und ich brauchte all meinen Mut, um nicht zurückzuweichen. »Rühr mich noch ein einziges Mal an, und du wirst nie wieder eine Frau anfassen.«

»Dreckige Windwandlerin.« Er tastete ungeschickt nach seiner Waffe, doch seinen glasigen Augen nach zu schließen, hatte er so viel Opium intus, dass er das Heft seines Dolches nicht richtig greifen konnte. Aber ich kannte diesen Ausdruck in seinen Augen, und der war gefährlich. Junkies waren immer gefährlich. »Du solltest dankbar sein, dass dich überhaupt mal jemand beachtet …«

»Ich schlage vor, du entschuldigst dich auf der Stelle bei der Dame, außer du möchtest meine Klinge ganz aus der Nähe kennenlernen.«

Derjenige, der da sprach, stand hinter der Humberfee. Die Stimme war weich und kühl, wie Seide, die über Haut gleitet, und vibrierte auf eine Art in der Luft, die alle meine Sinne förmlich überrollte. Langsam wandte ich den Kopf.

Der umwerfendste Mann, den ich je gesehen hatte, stand mit einem gezahnten Dolch in der Hand da, dessen Spitze an den Rippen des Hinterngrabschers ruhte. Aber er sah den Humber nicht mal an, nein, er starrte mich an – und sein Blick war auf mein Gesicht gerichtet, nicht auf meine Brüste. Er hatte die kältesten blauen Augen, die ich je gesehen hatte. Eisblau. Gletscherblau. Blau wie ein frostiger Herbstmorgen. Sie bildeten einen starken Kontrast zu seiner onyxschwarzen Haut, genau wie das üppige, silbrige Haar, das ihm über den Rücken fiel und hier und da türkisblau schimmerte. Dieses Gesicht ... verdammt, war der *schön*. Er sah verboten gut aus. Die vornehm schmale Nase, diese prallen, üppigen Lippen.

Mir stockte der Atem. *Pack mich, küss mich, halt mich fest und hilf mir, alles zu vergessen.*

Der Humber blickte auf die Klinge hinab, dann hoch zu dem Mann, der sie ihm an die Rippen drückte, und Angst flackerte in seinen Augen auf. Er hob die Hände. »Schon gut, alles klar«, sagte er und setzte sich wieder hin. Er schluckte seine Wut herunter und fügte leise hinzu: »Bitte um Entschuldigung, Miss. Ich werde Sie nie wieder belästigen.«

Verblüfft über diese plötzliche Wandlung sah ich mich

nach dem Mann um, der den Riesen so eingeschüchtert hatte, doch er war verschwunden. Ich blinzelte und fragte mich, ob ich mir den ganzen Zwischenfall nur eingebildet hatte. Dann eilte ich an die Bar.

»Hat Perte dich belästigt?« Jahn, der Barkeeper, wischte die polierte Holzplatte vor mir ab. »Er ist eigentlich ganz harmlos, aber wenn er dringend Stoff braucht, kann man für nichts mehr garantieren. Seit ungefähr Sonnenuntergang bekommen sie von mir nichts mehr zu trinken. Die haben ihre Zeche von letzter Woche noch nicht bezahlt, also brauchen sie wahrscheinlich Geld.«

»Ich musste ihn beinahe meinen Dolch spüren lassen, aber dieser Mann … Irgendetwas an ihm hat dem Kerl Angst eingejagt, und er hat sofort damit aufgehört. Hat sich sogar entschuldigt.«

»Was für ein Mann?« Jahn griff nach der Weinbrandflasche. Doch ich schüttelte den Kopf.

»Keinen Weinbrand heute Abend.« Ich sah mich in der Bar um, konnte den Mann, der mir zu Hilfe gekommen war, aber nirgends entdecken. »Keine Ahnung, ich sehe ihn nicht mehr. Er ist einfach … wie aus dem Nichts aufgetaucht.« Mein Blick kehrte zu der Flasche in Jahns Hand zurück. »Mir ist heute nach Abwechslung. Bring mir irgendwas Exotischeres.«

Jahn grinste. »An dem Tag, an dem du *keine* vielfältigen Gelüste mehr hast, sperre ich den Laden zu. Was ist los, Camille? Harten Tag gehabt?«

»Harte Woche.« Ich zuckte mit den Schultern, fischte eine Handvoll Torado-Nüsse aus der Schale und steckte mir die salzigen Köstlichkeiten in den Mund.

In letzter Zeit bestand mein Leben irgendwie nur noch

aus schlechten Tagen, einer nach dem anderen. Mein Job war beschissen. Ich war beschissen in meinem Job. Mein Vater meckerte wieder ständig daran herum, wie ich den Haushalt führte. Verdammt, ich war eine Mondhexe, gehörte dem Zirkel der Mondmutter an, *und* ich arbeitete in Vollzeit für den YND. Zwischen meinen Aufträgen und den Zirkeltreffen und der Wilden Jagd, bei der ich mitlief, blieb mir kaum mehr Zeit zum Niesen, ganz zu schweigen davon, der Haushälterin zu helfen und daheim für Ordnung zu sorgen. Obendrein machte ich mir große Sorgen um meine Schwester Menolly und den neuen Auftrag, den man ihr zugewiesen hatte. Er war gefährlich – zu gefährlich, und ich hatte das scheußliche Gefühl, dass die es geradezu darauf anlegten, sie abstürzen zu lassen.

»Was ist denn passiert?« Jahn warf sich das Wischtuch über eine Schulter und rückte klirrend die Flaschen im Regal hinter der Bar herum. Schließlich hielt er eine klare Flasche mit einer schokobraunen Flüssigkeit hoch. »Hier, probier das mal. Kommt aus dem Nebelvuori-Gebirge.«

»Zwergenschnaps? Ist der nicht ein bisschen derb?«

Er lächelte. »Zwerge mögen im Bett und bei Tisch ziemlich krude sein, aber sie lieben guten Schnaps, also dürfte der hier weich und rund schmecken.«

Ich lachte zum ersten Mal seit Tagen. »Na dann, hinter die Kiemen«, sagte ich, stützte die Ellbogen auf den Tresen und sah mich um. Von Roche war immer noch nichts zu sehen. Er sollte doch *hier* sein. Mein Vorgesetzter hatte es mir praktisch garantiert. Und ich hatte eine knappe Zeitvorgabe – ich musste den Perversen finden, ehe er erneut zuschlug.

Jahn schüttelte den Kopf und schenkte mir in ein kleines, bauchiges Glas ein. »Du benutzt manchmal so seltsame Ausdrücke, Camille. Aber irgendwie passen sie zu dir.«

»Die habe ich meiner Mutter zu verdanken. Sie war menschlich, weißt du? Und sie hat ein paar Verbindungen zur Erdwelt beibehalten.« Und sie fehlte mir mehr, als Worte es beschreiben konnten. Seit ihrem Tod waren Jahre vergangen, aber ihr Verlust hatte eine klaffende Lücke in unserer Familie hinterlassen, die niemand füllen konnte.

»Ich erinnere mich an sie. Sie war eine schöne Frau, und sehr liebenswürdig. Was meinst du, wirst du mal die Erdwelt besuchen, wenn sie die Portale endlich für Reisende öffnen?« Jahn schob mir das Glas hin und stützte die Ellbogen auf die Theke. Sein Blick war warm und herzlich. Er war einer der wenigen Freunde, auf die ich mich verlassen konnte und dem meine Schwestern und ich wirklich am Herzen lagen.

Ich schnaubte. »Machst du Witze? Mann, ich komme schon in einer Welt kaum klar, von zweien ganz zu schweigen.« Doch ich schob den Gedanken nicht gleich beiseite. Vielleicht wäre das gar keine schlechte Idee. Die Welt zu sehen, aus der meine Mutter stammte, könnte mir helfen, einiges an ihr besser zu verstehen. Na ja, mir blieb noch eine ganze Weile Zeit, darüber nachzudenken. Das Projekt würde erst in ein paar Jahren abgeschlossen sein.

Jahn bedeutete mir, den Drink zu versuchen. Ich ließ eine Münze auf den Tresen fallen und sog den Duft ein, der aus dem Glas aufstieg. Das Aroma der Erntezeit stieg mir in die Nase, ein Geruch nach Moos und Bäumen und Steinkreisen.

»Bist du sicher, dass die Zwerge den gemacht haben?«

»Ich weiß. Ich war auch überrascht«, antwortete er. »Sie haben wohl irgendeine neue Destillationsmethode entdeckt oder so. Natürlich streng geheim. Koste mal. Du wirst überrascht sein.«

Ich führte das Glas an die Lippen und nippte. Ich schmeckte warmen Honig und Zimt und dann – einen Nachgeschmack von Galgant, Hafer und … *Kirmeth?* Diese Knospen hatten eine heftige Wirkung in Verbindung mit Alkohol.

Hustend wischte ich mir die Augen, wobei ich mich bemühte, das Kajal nicht zu verschmieren. »Holla, das ist um Längen besser als alles, was ich in letzter Zeit so getrunken habe. Schenk mir noch einen ein, bitte.«

Er füllte ein neues Glas und schob es mir hin. »Warum bist du denn so nervös? Du kommst schon die ganze Woche völlig angespannt hier rein. Es sieht so aus, als wärst du auf etwas Bestimmtes aus, und ich weiß, dass du bisher nicht gefunden hast, was du suchst.«

Er streckte die Hand aus und ergriff meine. Seine Haut war rauh, sein Gesicht vernarbt. Ich fragte mich, was für Kämpfe er in jüngeren Jahren ausgefochten haben mochte.

»Schätzchen, es ist kein Wunder, dass die Männer eine Scheißangst vor dir haben. Sie wollen dich, keine Frage, aber dieses Glitzern in deinen Augen sagt, dass du den nächsten Mann umbringen wirst, der dich auch nur schief ansieht.«

Ich kippte meinen Drink herunter, schob das Glas von mir und spielte mit dem Gedanken, noch einen zu trinken. So gern ich mich Jahn anvertraut hätte – ich durfte nicht. Agenten des YND verpflichteten sich durch einen Schwur zur Geheimhaltung gegenüber jedem Außenstehenden.

Obwohl Jahn schon vor meiner Geburt ein Freund meiner Eltern gewesen war, konnte ich ihm nichts verraten. Also log ich.

»Ärger zu Hause. Mein Vater regt sich mal wieder über den Garten auf. Meine Mutter hat diesen Garten geliebt. Aber ich habe keine Zeit, ihn so in Schuss zu halten, wie sie es getan hat, und ihren grünen Daumen habe ich auch nicht. Ich kann Kräuter ziehen – zumindest einige, für meine Magie. Aber eigentlich rede ich lieber mit ihnen, als ihr Beet zu pflegen.«

»Grüner Daumen?« Er sah mich verständnislos an.

»Mutter konnte Pflanzen wachsen lassen ... wie eine Kräuterkundige. Jedenfalls ist mein Vater deswegen sauer auf mich. Und ich mache mir Sorgen um Menolly.« Stirnrunzelnd verstummte ich. *Und nun zu einem anderen Thema, Freunde – meine Schwester, die der* YND *ständig in den gefährlichsten Fällen einsetzt. Das verdankt sie ihrer angeborenen Fähigkeit, sich überall hineinzuschleichen, an Mauern hochzuklettern und so weiter.*

»Was hat sie jetzt wieder angestellt?« Jahn wusste von Menollys Begabung, in Schwierigkeiten zu geraten.

»Es geht nicht darum, was sie getan hat, sondern ... Ach, das ist vertraulich. Sagen wir einfach, dass ich mir Sorgen wegen eines neuen Auftrags mache, den sie erhalten hat. Ich habe ein ganz mieses Gefühl bei dieser Mission, Jahn, aber da ist nichts zu machen. Wir können keine Aufträge ablehnen.«

Ich rutschte unbehaglich auf dem Barhocker hin und her. Schon seit Wochen hatte ich mir keinen Sex mehr gegönnt, außer mit meiner eigenen Hand. Ich hatte nicht mal eine anständige Verabredung gehabt. Der letzte Kerl hatte einen Rückzieher gemacht, als er erfahren hatte, dass ich halb menschlich war. Intoleranter Idiot.

Jahn bemerkte meine Unruhe. Er beugte sich vor und flüsterte: »Ich dachte mir schon, dass du deshalb so nervös bist. Komm mit zu mir nach Hause, Süße. Ich würde es auf der Stelle mit dir treiben, wenn du mich lässt.«

Das tat weh. Nicht die Tatsache, dass Jahn mich überhaupt so sah. Eigentlich war ich sogar geschmeichelt, denn er war ein weltgewandter Mann, der in seinen wechselhaften Jahren als Fischer auf dem Wyvernmeer viel herumgekommen war.

Nein, es tat weh, dass ich hier herumsaß, jung, ungebunden, hübsch – zumindest hörte ich das öfter –, einigermaßen intelligent, fleißig und willig … und sich seit über drei Monaten niemand mehr für mich interessiert hatte. Na ja, zumindest niemand, den ich attraktiv gefunden hätte. Die Rasse spielte da keine Rolle. Vor ein paar Jahren war ich mal mit einem Zwerg zusammen gewesen, auch schon mit einem Riesen und sogar mit einem Elf. Aber in letzter Zeit kam ich mir vor wie als Unberührbare abgestempelt.

Ich starrte den Barkeeper an und dachte über sein Angebot nach. Roche war nicht da, also konnte ich die Jagd für heute gleich aufgeben. Eine Affäre mit Jahn war vielleicht genau das, was ich brauchte. Er sah auf rauhe Weise gut aus und wusste zweifellos seine Hände zu gebrauchen – und alles andere auch. Aber er war schon seit Jahren scharf auf mich, und irgendwie fand ich es ein bisschen unheimlich, mit einem Freund meines Vaters zu schlafen. Abgesehen davon, dass Vater kochen würde vor Wut. Man treibt es einfach nicht mit der Tochter eines alten Freundes.

Jahn beugte sich neben meinem Drink über die polierte Mahagoni-Theke. »Du wirst mehr als nur befriedigt nach Hause gehen.«

Langsam streckte ich die Hand aus und strich mit den Fingern leicht über seinen Handrücken. »Ich fühle mich sehr geschmeichelt. Ich weiß, wie viele schöne Frauen du hier tagtäglich siehst. Aber ich …«

»Warte. Lass es dir noch mal durch den Kopf gehen«, sagte Jahn und zog langsam seine Hand zurück. »Ich besorge es dir, wie es dir noch nie jemand besorgt hat.«

Er wandte sich einem anderen Gast zu, und ich blieb sitzen und spielte an meinem Glas herum. Ich war so angespannt, so scharf, aber aus irgendeinem Grund fühlte es sich nicht richtig an, auf Jahns Vorschlag einzugehen.

»Ich glaube nicht, dass ich das kann«, flüsterte ich und starrte in mein Glas.

»Du kannst alles, was du dir vornimmst.« Diese Stimme – Seide auf Satin. Wieder ließ mich ihr Klang erzittern.

Mein Blick schoss nach rechts. Tatsächlich, da war er wieder, dieser wunderschöne Mann. »Und wer bist du, dass du dich in meine Überlegungen einmischst? Und in meine Kämpfe?«

Er zog eine Augenbraue hoch und gab Jahn einen Wink, der eben zu mir zurückkehrte. Sein Gesicht verfinsterte sich.

»Sonyun-Weinbrand. Über einer kleinen Flamme gewärmt, bitte.« Der Mann ließ eine Handvoll Münzen auf den Tresen fallen und fügte hinzu: »Und noch einen Drink für die Lady.«

Ich wollte protestieren, doch ein weiterer Blick in diese himmelblauen Augen brachte mich zum Schweigen.

»Ich nehme an, du bist heute Abend allein hier?«, fragte er und wandte sich mir wieder zu.

Und da sah ich es – das feurige Funkeln, eine Spur von Magie. Der Mann troff von betörendem Charme wie ein Bienenbaum von Honig.

Er war kein Magier, auch kein Zauberer. Ein Hexer? Nein, diese Magie würde ich spüren. Er sah auch nicht nach Hochadel aus. Manchmal trieb sich der höfische Adel in den Nachtclubs herum, um was Hübsches aufzugabeln und nach Belieben wieder fallen zu lassen. Ich konnte ihn einfach nicht einordnen, aber er machte mich neugierig. Ich beschloss, die Herausforderung anzunehmen. Das Bluffen hatte ich von den Besten gelernt.

Jahn brummte gereizt und ging zum Herd, um den Weinbrand zu erwärmen. Da fiel mir plötzlich sein Angebot wieder ein. Verdammt, ich benahm mich sehr unhöflich – dabei war er so ein netter Kerl. Aber den Mann, der neben mir saß, konnte ich ebenso wenig ignorieren wie das Kribbeln zwischen meinen Schenkeln.

Ich rutschte auf dem Barhocker herum. »Ob ich allein hier bin? Das kommt immer darauf an, wer fragt. Und du hast meine Frage noch nicht beantwortet.«

Der Mann grinste anzüglich. »Nein, habe ich nicht. Betrachte es als kleine Übung in Geduld, die du offenbar bitter nötig hast, so wie du auf diesem Hocker herumzappelst.«

Mit flammenden Wangen knallte ich mein Glas auf den Tresen und stand auf. Dann beugte ich mich vor und flüsterte: »Du spielst vielleicht gern mit Muschis, aber an meine kommst du nicht ran. Dafür müsstest du mir schon einen verdammt guten Grund geben.«

Als ich mich der Tür zuwandte, hielt er mich mit zwei Fingern am Arm zurück. Er hielt mich nicht fest, sondern berührte mich nur leicht. Ein Beben rieselte durch meinen ganzen Körper. Ich hielt mich an der Theke fest, um nicht umzukippen, und er schob sich hinter mich und legte eine Hand an meine Hüfte. Mit ganz leichtem Druck strich er meine Taille empor.

»Du willst doch nicht schon gehen, meine Schöne?«, flüsterte er dicht an meinem Ohr. »Dabei habe ich gerade angefangen, den Abend zu genießen. Ich lerne selten Frauen kennen, die sich so behaupten können. Hoffentlich nimmst du es mir nicht übel, dass ich mich vorhin in dein kleines Tête-à-tête eingemischt habe. Ich bezweifle keineswegs, dass du allein mit diesem Idioten fertig geworden wärst, aber ich kann Rüpel einfach nicht ertragen. Sie beleidigen meine Sinne.«

Sein Atem strich über meinen Nacken, und ich presste die Oberschenkel zusammen. Mir waren schon reichlich umwerfend aussehende Männer begegnet – verdammt, ich war ja selbst zur Hälfte Fee und wusste meinen Glamour zu nutzen, aber das hier war mehr als Feencharme. Das hier fühlte sich an, als würde ich von einer Flutwelle des Begehrens aufs offene Meer hinausgerissen. Am liebsten hätte ich mich auf der Stelle ausgezogen und ihn mir auf die Bartheke gelegt.

»Camille? Kann ich dich einen Moment sprechen? *Allein.*« Jahn stellte ein Glas Weinbrand auf den Tresen. »Hier ist Euer Drink. Wie wäre es, wenn Ihr die Dame jetzt loslasst?«

Ohne einen Augenblick zu zögern, erwiderte der dunkle Mann: »Kümmert Euch um Eure eigenen Angelegenheiten. Sie ist eine erwachsene Frau. Sie wird es mir schon sagen, wenn sie von mir in Ruhe gelassen werden möchte.«

Ich rührte mich nicht.

»Camille, *bitte,* ich muss mit dir sprechen.« Jahn warf mir einen gequälten Blick zu, und ich setzte mich widerstrebend in Bewegung. Wie durch dichten Nebel folgte ich ihm zum Ende des Tresens.

»Das ist der Mann, der mir vorhin geholfen hat. Kennst du ihn?«

»Na großartig.« Jahn sah mich mit schmalen Augen an. »Ich weiß nicht, wie er heißt, aber er ist ein Svartaner. Du weißt ja sicher, was das bedeutet, Mädchen.«

Ich runzelte die Stirn und überlegte, und dann dämmerte mir etwas. Ein *Svartaner* … Die gehörten zu den Betörenden Feen und waren von Natur aus ebenso gerissen wie erotisch. So raubtierhaft wie charmant.

»Das war mir nicht klar …« Ich warf einen Blick hinüber zu dem Mann, der sein Glas zum Gruß erhob und dann genüsslich und langsam daraus trank.

Jahn stöhnte. »Mädchen, versprich mir, dass du nicht mit ihm schlafen wirst. Bitte, tu es nicht. Wenn du schon mit *mir* nicht schlafen willst, dann lass dich wenigstens nicht mit einem von denen ein, um aller Götter Liebe willen.«

Ich hörte ihm zu. Ja, wirklich. Doch die ganze Zeit über konnte ich den Blick nicht von dem Svartaner losreißen. Schließlich stieß ich ein leises Seufzen aus. Roche war nicht hier, und er würde auch nicht mehr kommen. Nicht heute Nacht. Wieder ein Schuss ins Blaue. Ein weiteres dickes Minus in meiner Akte.

»Ich mache wohl besser Schluss für heute«, sagte ich niedergeschlagen. »Danke für alles, Jahn.«

Als ich meine Handtasche an mich nahm und mich zum Gehen wandte, wurde mir allerdings klar, dass ich es nicht einfach dabei belassen konnte. Ich spürte Jahns missbilligenden Blick im Rücken, als ich wieder zu dem Svartaner ging und ihm entschlossen eine Hand auf den Arm legte.

Er schaute auf meine Hand hinab und sah mir dann in die Augen. »Ja?«

»Camille te Maria. Ich bin öfter hier. Nächstes Mal – und ich nehme doch an, dass es ein nächstes Mal geben wird – frag erst, ehe du dich einmischst!« Ich stolzierte zum Vorhang vor dem Ausgang, hielt dann noch einmal inne und rief über die Schulter zurück: »Vergiss nicht, dass du mir noch deinen Namen schuldest, Fremder!«

Als ich schwungvoll zur Tür hinausging, konnte ich spüren, dass er mir nachschaute. Aber ich sah mich nicht noch einmal um.

»Was weißt du über die Svartaner?«, fragte ich meinen Vater am selben Abend nach dem Essen.

Sephreh ob Tanu polierte gerade sein Paradeschwert. Er riss den Kopf hoch und sah mich mit gerunzelter Stirn und besorgtem Blick an. Seine Augen waren so violett wie meine, und auch sein Haar hatte dieselbe Farbe – rabenschwarz –, doch er trug es zu einem schulterlangen Zopf geflochten. Ich kam eindeutig nach ihm. Meine Schwester Delilah schlug eher nach unserer Mutter, goldblond und stets leicht gebräunt, und Menolly … tja, niemand wusste so recht, von wem sie ihre kupferroten Locken geerbt haben könnte.

»Was hast du jetzt wieder angestellt?« Er klang ja *sooo* erfreut.

Ich zuckte mit den Schultern. Vater war von Natur aus argwöhnisch. Ich musste die Sache vorsichtig angehen, denn ich hörte schon das Donnerwetter, das sich in seiner Stimme zusammenbraute.

»Ich habe vorhin im Club einen gesehen.« Mit etwas Glück würde Jahn Vater nichts von meiner Begegnung mit dieser geheimnisvollen, dunklen und gefährlichen Verlockung erzählen. Er würde hoffentlich den Mund halten, weil er fürchten musste, dass ich dann sein besonderes Angebot erwähnen würde, und wir beide kannten meinen Vater gut genug, um zu wissen, wie er *das* aufnehmen würde. Man schläft nicht mit der Tochter eines alten Freundes. Jedenfalls nicht ohne dessen Erlaubnis.

Mit einem Blick, der ausdrückte *Ich weiß, dass du etwas im Schilde führst – ich weiß nur nicht, was*, schüttelte Vater den Kopf. »Halt dich bloß von ihm fern. Die Svartaner sind ein Haufen Perverse. Du weißt doch, dass die Stadt Svartalfheim in den Unterirdischen Reichen liegt.«

»Ich habe gehört, dass die ganze Stadt angeblich zurück in die Anderwelt übersiedeln soll.«

»Na *großartig*. Das fehlte gerade noch. Wenn sie das tatsächlich tun, bringen sie garantiert eine Horde Dämonen mit hierher.«

»Die Dämonen können nicht durch die Portale«, entgegnete ich. »Die sind ihnen versperrt.«

»Sagt man, ja. Aber ich bin da nicht so sicher.« Er brummte unwillig und räusperte sich dann. »Deine Schwester Delilah muss endlich anfangen, sich wie eine Dame zu kleiden, wenigstens, wenn eure Tante Olanda zu

Besuch kommt. Geh du mit ihr einkaufen. Ich bitte dich, hol sie aus ihren Hosen und Tuniken heraus.« Er musterte mich flüchtig. »Du machst es richtig. Menolly auch. Aber …«

»Delilah ist ein Wildfang, das weißt du genau«, erwiderte ich lachend. »Diese neuen Kleider wird sie höchstens ein paar Tage lang tragen und dann nie wieder. Aber gut, ich kümmere mich darum.«

Vater legte sein Schwert beiseite, lehnte sich auf dem Stuhl zurück und schlug das rechte Bein über. Er war ein gutaussehender Mann, scheinbar kaum älter als wir drei. Als reinblütiger Sidhe würde er viel langsamer altern als wir, bis zu dem Tag, da wir den Nektar des Lebens tranken. Aber das würde noch eine Weile dauern. Noch war es uns verboten, den Trank anzurühren.

Es wunderte mich nicht, dass Mutter um seinetwillen die Erdwelt verlassen hatte und ihm hierher gefolgt war. Sie hatte sich in ihn verliebt, ehe er sie zum ersten Mal geküsst und ihr seine Liebe gestanden hatte, und die beiden hatten einander treu und hingebungsvoll geliebt bis zum tragischen Ende.

»Camille, ich wollte etwas mit dir besprechen.« Sephreh wirkte ein wenig verlegen. »Deine Mutter hat in der Erdwelt für euch vorgesorgt. Ihr werdet dort gut zurechtkommen, falls es je nötig sein sollte. Aber hier … Nun, ich habe für euch drei beiseitegelegt, was ich konnte, aber es ist nicht viel.«

Ich runzelte die Stirn. »Was soll das heißen? Du bist doch nicht etwa krank, oder?« Ich kniete mich vor ihn hin und schmiegte den Kopf an sein Knie, gepackt von einer plötzlichen Angst. Wir durften ihn nicht auch noch verlieren.

Er schüttelte den Kopf und strich mir übers Haar. »Nein, ich bin nicht krank. Ich beziehe mich darauf, dass Mädchen in deinem Alter normalerweise anfangen, ans Heiraten zu denken und an alles, was dazugehört – Sicherheit, einen Titel, ein angenehmes, komfortables Leben. Ich weiß nur nicht recht …«

»Wie das bei uns werden soll?« Er verzog unwillkürlich das Gesicht, und mir war sofort klar, was ihm zu schaffen machte. »Du fürchtest also, dass wir keinen Ehemann finden werden? Dass mich niemand haben will, weil ich ein Halbblut bin?«

Er sprang auf, packte mich bei den Schultern und zog mich auf die Füße. Er hob mein Kinn an und starrte mir mit funkelndem Blick in die Augen. »*So darfst du dich nie bezeichnen.* Erniedrige dich nicht selbst, niemals! Du bist halb menschlich. Deine *Mutter* war ein Mensch, und sie war die wunderbarste Frau der Welt. Beider Welten. Du darfst dich deiner Abstammung nicht schämen. Ich schäme mich nicht für dich oder deine Schwestern. *Ich* bin stolz auf euch drei, und ich weiß, dass ihr euer Bestes tut, damit ich auch weiterhin stolz auf euch sein kann. Hast du das verstanden?«

Erschüttert nickte ich. »Es tut mir leid. Ich wollte damit nicht sagen … Ich meine, wenn jemand sich an unserer Abstammung stört, kann er sich ins Knie ficken. Keine von uns wird jemals einen scheinheiligen Mann heiraten. Abgesehen davon will ich überhaupt nicht heiraten. Dazu ist mir meine Freiheit zu kostbar.« Ich bemühte mich, seine Sorgen mit einem Lächeln zu zerstreuen.

Vater sah mir forschend in die Augen. Dann lachte er und küsste mich auf den Kopf. »Du kommst wirklich nach mir, Mädchen«, sagte er und wandte sich wieder seinem silbernen Schwert zu. »Sex ist dir fast wichtiger als das Atmen. Manchmal wünschte ich allerdings, du wärst mehr wie deine Mutter, so wie Delilah. Ich glaube, sie wird es im Leben leichter haben als du. Und Menolly ... da kann ich nicht einmal raten.«

Ich wollte ihn gerade fragen, ob er je daran gedacht hatte, sich wieder zu verheiraten, doch ich biss mir auf die Zunge. Manche Gedanken waren immer noch zu schmerzlich.

2

Am nächsten Tag machten Menolly, Delilah und ich uns gemeinsam auf den Weg zur Arbeit. Delilah war ein paar Jahre jünger als ich und trug das hüftlange Haar zum Pferdeschwanz gebunden. Sie war groß – etwas über eins achtzig – und so durchtrainiert, dass ich mir neben ihr schwächlich vorkam. Als wahrhaftiger Wildfang verbrachte sie so viel Zeit damit, auf Bäume zu klettern, wie ich in allen möglichen Geschäften. Zudem war sie eine Werkatze, und ihr jaulendes Miauen konnte Tote wecken, vor allem in den Nächten vor dem Vollmond.

Menolly hingegen reichte mir knapp bis an die Nase mit ihrer kupferroten, über schulterlangen Lockenmähne. Sie war sehr zierlich, die vollkommene Akrobatin. Na ja, beinahe vollkommen. Dank unserer halb menschlichen Abstammung hatten wir alle gewisse Probleme.

Meine Magie versagte manchmal völlig unerwartet, und wenn dann etwas schiefging, war das meistens schmerzhaft und peinlich. Menolly konnte auf einem Drahtseil auf Zehenspitzen balancieren, aber ein kleiner Kurzschluss, und sie stolperte auf den Stufen vor dem Haus. Und Delilah konnte ihre Verwandlung in ein Tigerkätzchen nicht immer kontrollieren.

Wir waren nicht gerade die besten Mitarbeiter des

Y'Elestrischen Nachrichtendienstes, aber niemand konnte uns einen Mangel an Loyalität oder Einsatzbereitschaft vorwerfen. Unser Vater war Hauptmann der Garde Des'Estar. Und wir hatten uns beim YND verpflichtet, damit er stolz auf uns sein konnte.

Die YND-Zentrale befand sich im Palast. Ich zuckte jedes Mal innerlich zusammen, wenn ich dieses völlig überladene Ungetüm von einer Bausünde sah. Die Architektur an sich war wunderschön, aber nach den Wünschen unserer Königin ausstaffiert, wirkte das Ganze geschmacklos und billig.

Türmchen ragten in den Himmel auf, an deren Spitzen die Flaggen von Y'Elestrial und Königin Lethesanar flatterten. Fünf prunkvolle Treppen führten zu den mächtigen Türflügeln hinauf, bewacht von Männern, die stark genug waren, um einem Goblin mit bloßen Händen den Kopf zu zerquetschen. Zusätzlich waren dort Magi postiert, die nach magischen Eindringlingen Ausschau hielten.

Wir zeigten unsere Ausweise vor und eilten dann durch das Portal und zu dem Flügel, der dem YND vorbehalten war. Schreiber und Beamte mit Unterlagen, Schriftrollen und Büchern auf den Armen hetzten hierhin und dorthin. Ab und zu eilte ein anderer Agent an uns vorbei und winkte uns flüchtig zu. Wir drängten uns in den kleinen Besprechungsraum, um unsere Memos und Tagesbefehle abzuholen.

Menolly verzog das Gesicht, als ihr ein einziges Blatt Papier gereicht wurde. »Wusste ich es doch. Verdammt, warum kriegen die nicht endlich den Arsch hoch und gewähren mir Unterstützung?« Sie vergewisserte sich mit einem raschen Blick, dass niemand in Hörweite war.

»Das Flüstern kannst du dir sparen«, entgegnete ich schnaubend. »Wir werden sowieso belauscht. Hier wimmelt es nur so von Spionen, und ich zweifle nicht daran, dass unsere Vorgesetzten jedes Wort hören können, das wir sagen. Dein Gemaule von heute ist die Peitsche von morgen.« Ich warf einen Blick auf mein eigenes Auftragsblatt. »Scheiße.«

»Was ist denn?«, fragte Delilah.

»Mein Vorgesetzter will mich sprechen. Schon wieder.« Ich knüllte das Blatt zusammen.

Menolly schüttelte den Kopf. »Immer noch besser als mein Tagesplan. Ich soll mich mitten ins Nest des Elwing-Blutclans hineinschleichen. Das schiebe ich schon eine Weile vor mir her in der Hoffnung, dass die mir ein bisschen Unterstützung mitgeben. Der verdammte Auftrag ist einfach zu gefährlich, um ihn sich allein vorzunehmen. Ich kann sie wohl noch zwei Wochen hinhalten, indem ich behaupte, ich müsste erst weitere Nachforschungen anstellen, aber danach … gehe ich entweder in die Höhle des Löwen, oder ich kann kündigen.«

»Vielleicht meinen die, dass du einfach die Beste für diesen Auftrag bist«, sagte Delilah so optimistisch wie immer.

»Darauf würde ich nicht wetten«, brummte ich. »Ich habe das Gefühl, die wollen uns absichtlich scheitern lassen. Ihr wisst schon – indem sie uns zwingen, so gewaltigen Mist zu bauen, dass sie uns dafür feuern können. Dann könnten wir keine Beschwerde dagegen einlegen.«

»Glaubst du wirklich, dass die uns loswerden wollen?«, fragte Delilah.

Ich zuckte mit den Schultern. »Kann sein. Fest steht jedenfalls, dass ich einen beschissenen Auftrag zugewiesen bekommen habe. Ich soll Roche finden, aber die liefern mir nur falsche Spuren. Wenn ich ihn nicht bald habe, werden sie mir einen weiteren Fehlschlag ankreiden und sich des Problems entledigen.«

»Meinst du nicht, dass sie ein Auge zudrücken werden, weil er ein ehemaliger Gardist ist? Mutter hat so etwas immer als Klüngel bezeichnet.« Menolly war sogar noch zynischer als ich.

»Keine Ahnung«, antwortete ich. Als wir in den Flur abbogen, der zur Abteilung Sonderermittlungen führte, blieb ich stehen. »Schaut mal – was ist denn das?«

Ein ungenutzter Teil des Palastflügels wurde gerade neu eingerichtet – Möbelpacker trugen Schreibtische und Stühle und einen interessanten Vorrat magischer Instrumente hinein. Auf der Tafel an der Wand neben der Zugangstür stand »AND«.

»Was zum Teufel ist denn ein AND?«, fragte ich.

»Weiß ich auch nicht«, erwiderte Menolly und strich sich das Haar hinter die Ohren. »Ich weiß nur, dass ich beim Frühstück nicht genug zu essen bekommen habe. Sobald wir hier fertig sind, fahre ich runter zum Naori Clipper und hole mir eine dicke Fischsuppe mit Brot.«

Ich erreichte mein Ziel und pustete meinen Schwestern eine Kusshand zu. »Seid schön brav. Wir sehen uns beim Abendessen. Falls ihr vor mir zu Hause seid, richtet der Köchin aus, dass sie schon mal mit den Brathähnchen anfangen soll.« Sie winkten mir nach, als ich die Tür öffnete und in Lathes Büro schlüpfte.

Mein Vorgesetzter war jünger als ich und hatte mich auf dem Kieker, weil ich mich weigerte, mit ihm ins Bett zu steigen. Er war zwar ganz süß, aber Arbeit und Sex ließen sich einfach nicht gut vereinbaren, und außerdem hatte ich einiges über seine sonderbaren Vorlieben gehört. Ich stand ja auf schräge Sachen, aber nicht auf Schmerz und Demütigung. Er hingegen offenbar auf beides. Also wich ich seinen Avancen so geschickt wie möglich aus, und er gab mir immer die beschissensten Aufträge. Irgendwann würde ich ihm eine überbraten, aber damit würde ich ein Donnerwetter lostreten, dem ich mich im Augenblick nicht gewachsen fühlte.

»Was zum Teufel soll das?«, fragte ich, kaum dass ich durch die Tür marschiert war. Er hatte sich auf seinem Sessel zurückgelehnt und die Füße auf den Tisch aus Walnussholz gelegt. Wie immer war er makellos gekleidet. Er sah mich mit schmalen Augen an, ließ langsam die Füße vom Tisch sinken und bedeutete mir, ihm gegenüber Platz zu nehmen.

»Hast du Roche schon gefunden?« Er machte sich über mich lustig. Er wusste genau, dass ich ihn nicht gefunden hatte und das ohne offizielle Unterstützung auch nicht schaffen würde.

»Roche hat immer noch Freunde in der Garde Des'Estar, die keine Skrupel haben, ihm zu helfen, trotz der Verbrechen, die er begangen hat. Nach allem, was ich weiß, könntest du selbst daran beteiligt sein, diese Scheinermittlungen ins Leere laufen zu lassen.« Ich sah ihn mit schmalen Augen an und fragte mich, wie weit ich gehen konnte, ehe er ausrastete. Das war mir zwar im Grunde egal, aber ich wollte Vater nicht enttäuschen, indem ich gefeuert wurde.

Lathe schlenderte um seinen Schreibtisch herum und schloss die Tür zum Flur. Dann trat er hinter meinen Stuhl, und ich spürte eine Hand auf meiner Schulter. Sanfte Finger massierten sich unter die Träger meines Bustiers.

»Das Leben könnte so viel einfacher sein, wenn du endlich ein wenig Kompromissbereitschaft lernen würdest«, flüsterte er und küsste mich in den Nacken. Ich versuchte ihn abzuschütteln, doch er hielt mich nun an beiden Schultern fest und drückte so fest zu, dass es weh tat. »Dann könntest du es im Nachrichtendienst weit bringen, und ich wäre ein sehr nützlicher Verbündeter für dich.«

»Das soll wohl ein Witz sein? Und meine Abstammung ist dir genau so lange egal, wie ich hübsch die Beine breitmache, richtig?«

»Kleines Mädchen, du hast noch viel zu lernen«, raunte er und knabberte an meinem Ohr. »Ich werde keiner Versetzung, Beförderung oder sonst irgendetwas zustimmen, bis du gelernt hast, zu kooperieren. Und mit ›kooperieren‹ meine ich *mir den Schwanz lutschen.* Verstanden?«

Ich starrte mit flammenden Wangen zu Boden. Ich liebte Sex, aber er wollte mich dazu zwingen. Das würde ich mir nicht gefallen lassen. Abgesehen davon hielt ich Beruf und Vergnügen streng getrennt. Vater hat uns dazu erzogen, stolz auf unsere Arbeit zu sein und stets unser Bestes zu geben – nicht dazu, uns hochzuschlafen.

Energisch schüttelte ich Lathes Hände ab, stand auf und drehte mich langsam zu ihm um.

»Ich habe da eine Idee.« Ich drückte ihm den Zeigefinger an die Brust. »Wie wäre es, wenn du dir in einer der einschlägigen Kaschemmen eine Hure suchst? Da findest du bestimmt eine, die bereit ist, sich von dir in den Arsch ficken oder grün und blau prügeln zu lassen, wenn du ihr nur genug dafür bezahlst. *Ich ganz sicher nicht.*«

»Du hast gerade dein Schicksal besiegelt, meine Hübsche«, erwiderte er mit funkelnden Augen. Einen Moment lang war ich sicher, dass er mich auf der Stelle feuern oder mit einem Blitz erschlagen würde – er war ein sehr fähiger Magus. Doch stattdessen kehrte er an seinen Platz hinter dem Schreibtisch zurück.

»Entweder findest du Roche binnen einer Woche, oder ich statuiere ein Exempel an dir, und zwar vor dem gesamten Nachrichtendienst. Das wird so peinlich für dich, dass du es nicht wagen wirst, noch irgendwem ins Gesicht zu sehen, wenn ich mit dir fertig bin.«

Ich stemmte die Handflächen auf seinen Schreibtisch. »Ich finde Roche, darauf kannst du wetten. Aber täusch dich nicht – ich tue das nicht aus Angst vor dir. Ich werde ihn mir schnappen, weil er ein Perverser und ein Mörder ist.« Und weil ich eben nicht nur meines Vaters, sondern auch meiner Mutter Tochter war, fügte ich noch hinzu: »Also pack deinen mickrigen kleinen Schwanz wieder ein und wedle mir nie wieder damit vor dem Gesicht herum!«

Als ich die Tür hinter mir zuknallte, war mir klar, dass ich mir gerade einen der ärgsten Feinde in meinem Leben geschaffen hatte.

Ich verließ den Palast und ging schnurstracks ins Collequia. Ich brauchte Hilfe, und ich wusste, wohin ich mich wenden musste, um sie zu bekommen. Jahn konnte einfach jeden auftreiben, den man so brauchte, bis hin zu Spionen, Magiern und Sehern. Bisher hatte ich niemanden außerhalb der Behörde um Hilfe gebeten, weil wir unter Schweigepflicht standen, aber darauf pfiff ich jetzt mal. Lathe hatte es zu weit getrieben.

Jahn stand hinter dem Tresen und packte Einzelportionen Opium und Kysa ab – die Billigversion der wahren Droge. Als ich eintrat, blickte er auf.

»Du bist ja früh dran, Mädchen. Ist etwas passiert?«

»Mein Dreckskerl von einem Vorgesetzten, der ist passiert. Hast du da hinten irgendetwas zu essen?« Es war viel zu früh für einen Drink, und mir knurrte der Magen.

»Wenn dir Nussbrot und Käse genügen?«

Ich nickte, und er zog ein Holztablett unter dem Tresen hervor. Darauf lagen ein Nussbrot und ein kleiner Laib Käse.

Er schob mir ein Messer hin. »Bedien dich! Das ist eigentlich mein Mittagessen, aber ich kann mir noch etwas anderes besorgen.«

Ich schnitt mir eine dicke Scheibe von dem frischen Brot ab und sog tief den Duft von Haselnüssen ein, der mir warm entgegendampfte. Auch von dem weichen Käse schnitt ich etwas ab und strich ihn auf das Brot. Ich biss ab und genoss den süßlichen Geschmack des köstlichen Nussteigs.

»Gut.« Ich leckte mir die Finger ab. »Wer hat das gebacken? Deine Frau?«

Jahn schüttelte den Kopf. »Nein, sie wohnt schon seit einem Mondlauf bei ihrem Liebhaber. Ich weiß nicht, wann sie zurückkommen wird – wenn sie denn überhaupt zurückkommt. Ich glaube, sie steht auf Gecken. Der Kerl ist Schneider, habe ich dir das schon erzählt?«

Schneider? Ich konnte mir nicht vorstellen, welche Frau Jahn um eines Schneiders willen verlassen würde. Andererseits hatten die sicher sehr geschickte Finger, und vielleicht hatten die schwieligen Hände des Nachtclubwirts in dieser Hinsicht etwas vermissen lassen.

»Ich gebe dir gern das Rezept, wenn du möchtest«, fügte er hinzu.

»Da würde sich unsere Köchin sicher freuen«, sagte ich und schleckte immer noch an meinen Fingern. »Ich brauche deine Hilfe.«

Er blickte scharf auf und schob die Drogen beiseite. »Was ist los?«

»Ich muss jemanden aufspüren, und zwar so schnell wie möglich. Er ist gefährlich. Er hat der Garde angehört, wurde aber rausgeworfen, und angeblich hat man ihn ein paarmal hier gesehen.« Ich zögerte und fügte dann hinzu: »Meine Stelle steht auf dem Spiel. Wenn ich diesen Irren nicht finde, wird mein Vorgesetzter mich öffentlich demütigen, sofern ich nicht für ihn die Beine breitmache. Und *das* wäre eine wesentlich schlimmere Strafe.«

Jahn gab ein Brummen von sich und nickte. »Wie heißt der Kerl, und was hat er verbrochen?«

»Roche. Roche ob Vanu. Er gehörte, wie gesagt, der Garde Des'Estar an, bis er seine Frau, ihren Bruder und dazu noch ein paar völlig unbeteiligte Leute ermordet hat. Er läuft geradezu Amok. Bisher hat er fünf Frauen vergewaltigt und vier davon anschließend umgebracht. Wir wissen, dass er es war, weil seine magische Signatur überall an diesen Fällen klebt.« Ich runzelte nachdenklich die Stirn und fragte dann: »Hättest du eine Schüssel Wasser für mich?«

»Ja, Augenblick.« Jahn verschwand im Hinterzimmer und kehrte gleich darauf mit einer silbernen Schale zurück.

Ich blickte mich in der Bar um. So früh am Vormittag war der Laden beinahe leer. Ich zog die Schale zu mir hin und hauchte sacht auf das Wasser darin. Die Energie der Mondmutter nahm in mir Spannung auf, und ich lockte sie weiter hervor, bis sie an meinem Rückgrat emporstieg. Wie ein Strom aus flüssig-heißem Silber breitete sie sich durch meinen Körper aus und kreiste um die Tätowierung auf meinem Schulterblatt. Wieder atmete ich langsam aus, und ein schillernder Dunstschleier legte sich über das Wasser in der Schale wie dichter Nebel auf dem See.

Jahn schnappte hörbar nach Luft, sagte aber nichts.

Ich blickte kurz zu ihm auf, schaute dann wieder in die Schale, ließ die Hand auf den Dunstschleier hinabsinken und flüsterte leise: »Nebel der Berge, zeig mir den, den ich suche. Nebel im Mondschein, zeig mir sein Gesicht. Mondmutter, verleih mir die Macht zu sehen.«

Und dann teilte sich der Nebel, zog sich an die Ränder der Schale zurück, und – da im Wasser zeigte sich das Gesicht des Mannes, den ich suchte. Roche. Er wirkte hart, barsch, und die ungleichmäßige Narbe über einem Auge verlieh ihm ein beinahe schurkenhaftes Aussehen.

»Jetzt zeigt uns sein wahres Gesicht«, flüsterte ich und strich mit der Hand durch die Luft über der Schale. Das Gesicht im Wasser nahm einen grausamen, rachsüchtigen und lüsternen Ausdruck an, als seine wahre Natur an die Oberfläche stieg.

Jahn wich hastig einen Schritt zurück. »Der war hier, sogar ziemlich oft. Das Gesicht erkenne ich wieder. Allerdings hatte ich keine Ahnung, dass er der Garde Des'Estar angehört. Ein übler Kerl.«

»Wann hast du ihn zuletzt gesehen?«

»Vor drei Tagen, oder vielmehr Nächten. Er hat für eine Hure bezahlt – die jüngste, die wir haben, aber sie war ihm nicht jung genug, und ich musste ihn davon abhalten, sie zu schlagen.« Jahn verzog angewidert das Gesicht. »Ich stelle nun mal keine Frauen ein, die noch nicht mündig sind.«

»Du bist ein anständiger Kerl, Jahn. Und seitdem hast du ihn nicht mehr gesehen?«

»Nein, aber das bedeutet nicht, dass er nicht hier war. Ich stehe die meiste Zeit an der Bar und serviere nicht an den Tischen, wie du weißt.« Er starrte auf das Gesicht hinab, das fahl im Wasser trieb. »Wenn ich ihn wiedersehen sollte, benachrichtige ich dich sofort. Du sagst also, er wird wegen Mordes gesucht?«

»Wegen Vergewaltigung, Mord und Folter. Und noch einigen anderen Dingen, von denen du nichts wissen willst«, antwortete ich. »Ein Findezauber wäre jetzt praktisch, aber meine Magie funktioniert nicht immer richtig. Davon hast du wahrscheinlich schon gehört.«

»O ja, Süße, allerdings«, sagte Jahn. Dann verstummte er plötzlich, den Blick starr auf die Tür gerichtet. Ich hörte nur, dass jemand eintrat. »Verdammt, was will *der* denn schon wieder hier?«

Ich wusste sofort, wer das war. Dazu brauchte ich sein Gesicht gar nicht zu sehen, denn seine Energie wehte vor ihm her wie ein Wirbelwind. Der goldene Mann. Der Mann mit der onyxschwarzen Haut und dem silbernen Haar. Der Svartaner. Und obwohl ich kein weiteres Geräusch gehört hatte, stand er plötzlich neben mir und starrte auf die Schale hinab. Er blickte von dem Bild im Wasser zu mir auf und wieder hinunter.

»Auf der Jagd?«, fragte er völlig entspannt.

Langsam wandte ich den Kopf und sah ihm ins Gesicht. »Was geht dich das an?«

»Ich habe deine Beute gesehen. Zufällig erst gestern Nacht.« Er rutschte auf den Barhocker neben mir und griff sich beiläufig eine Handvoll Nüsse aus der Schüssel auf der Bar.

»Wo?« Ich ballte die Fäuste auf dem Tresen. »Was soll diese Information kosten?«

Jahn legte eine Hand auf meine. »Süße, mit seinesgleichen lässt du dich besser nicht auf irgendwelche Geschäfte …«

»Verzeihung, Barkeeper, dürfte ich etwas fragen?« Die Stimme des Svartaners war seidig glatt.

»Was denn?« Jahn funkelte ihn finster an.

»Wenn Ihr so wenig von mir haltet, weshalb weist Ihr dann mein Geld nicht zurück?« Der Svartaner lächelte leicht, verächtlich und herausfordernd zugleich.

Jahns Blick wurde eisig, doch er wandte sich ab. »Camille, gebrauche deinen Verstand! Du bist zu klug für seinesgleichen.«

Der Svartaner wandte sich langsam mir zu. »Ich brauche dein Geld nicht. Aber ich würde es als angemessene Bezahlung betrachten, wenn du mich zum Mittagessen begleitest.«

Mein Vater würde einen Tobsuchtsanfall kriegen, aber ich brauchte die Information unbedingt, und dieser Mann konnte mir sagen, was ich wissen musste. Außerdem *wollte* ich mehr über ihn wissen. Er war scharf, er faszinierte mich, und da war irgendeine seltsame Verbindung – ich konnte sie förmlich spüren, sie hing zwischen uns in der

Luft. Aber ich hatte keine Ahnung, wie oder warum sie sich da gebildet hatte.

Ich glitt von meinem Barhocker und strich mir den Rock glatt. »Ich nehme grundsätzlich keine Einladungen von namenlosen Fremden an.«

Da lächelte er, und mit diesem Lächeln hätte er eine Eisstatue zum Schmelzen gebracht. Seine Zähne schimmerten strahlend weiß. »Trillian ist mein Name.«

Er bot mir den Arm, und ich legte zögerlich die Hand auf seinen Unterarm und ließ mich von ihm hinausführen. Tief in meinem Inneren behauptete eine Flüsterstimme, dass ich soeben mein Schicksal besiegelt hätte.

Die Nachmittagssonne brannte herab, und der staubige Duft des Sommers strich durch die Stadt. Y'Elestrial war wunderschön. Gebäude aus Marmor und Stein säumten die ordentlich in Mustern gepflasterten Straßen. Wagen ratterten an uns vorbei, und die Hufe eleganter Pferde klapperten leise auf dem Pflaster. Dazwischen drängten sich Scharen von Leuten, die eilig ihren Besorgungen nachgingen.

Wir bogen auf die Straße zum großen Marktplatz ab, wo die Verkäufer ihre Stände bei Sonnenaufgang öffneten und erst nach Sonnenuntergang wieder schlossen. Die meisten wohnten in ihren Marktkarren, vergeudeten ihre Einnahmen für Schnaps und Wein und schliefen einen Rausch nach dem anderen unter den Baldachinen oder Sonnensegeln aus. Im Gegensatz zu ordentlichen Ladenbesitzern und Händlern waren diese Leute Vagabunden, die ihre Verkaufswagen ihr Zuhause nannten.

Bienen summten vorüber und untersuchten gemächlich

die feilgebotenen Blumensträuße. Die Verkäufer, die lauthals ihre Waren anpriesen oder mit Kunden feilschten, erfüllten den Platz mit misstönendem Stimmengewirr – hier wurde über den Preis von Steinbalsam verhandelt, an einem anderen Stand um eine beinerne Pfeife gestritten, und vor den Metzgerswagen feilschten Frauen um das frische Fleisch. Die lärmenden Stimmen und die allgemeine Geschäftigkeit erzeugten eine summende Spannung in der Luft.

Der große Marktplatz war so lang, dass vier Querstraßen darin mündeten. Als wir schließlich das andere Ende erreichten, gingen wir weiter in eine schmalere Seitenstraße. Trillian deutete auf ein gedrungenes Gebäude, an dem ein Schild Braten und Bier versprach.

Als ich durch die Tür trat, traf mich der Duft von brutzelndem Grillfleisch wie eine Woge. Mein Magen knurrte, und ich stieß dankbar aus: »Oh, das riecht köstlich.«

Trillian erwiderte mein Lächeln und zwinkerte anzüglich. »Du hast Hunger.« Das war keine Frage.

Ich nickte. »Ich hatte heute Morgen keine Zeit zum Frühstücken, weil ich spät dran war. Und das Nussbrot, das Jahn mir vorhin gegeben hat, war eher ein Appetithäppchen.«

Trillian führte mich zu einem Tisch in einer Nische, die von einer einladend duftenden Wachskerze beleuchtet wurde. Wir ließen uns auf den gepolsterten Sitzbänken nieder, und Trillian sprach kein Wort mehr, bis die Kellnerin kam. Sie errötete, als sie seinem Blick begegnete. Diese Wirkung, so erkannte ich, hatte er wohl auf viele Frauen.

»Wir haben heute bestes Rindfleisch«, sagte sie. »Dazu

Rosmarinkartoffeln, frisches Brot und Erdbeermarmelade. Wäre Euch das recht?«

Trillian warf mir einen fragenden Blick zu.

Ich nickte. »Und ein Glas Wasser, bitte.«

»Nicht lieber Wein?«, fragte er. Ich schüttelte den Kopf, und die Kellnerin ging zur Küche, um unsere Bestellung weiterzugeben.

»Also«, begann ich gleich darauf, »hier sitze ich mit dir beim Mittagessen. Jetzt sag mir, was du über Roche weißt!«

Er betrachtete mich einen Moment lang schweigend und sagte leise: »So schnell kommt sie wieder zum Geschäftlichen.«

»Na ja, ich … muss etwas über ihn erfahren«, entgegnete ich und kam mir plötzlich sehr unfein vor. Bisher hatte er sich mir gegenüber äußerst höflich verhalten. Da ich ihn gewissermaßen benutzte, um an Roche heranzukommen, sollte ich wohl zumindest etwas freundlicher sein. »Es tut mir leid. Die Angelegenheit ist furchtbar wichtig. Ich muss diesen Mann erwischen.«

Trillian stützte die Ellbogen auf den Tisch und beugte sich zu mir vor. »Ich nehme an, du arbeitest für den YND. Eigentlich siehst du nicht aus wie ein typischer Agent, aber ich erkenne diesen gehetzten Gesichtsausdruck. Keine Sorge …«, wehrte er meinen schwächlichen Protest ab. »Ich bitte dich nicht, irgendwelche Fragen zu beantworten. Ich spekuliere nur.«

Ich stieß den Atem aus. »Du spekulierst schon richtig. Und es wird mich den Kopf kosten, wenn ich den Kerl nicht dingfest mache. Mein Vorgesetzter tut, was er nur kann, um mich scheitern zu lassen.« Auf einmal war es mir nicht mehr wichtig, wer mich hören könnte und ob diese

Unterhaltung mich um meinen Posten bringen könnte. Ich hatte es satt, ständig so kämpfen zu müssen und immer wieder als Sündenbock zu dienen.

Trillian neigte den Kopf zur Seite, streckte die Arme über den Tisch und ergriff sacht meine Hände. Seine Haut an meiner rief ein Gefühl hervor wie Öl, das zischelnd in Flammen tropfte. Meine Brustwarzen pressten sich an mein spitzenbesetztes Bustier, und der Stoff fühlte sich auf einmal rauh und erregend an. Die zischelnden Funken zogen eine Spur durch meinen Magen und sammelten sich zwischen meinen Schenkeln.

Seine dunklen Finger an meinen erinnerten an Schokoladenmousse mit Sahne, und sie waren weich und samtig. Langsam drehte er eine meiner Handflächen nach oben und rieb sie mit einer Fingerspitze. Sein Zeigefinger zeichnete die Linien in meiner Haut nach. Jede Berührung brachte mich mehr aus der Fassung. Ich presste die Oberschenkel zusammen und bemühte mich, meine Erregung zu verbergen, aber ich konnte ihm meine Hand nicht entziehen. Ich wollte nicht.

»Dein Vorgesetzter möchte, dass du scheiterst, weil du *de'estial* bist?« Wieder diese seidige Stimme.

Ich hob den Blick und sah ihm in die Augen. Das Sidhe-Wort, das er benutzt hatte, bedeutete so viel wie »auf zwei Wegen wandelnd«, aber ich wusste, dass er sich auf meine Abstammung bezog. Üblicherweise wurde *de'estial* jedoch als Anerkennung gebraucht und nicht auf ein Halbblut wie mich bezogen. Ich sah ihm forschend ins Gesicht, doch da war keine Spur von Abscheu, kein Anzeichen dafür, dass er wegen meiner halb menschlichen Abstammung auf mich herabschaute.

Langsam nickte ich. »Ja. Außerdem will er mit mir schlafen, und ich gehorche seinem Wunsch nicht.«

Trillian schürzte die Lippen, doch dann lachte er leise. »Ich kann gut nachvollziehen, warum er dich will«, sagte er. »Aber ein echter Mann würde eine Frau niemals dazu zwingen, selbst wenn sich ihm die Gelegenheit bietet. *Selbst wenn er die Macht besitzt, sie gegen ihren Willen zu versklaven.*« Er stand auf und beugte sich vor, so dass ich sein Gesicht nur wenige Fingerbreit vor mir hatte. »Denn ein solch wertloser Sieg bereitet keine Freude, nicht wahr?«

Wie gebannt schüttelte ich den Kopf. Jahns Warnungen hallten mir kreischend in den Ohren wider, wie auch die Sorgen meines Vaters, doch ich schob sie alle beiseite. Er mochte ein Svartaner sein, aber ich spürte es immer, wenn mich jemand belog. Und Trillian log nicht. Er mochte manches schönreden, ja, aber die Unwahrheit sagen? Nein – ich hätte ein Monatsgehalt darauf verwettet, dass er aufrichtig sprach.

Erst jetzt wurde mir bewusst, dass ich seine Hände regelrecht umklammerte. Ein weiterer Blick in seine Augen verriet mir, dass er um meine Begierde wusste. Langsam ließ ich ihn los und zwang mich, Luft zu holen und mich auf der Bank zurückzulehnen.

Die Kellnerin brachte unser Essen, und Trillian bezahlte.

»Iss. Ich bin auch am Verhungern.« Er reichte mir das Brot. Ich brach ein großes Stück ab und schob ihm den Rest wieder über den Tisch. »Du suchst also nach diesem Roche. Und du arbeitest für den YND. Er ist ein flüchtiger Verbrecher?«

Ich nickte und war froh über den Themenwechsel. »Ja, er ist ein Sadist, ein Vergewaltiger und Mörder. Ich habe den Auftrag, ihn festzunehmen, aber bisher führten alle Spuren ins Leere. Ich kann nur hoffen, dass mir dieser Perverse zufällig über den Weg läuft. Außer ich finde selbst neue Hinweise. Spuren, die mit Sicherheit keine Täuschungen sind.«

»Per…?« Trillian blickte verwirrt drein.

»Perverser. Pervers bedeutet verdorben – auf sehr ungute Art. Das ist ein Erdwelt-Begriff. Meine Mutter war menschlich.« Ich war gerade dabei, mein Stück Brot zu buttern, doch nun hielt ich inne.

»War – sie ist tot?«

»Sie ist gestorben, als meine Schwestern und ich noch sehr jung waren. Sie ist vom Pferd gestürzt und hat sich das Genick gebrochen. Ich vermisse sie sehr.«

Zu meiner Überraschung spürte ich, wie mir Tränen in die Augen stiegen. Hin und wieder erwischte mich die Erinnerung an ihren Tod in einem schwachen Augenblick, aber das geschah normalerweise nur, wenn ich allein in meinem Zimmer war. Delilah und Menolly verließen sich darauf, dass ich für uns alle stark war. Ich hatte nach Mutters Tod ihre Stelle eingenommen und war jetzt die Herrin im Haus. Da war es meine Pflicht, den anderen sicheren Halt zu geben.

Ich versuchte meine Traurigkeit herunterzuschlucken, aber eine Träne entwischte trotzdem und lief mir die Wange hinab. Ich wollte das Gesicht abwenden, doch er umfing sanft mein Kinn. Eine überraschende Zärtlichkeit lag in seinem Blick, als er sich wieder über den Tisch beugte und mir die Träne von der Wange küsste. Er versuchte nicht etwa, mich auf den Mund zu küssen, sondern ließ sich wieder auf seinen Platz zurücksinken.

»Manche Wunden heilen nie«, sagte er. »Ganz gleich, wie viel Zeit vergeht. Sie brennen sich in unsere Seele ein.«

Ich wusste nicht recht, was ich sagen sollte, also nahm ich einen kräftigen Bissen. Das Fleisch war köstlich und saftig, die Kartoffeln waren ein wahrer Genuss auf meiner Zunge.

»Wie ich vorhin in der Bar schon sagte, habe ich den Mann, den du suchst, gestern Abend gesehen. Er war auf dem Marktplatz, in einem Spielzelt.« Trillian trank einen Schluck Wasser und bestrich ein weiteres Stück Brot mit Butter. »Er hat Q'aresh gespielt. Und er wird heute Abend wieder dort sein.«

»Wie kommst du darauf?«, fragte ich.

»Weil er viel Geld verloren hat und ziemlich ausfallend wurde. Er wollte ein junges Mädchen, das zum Spieleinsatz des Betreibers gehörte. Dein Flüchtiger scheint zur Besessenheit zu neigen. Der Mann hat ihm gesagt, er solle wiederkommen, wenn er sich eine Revanche leisten kann. Roche hat angekündigt, dass er schon heute Abend wieder da sein werde. Wahrscheinlich wird er tatsächlich kommen, um sich zu vergewissern, dass das Mädchen noch da ist.« Trillian schob seinen Teller beiseite. »Also werden wir heute Abend versuchen, einen Mörder zu fangen.«

Ich starrte ihn an. »*Wir?* Weshalb solltest du mit mir da hingehen? Das könnte gefährlich werden, und du hast dabei nichts zu gewinnen.«

Trillian erhob sich, blieb vor dem Tisch stehen und streckte mir die Hand hin. »Ich werde mit dir gehen, weil du Hilfe brauchst. Und weil ich Männer verabscheue, die

Frauen geringschätzen und entwürdigen. Ich werde dir helfen, weil Männer, die Kinder vergewaltigen und sich Genuss verschaffen, indem sie schutzlose Frauen quälen, den Tod verdienen.«

Während ich dieser samtenen Stimme lauschte, konnte ich auf einmal hinter seine Arroganz und die sarkastische Fassade schauen – und sah den wahren Mann. So abgebrüht Trillian wirken mochte, in Wahrheit liebte und verehrte er Frauen. Er bewertete sie nicht nach ihrer Abstammung oder ihrem gesellschaftlichen Rang. Er war gefährlich und grausam, aber nur für jene, die ihm einen Grund zum Kämpfen gaben.

Ich legte ihm die Hände auf die Schultern und spürte die straffen Muskeln unter dem makellos sauberen Hemd.

Trillian wartete ab und sah mich nur mit diesen leuchtend blauen Augen an. In diesem direkten Blick lag eine Einladung – unausgesprochen, aber unmissverständlich.

Als ich mich auf die Zehenspitzen reckte und die Lippen an seine presste, schlang er die Arme um mich. Und ich gab mich seiner Umarmung hin.

3

Seine Liebkosung hüllte mich in das himmlischste Glühen, das ich je gefühlt hatte, und seine Lippen waren weich wie Sahnebonbons. Sacht teilte er mit der Zunge meine Lippen, und alle Gedanken daran, warum das eine ganz schlechte Idee sein könnte, waren verflogen.

Er zog mich enger an sich, und ich spürte ihn hart und gierig durch seine Hose, aber er drängte sich nicht an mich oder rieb sich an mir, wie viele Männer es getan hätten.

Ich bekam fast keine Luft mehr. Als könne er meine Gedanken lesen, löste er die Lippen von meinen. Rasch schnappte ich nach Luft, und schon war sein Mund wieder da, und seine Zunge spielte leicht mit meiner. Er presste eine Hand in meinen Rücken, auf Hüfthöhe, und seine Berührung ließ einen Schauer wie eine Schlange an meinem Rückgrat emporkriechen. Dann zog er sich langsam zurück, löste die Hände von mir und rückte zentimeterweise von mir ab.

Ich holte zittrig Luft und starrte ihn an. Was zum …? Einen so intensiven Kuss hatte ich noch nie erlebt. Dieses Begehren brachte mich fast um den Verstand, ich gierte danach, seine Hände auf meinem Körper zu spüren, seine Finger, die über meine Brüste strichen, meinen Bauch und ihre Geheimnisse zwischen meinen Schenkeln flüsterten.

Die Vorstellung, ihn in mir zu spüren, löste ein Knistern wie von Funken in mir aus, und ich wollte ihn so sehr, dass jeder meiner angespannten Muskeln schmerzte.

Er hob die Hand. »Ehe wir noch weiter gehen, will ich dich warnen. Wenn du mit mir schläfst, könnte es dir sehr schwerfallen, wieder von mir loszukommen. Wir Svartaner gehören zu den Betörenden Feen. Unsere Körper sind von sexueller Magie durchdrungen, und gegen deren Wirkung ist kaum jemand immun. Sei dir darüber im Klaren: Wenn wir es tun, wird das mehr sein als ein beiläufiger Fick.«

Ich wusste nicht, was ich sagen sollte. Die Gerüchte darüber hatte ich natürlich gehört, aber sie waren mir stark übertrieben erschienen. Jetzt war ich da nicht mehr so sicher.

Als er zurücktrat, war es, als risse ein Teil von mir mit ab. »Antworte noch nicht gleich. Ich kann warten, und ich werde dich in deiner Entscheidung nicht drängen. Geh und kümmere dich um das, was du zu tun hast, und heute Abend bei Sonnenuntergang treffen wir uns am Haupteingang des Marktplatzes. Dann finden wir den Kerl und bringen ihn zur Strecke.«

Er beugte sich vor, um mich noch einmal zu küssen, doch er hielt inne. Als ich mich ihm entgegenstreckte, schüttelte er den Kopf. »Noch nicht. Denk darüber nach, und überlege es dir gut. Das ist allein deine Entscheidung. Ich will dich, glaube mir. Aber die Einladung muss von dir ausgehen.« Damit wandte er sich ab und schlüpfte zur Tür hinaus.

Zu Hause traf ich auf Delilah und Menolly. Es waren noch ein paar Stunden bis zum Abendessen – Mutters Jahresuhr stand auf dem Kaminsims, und hier in der Anderwelt galt eine andere Zeitmessung, aber wir hatten beide Systeme gelernt und gebrauchten mal dieses, mal jenes.

Wir spazierten die Straße entlang zum Y'Leveshan-See am südöstlichen Stadtrand. Die Feiertage zu Mittwinter und Mittsommer verbrachte man am See. Er war so riesig, dass das andere Ufer in der Ferne verschwamm. Fischerboote sprenkelten die glatte Wasserfläche.

Am Ufer war die Vegetation besonders üppig. Kniehohes, saftiges Gras wuchs überall um den See, und Ahorn, Birken und Trauerweiden, Vogelbeer- und Camazbäume säumten kleine Lichtungen. Die Luft war erfüllt vom Summen der Mücken und Hummeln und von den Stimmen der Vögel, die hier den ganzen Tag über sangen. An den Docks am Hafen herrschte faule Ruhe.

Delilah schwang sich auf den untersten Ast einer nahen Eiche. Sie ließ die Beine baumeln und strich eine Strähne zurück, die sich aus ihrem Pferdeschwanz gelöst hatte. »Ich liebe solche Nachmittage. Hoffentlich findet der YND nicht heraus, dass wir herumfaulenzen.«

»Und wenn schon?«, erwiderte ich. »Das ist mir inzwischen egal. Die pressen uns doch aus wie Zitronen. Wenn sie mich feuern, werde ich dem Dienst nicht nachweinen. Aber, hört mal, ich glaube, ich bin Roche endlich auf der Spur.«

Ich wollte ihnen von Trillian erzählen, aber ich fürchtete, das würde nicht gut ankommen. Schon gar nicht bei Vater, falls er dahinterkam. Vielleicht war es besser, vorerst nichts zu sagen, bis ich mir selbst im Klaren darüber war, wie weit diese Beziehung gehen sollte.

Menolly streckte sich im Gras aus und stützte sich auf die Ellbogen. Sie trug ein weites, durchscheinendes Kleid, und das lange Haar wallte über ihren Rücken. Niemand wusste, woher sie dieses rote Haar geerbt haben konnte. Die kupferfarbenen Locken glänzten in der Sonne, und sie schloss genießerisch die Augen.

»Ich liebe solche Tage«, sagte sie und atmete tief und langsam den Sommer ein. »Es fühlt sich an, als würde die Sonne mir bis in die Knochen sickern.« Seufzend fügte sie hinzu: »Ich habe Order von der Zentrale, die Umgebung der Höhle auszukundschaften. Ein paar Tage kann ich sie mir wohl noch vom Hals halten, vielleicht sogar zwei Wochen. Aber irgendwann werde ich diesen Auftrag erfüllen oder kündigen müssen. Wenn ich mich nur nicht so an den verdammten Dienst gebunden fühlen würde.«

»Du musst dich wirklich bald entscheiden«, sagte ich. »Ich werde heute Abend einer neuen Spur zu Roche nachgehen.«

»Brauchst du Gesellschaft?«, fragte Menolly. »Ich gehe gerne mit.«

»Ich auch«, warf Delilah ein. »Und ich hätte nichts dagegen, mal wieder einen Abend in der Stadt zu verbringen.«

Ich zog mich auf einen flachen Felsen hoch, setzte mich mit untergeschlagenen Beinen darauf und überlegte, wie ich das Angebot ablehnen konnte, ohne die beiden misstrauisch zu machen. »Vielleicht … Aber musst du heute Abend nicht zum Kurs, Menolly?«

Sie ächzte. Menolly besuchte zweimal pro Woche einen Intensivkurs des YND für Akrobaten und Turner. »Ja. Danke, dass du mich daran erinnerst.«

»Und wenigstens eine von uns sollte zu Hause bleiben und mit Vater zu Abend essen. Ihr wisst doch, wie wichtig ihm gemeinsame Mahlzeiten sind.« Ich sah Delilah vielsagend an. Sie verdrehte die Augen gen Himmel, nickte jedoch. »Ich komme schon zurecht. Jahn hilft mir.« Das war zwar eine kleine Lüge, aber irgendwie hatte Jahn mir ja geholfen. Oder es zumindest versucht.

Menolly warf mir einen raschen Blick zu. »Jahn? Sag bloß, du hast dich mit diesem alten Bock eingelassen? Der ist schon scharf auf dich, seit du zur Frau geworden bist.«

Ich grinste sie an. »Sprich vor Vater lieber nicht so über Jahn. Für ihn ist sein alter Freund über jeden Zweifel erhaben, und ehrlich gesagt finde ich auch, dass es üblere Geschäfte gibt, als einen Nachtclub samt Bordell zu betreiben. Zumindest behandelt er die Frauen unter seinem Dach sehr anständig und mitfühlend. Aber du hast recht, Jahn ist schon lange hinter mir her. Allerdings ist er so gar nicht mein Typ. Er ist nett, aber … nein …« Neben Trillian verblasste Jahn noch stärker.

Delilah schwang sich vom Baum und landete neben mir. Sie hielt immer ein wenig Distanz zum See. Typisch Katze – meine Schwester konnte Wasser nicht ausstehen. Als sie noch klein gewesen war, hatte unsere Mutter sämtliche Register ziehen müssen, bis hin zur Drohung, Delilah alles Spielzeug und ihre Haustiere wegzunehmen, damit sie sich baden ließ. Delilah empfand ein Bad immer noch nicht als angenehm, sondern als Strafe.

Sie schaute über das Wasser hinaus, und der Wind ließ das Gras auf der Lichtung leise rascheln. »Meinst du, dass es in zehn Jahren auch noch so sein wird? Werden wir immer noch unverheiratet sein, für den Nachrichtendienst arbeiten und in Vaters Haus wohnen?« Sie klang beinahe sehnsüchtig.

»Ich weiß nicht«, antwortete Menolly und rappelte sich auf. »Ich glaube, bei mir ist es Zeit für eine Veränderung. Ich bin bereit dazu, versteht ihr? Ich habe das Gefühl, dass wir auf der Stelle treten. Vielleicht werde ich Keris heiraten. Kinder bekommen.«

Sie war seit mehreren Monaten mit unserem Nachbarn zusammen, und die Sache wurde allmählich ernst. Er hatte reines Feenblut, scherte sich aber nicht um ihre halb menschliche Abstammung oder darum, dass sie auch Frauen liebte. Seit kurzem sprachen die beiden von einer möglichen gemeinsamen Zukunft.

Ich glitt von dem Felsen, und als ich neben den beiden stehen blieb, jagte mir irgendetwas im sanften Wind einen Schauer über den Rücken. Ein leises Grollen wie von Donner rollte durch den Astralraum, eine finstere Wolke schob sich vor mein geistiges Auge, und ich roch den Gestank von frischem Blut, Feuer und Furcht. Ich erstarrte. Das Echo eines Schreis – schrill, langgezogen und wie aus weiter Ferne – traf mich mit plötzlicher Macht. Ich taumelte unter dieser Woge von Bösartigkeit und Übel, fiel auf die Knie und zwang mich, die Augen aufzureißen.

»Was ist? Was hast du?« Menolly kniete neben mir.

Ich sah sie an und blickte dann zu Delilah auf. Der Tag hatte alle Schönheit und Freude verloren, und die Sonne verwöhnte nicht mehr mit ihrer Wärme, sondern kam mir sengend und grell vor. Ich schüttelte den Kopf. Ich verstand diese Vorahnung nicht, doch sie hatte mich erschüttert und mir Angst gemacht.

Manchmal ging meine Magie schief, und manchmal geriet meine Hellseherei sehr verschwommen. Aber das gerade eben ... Diese Energie war über mein Grab spaziert.

Und ich wusste im tiefsten Herzen, dass irgendetwas geschehen würde – vielleicht nicht heute und nicht morgen, aber in naher Zukunft. Etwas, wofür wir nicht bereit waren und worüber wir uns keineswegs freuen würden. Veränderungen lagen in der Luft, kein Zweifel.

Der Markt war sehr viel gefährlicher bei Nacht, wenn Diebe und anderes Gesindel sich hervorwagten. Minderjährige Huren trieben sich in der Menge herum – Mädchen, die von zu Hause davongelaufen oder verwaist waren und sich nicht trauten, die Stadt zu verlassen, um auf dem Land von dem zu leben, was sie jagen und sammeln konnten.

Taschendiebe glitten durch das Gedränge und suchten nach leichter Beute. Hin und wieder strichen auch Vampire auf der Jagd durch die Straßen – sie waren am gefährlichsten. Die meisten Blutsauger verloren einige Zeit nach ihrer Verwandlung jegliches Gewissen und gaben sich ganz ihrem inneren Raubtier hin. Unser Vater hasste Vampire, denn er hatte miterlebt, wie ein Vampir seine Cousine getötet hatte, und war selbst nur knapp mit dem Leben davongekommen. Diese blutige Erinnerung ließ ihn nicht mehr los.

Ich blieb am Zugang zum Marktplatz stehen und suchte die Menge nach Trillian ab. Ich hatte mich eigens aufgedonnert mit einem glitzernden schwarzen Korsett über einem Rock aus Spinnenseide, schimmernd wie Pfauenfedern. Schwarze Lederhandschuhe reichten mir bis zu den Ellbogen. Dazu hatte ich ein Paar von Mutters Schuhen angezogen – ungewöhnliche lederne Sandalen mit hohen, spitzen Absätzen und zarten Riemchen. Sie hatte die gleiche Schuhgröße gehabt wie ich, und nach ihrem Tod hatte ich Anspruch auf ihre ansehnliche Schuhsammlung erhoben, da mir keines ihrer Kleider passte. Aber ihr Hochzeitskleid hatte ich trotzdem bekommen – es lag sicher verwahrt in einer hölzernen Truhe, mit Kräutersäckchen gegen Motten geschützt. Ich bewahrte es für Menollys Hochzeit auf – sie würde problemlos hineinpassen.

Vorsichtig stöckelte ich in der Nähe des Eingangs über das Straßenpflaster und hoffte, dass der Svartaner mich nicht versetzen würde. Als ich schon wieder gehen wollte, glitt endlich eine Silhouette in schwarzer Hose und schwarzer Tunika über die Straße. Er hatte das silberne Haar zum Pferdeschwanz gebunden und trug ein Lächeln im Gesicht.

Trillian streckte mir die Hände entgegen, und ich ergriff sie. Mein Herz setzte einen Schlag aus. Ich presste mich an ihn, küsste ihn innig und spürte, wie er mein Feuer erwiderte.

»Du bist da«, sagte er. »Ich war nicht sicher, ob du kommen würdest.«

»Das habe ich doch versprochen. Dachtest du etwa, ich würde einen Rückzieher machen?« Ich sah einen verwirrten Ausdruck in seinen Augen aufflackern. »Ist eine Redewendung aus der Welt meiner Mutter. Du hast *tatsächlich* nicht daran geglaubt, dass ich hier sein würde, oder?« War es möglich, dass er ebenso nervös war wie ich?

»Ich war nicht sicher. Um ehrlich zu sein, konnte ich den ganzen Tag lang an nichts anderes denken. Ständig sehe ich dein Gesicht vor mir.«

Ich lächelte und wunderte mich darüber, wie glücklich

mich diese Worte machten. Aber ich entgegnete nur: »Ist Roche hier?«

Trillian war auf einmal wieder ganz nüchtern. Er zog mich an einer Hand hinter sich. »Ja, er ist da. Bleib bei mir, und sei vorsichtig. Hast du etwas, womit wir ihn fesseln können, falls wir ihn zu fassen kriegen?«

»Alles da.« Ich tätschelte die Beuteltasche, die ich über der rechten Schulter trug. Darin lagen ein paar Dinge, die Roche aufhalten konnten – nur ein Magus wäre noch besser gewesen. Der YND wusste nichts von diesen Sachen, sonst hätte man sie mir längst abgenommen. Aber meine Schwestern und ich hatten inzwischen eine Truhe voll netter Kleinigkeiten angesammelt, die nicht alle ganz legal waren. Angesichts unserer unzuverlässigen Fähigkeiten fanden wir allerdings, dass wir kleine Vorteile nutzen sollten.

Unter anderem hatte ich eiserne Handschellen eingepackt, wobei ich sehr darauf geachtet hatte, sie nicht mit bloßen Händen zu berühren. Sie waren nämlich nicht nur aus Eisen, sondern obendrein mit einem Verwirrungszauber belegt, der jede Fee aus den Socken hauen würde.

Ein Folterinstrument? Na ja … das Eisen würde seine Haut verbrennen, bis er sicher weggeschlossen wurde und man sie ihm abnahm. Aber angesichts von Roches Verbrechen hielt sich mein Mitgefühl in Grenzen. Delilah hatte erklärt, nur ein Oger würde so etwas benutzen, während Menolly mir nur einen wissenden Blick zugeworfen hatte. Aber ich begriff immer mehr, dass man beim YND nur gewinnen konnte, wenn man sämtliche schmutzigen Tricks nutzte.

Außerdem hatte ich ein Fläschchen Pixie-Pulver dabei,

das ich auf dem Flohmarkt gekauft hatte. Das Zeug machte garantiert jeden, der es einatmete, zum kichernden Idioten. Zusätzlich hatte ich eine Schriftrolle eingepackt, für die ich eine Menge Geld bezahlt hatte. Die Magie war tödlich, und wenn ich das Wachssiegel an der Rolle erbrach, den Zauberspruch laut las und dabei Roches Namen einfügte, würde er nie wieder auf dieser Welt wandeln.

Todesmagie war viel weiter verbreitet, als die Leute wahrhaben wollten. Ich gebrauchte sie nicht gern – sie erschien mir allzu vertraut, allzu verlockend. Aber bei der ellenlangen Liste von Verbrechen, die auf Roches Konto gingen, wollte ich mich so gut schützen wie möglich. Im günstigsten Fall konnte ich mir die Schriftrolle sparen und sie für eine andere Gelegenheit aufheben. Jedenfalls fühlte es sich gut an, diesen kleinen Trumpf im Ärmel zu haben.

Trillian führte mich auf verschlungenen Wegen durch den Irrgarten aus Karren und Ständen und Zelten und Baldachinen. Wir kamen an den Buden von Tanzmädchen und Huren vorbei und an Opiumleichen und Bettlern, die am Wegrand schliefen. Trillian achtete nicht auf sie, doch mein Blick huschte im Vorübergehen immer wieder zu den Gesichtern hinab.

Meine Mutter hatte uns erzählt, dass die Menschen sich das Feenreich als utopisches Märchenland vorstellten. Andererseits glaubten die meisten von ihnen gar nicht daran, dass es Y'Eírialiastar tatsächlich gab. Jedenfalls wäre die Wirklichkeit ein herber Schock für sie. Das Volk meines Vaters war nur zu anfällig für die Probleme, die auch die Sterblichen plagten: Armut, Drogensucht, Gewalt … alles da.

Wir gingen an einer Humberfee vorbei. Der Kerl verhökerte Kysa für zehn Pen die Dosis. Opium kostete zehnmal so viel. Er fing meinen Blick auf und zwinkerte mir zu. »Wie wär's mit einem schönen Rausch, Liebes? Macht das Leben erträglicher. Bei mir nur zehn Pen.«

Er streckte die Hand aus und wollte mich am Arm packen, als ich mich an ihm vorbeischob.

Ehe ich reagieren konnte, hatte Trillian das Handgelenk der Humberfee gepackt und verbog es mit grausamer Kraft. »Wenn du sie anrührst, hacke ich dir diese Hand ab.«

Der Kerl verzog vor Schmerz das Gesicht. »Schon gut, schon gut. Aber du willst sie nicht zufällig verkaufen, oder? Sie würde ein hübsches Sümm–«

Er kam nicht dazu, den Satz zu beenden, denn Trillian schlang ihm den Arm um den Hals und setzte ihm einen Dolch an die Kehle.

»Rühr sie nicht an, sprich nicht mit ihr, *denk* nicht mal an sie! Hast du mich verstanden?« Die Augen des Svartaners blitzten gefährlich, und mir fiel auf, dass er nicht einmal schwitzte, obwohl er bereit war, der Humberfee die Kehle aufzuschlitzen.

»Ja«, krächzte der Typ und rieb sich den Hals, als Trillian losließ. Der hässliche Kerl wandte den Blick von mir ab und zog sich eilig in sein Zelt zurück.

Trillian ließ den Dolch wieder in das Futteral an seinem Gürtel gleiten und zuckte mit den Schultern. »Komm«, sagte er und streckte mir die Hand hin. »Als Frau ist man hier nicht gerade sicher.«

Ich nahm seine Hand und folgte ihm. Die Sterne begannen eben zu leuchten, wunderschön und strahlend. Die Mondmutter wachte über uns, und ich spürte ihre Gegenwart tief in der Magengrube. Sie war beinahe voll, und je näher der Vollmond rückte, desto mehr gierte ich nach der Berührung eines Mannes. Trillians Hand in meiner fühlte sich heiß an. Ich bemühte mich, nur an unsere Mission zu denken – wir mussten Roche aufspüren. Aber das fiel mir schwer, wenn wir uns berührten.

»Da«, zischte er. »Das Zelt da vorn. Ein Spieler namens Bes betreibt darin eine Spielhölle. Roche ist da. Ich war vorhin schon hier, er war völlig ins Spiel vertieft. Wie willst du vorgehen? Könnte er dich erkennen?«

Ich war sehr vorsichtig gewesen, und trotzdem schrillten Alarmglocken in meinem Hinterkopf. Falls der YND tatsächlich wollte, dass ich an diesem Auftrag scheiterte, hatten sie womöglich die Gerüchteküche mit Informationen über mich beliefert. Vielleicht wusste Roche, dass ich hinter ihm her war.

»Ich weiß es nicht«, sagte ich. »Ich kann nicht garantieren, dass er mich nicht erkennen wird.«

»Komm mit«, sagte Trillian und zog mich zu einer nahen Bude. Der Händler saß neben einem Gestell mit Tüchern und Stolen und trank Goblinschnaps. Der Geruch drang mir in die Nase, und ich musste niesen, so sehr stank das Zeug nach Pfeffer und Kevawurzeln.

»Mal sehen … Das dürfte gehen«, murmelte Trillian und wählte einen knöchellangen Umhang aus. Er war hauchzart, amethystfarben, und die Kapuze würde mein Gesicht verbergen, während ich durch den seidigen Stoff noch einigermaßen würde sehen können. Er drapierte den Stoff um meine Schultern, und ich schlug die Kapuze hoch.

Zärtlich steckte Trillian mir das Haar unter die Kapuze

und vergewisserte sich, dass meine Locken gut verborgen waren.

»So schön«, flüsterte er und strich mit den Fingerspitzen an meinem Kinn entlang und über meine Lippen. Ich öffnete leicht den Mund, und er schob den Zeigefinger dazwischen. Ich schloss die Lippen darum, ließ die Zunge um seine Fingerspitze kreisen und fuhr dann sacht mit den Zähnen über seine Haut, als ich von ihm abrückte.

Er sog scharf den Atem ein. »Ist dir eigentlich klar, welch ein Glück es für dich ist, dass ich nicht so bin wie die meisten meines Volkes?«

»Ist dir eigentlich klar, welch ein Glück es für dich ist, dass ich nicht so bin wie meine Schwestern?«, entgegnete ich und wünschte, wir wären irgendwo anders, nur nicht hier. Ich zögerte. Wäre es denn so schlimm, Roche zu vergessen? So zu tun, als wüsste ich nicht, dass er hier war, um mit Trillian im nächsten Gasthaus zu verschwinden und mich nackt an ihn zu schmiegen? Doch dann gewann die Erziehung meines Vaters die Oberhand, und ich seufzte tief. »Jetzt dürfte Roche mich wohl nicht mehr erkennen. Gehen wir, ehe ich die Nerven verliere.«

Da lachte Trillian. »Camille, ich glaube, wenn du irgendetwas verlierst, dann sicher nicht den Mut. Komm, tu so, als gehörtest du zu mir, und verhalte dich still, bis wir ihn gefunden haben. Frauen sind in den Spielhallen nicht gern gesehen, aber in Begleitung eines Mannes werden sie eingelassen. Wir sollten erst einmal ein Gefühl dafür bekommen, was da drin läuft, dann sehen wir weiter.«

Er bezahlte den Umhang, und wir gingen zurück zu Bes' Zelt. Trillian bedeutete mir, ein paar Schritte zurückzubleiben, während er vortrat und die beiden Wachen am Eingang ansprach.

Solche fahrenden Spielhöllen gehörten meistens Verbrechern. Glücksspiel war nicht verboten, aber die besseren Spielhallen lagen in richtigen Gebäuden und garantierten den Spielern sicheres Kommen und Gehen, solange sie keinen Ärger machten. Für die Spielhöllen der Vagabunden galt der Grundsatz: Betreten auf eigene Gefahr.

Auf einmal schauderte ich ein wenig, und mir wurde bewusst, wie froh ich über Trillians Begleitung war. Ich konnte auch in einem schmutzigen Kampf gut auf mich selbst aufpassen, aber ohne meine Schwestern fühlte ich mich verletzlich. Unruhig trat ich von einem Fuß auf den anderen. Ich wollte es endlich hinter mich bringen.

Trillian bedeutete mir mit einem Wink, ihm zu folgen. Das Zelt bestand aus zwei Räumen, und den größeren nahm die Spielhölle ein. An zwei niedrigen Tischen mit erhöhtem Rand saß ein Dutzend Männer – sechs an jedem Tisch. Ich ließ den Blick über die Anwesenden schweifen, und da war er. *Roche.*

Seine Augen waren glasig, und er sah wüst aus mit Bartstoppeln im Gesicht, ungekämmtem Haar und schmutzstarrender Kleidung. Schlimmer noch, er verpestete die Luft. Ich fragte mich, wann er zuletzt gebadet haben mochte. Vor ihm lag ein Haufen Münzen, und er befingerte sie unaufhörlich.

Trillian trat lässig an den Tisch und sprach mit dem Croupier, der knapp nickte und auf einen Stuhl deutete. Trillian setzte sich und bedeutete mir, mich hinter ihn zu stellen. Als ich langsam auf den Stuhl zuging, den Kopf sittsam gesenkt, fühlte sich plötzlich etwas falsch an. Ganz falsch. So, als würde ich heimlich beobachtet.

Ich beugte mich über Trillians Schulter, um ihm das zu sagen, doch dann erstarrte ich. Roche spielte immer noch mit den Münzen in seiner Hand herum, doch sein Blick war fest auf mich geheftet. Mir stockte der Atem. Ich legte Trillian eine Hand auf die Schulter und drückte sie in der Hoffnung, dass er meine Botschaft verstehen und wissen würde, dass etwas nicht stimmte.

»Rein oder raus?«, fragte der Croupier.

Trillian warf ein paar Münzen auf den Tisch. »Ich bin drin.«

Roches Blick huschte zu dem Häufchen Münzen vor ihm auf dem Tisch. Er hielt mit und legte zwanzig Pen obendrauf. Rings um den Tisch wurden die Einsätze gemacht, und alle Spieler gingen mit oder erhöhten noch. Roche hielt die Würfel hoch und ließ sie dann über den Tisch rollen. Die fünf Würfel zeigten insgesamt einundzwanzig Punkte. Er runzelte die Stirn, als der Croupier die Zahl notierte. Dann gingen die Würfel um den Tisch, ein Spieler nach dem anderen kam an die Reihe. Als Trillian dran war, führte Roche immer noch. Trillian nahm die Würfel und warf sie geschickt. Sie prallten vom gegenüberliegenden Rand des Tisches ab und blieben liegen – vier Sechser und eine Drei.

»Siebenundzwanzig. Die Führung geht an dich. Wie willst du's haben? Stehenlassen oder eine zweite Runde?«

Trillian schüttelte den Kopf. »Stehenlassen.«

Roche schnaubte. »Mehr bringst du nicht zustande, Svartaner?« Er ließ drei weitere Münzen auf den Haufen in der Mitte des Tisches fallen. »Neue Runde.« Die Würfel wurden ihm gereicht, und er schüttelte sie kräftig in einer Hand, pustete darauf – das sollte Glück bringen – und würfelte.

Der Croupier brummte: »Dreiundzwanzig Punkte. Drunter geblieben. Der Nächste?«

Roche schlug mit der flachen Hand auf den Tisch, sagte jedoch nichts. Die anderen vier Spieler kamen der Reihe nach dran. Zwei stiegen mit leeren Taschen aus. Die beiden anderen setzten neu, würfelten aber nicht hoch genug und schieden doch aus.

Trillian musterte Roche. Er konnte jetzt entweder mitgehen, seinen Einsatz für die dritte Runde machen und zum letzten Mal würfeln oder seinen Wurf stehenlassen und abwarten, ob Roche ihn übertraf.

»Stehenlassen«, sagte er und bedachte Roche mit einem schwachen Lächeln, das beinahe herablassend wirkte.

So ist es richtig, dachte ich. *Reiz ihn, mach ihn wild.*

Roche schnappte nach dem Köder. Mit einem Wink befahl er dem Croupier: »Kysa.« Dieser reichte ihm eine Wasserpfeife, und während Roche sie anzündete, huschte sein Blick erneut zu mir. »Was sagst du zu einem höheren Einsatz – nur zwischen uns beiden? Ich versichere dir, es würde sich lohnen.«

Trillian schnaubte. »Was schwebt dir vor?«

»Eine Nacht mit der Frau.« Roche grinste ihn schief an. »Kann ihr Gesicht ja nicht sehen, aber ihrem Gang nach hat sie, worauf's ankommt.«

Was zum …? Sein Gesichtsausdruck erinnerte mich an einen tollwütigen Hund. Ich erstarrte, doch dann ging mir auf, dass dies die perfekte Gelegenheit wäre, ihn allein zu erwischen. Ich zwang mich lockerzulassen und hoffte, dass Trillian auch auf diesen Gedanken kommen würde.

Er ließ sich durch nichts anmerken, ob ihn dieser Vorschlag irgendwie verunsichert hatte. Er lehnte sich auf seinem Stuhl zurück und blickte beiläufig zu mir auf. »Wie kommst du darauf, dass sie zu haben sei?«

Schwer atmend beugte Roche sich über den Tisch. »Mein ganzes Geld gegen eine Nacht mit ihr.«

Trillian runzelte die Stirn. »Das möchte ich mir kurz überlegen. Und etwas trinken.« Er gab mir einen Wink. »Wir sind gleich zurück. Dann erwarte ich, dass du mir die genaue Summe nennst, die du setzen willst.« Er hielt inne, als wir den Eingang erreichten, drehte sich jedoch nicht um. »Und denk nicht mal daran, dich aus dem Topf zu bedienen. Ich weiß genau, wie viel auf dem Tisch liegt. Und bei Dieben kenne ich keine Gnade«, setzte er hinzu. Dann winkte er den Burschen herbei, der die Spieler bediente. »Tygeria-Weinbrand. Sofort.«

Der Junge hastete davon und war Augenblicke später mit einem bauchigen Glas zurück. Trillian warf ihm eine Münze zu und zog mich dann aus dem Zelt hinaus.

»So kriege ich ihn«, raunte ich, sobald wir außer Hörweite waren.

»Das ist gefährlich. Hast du dieses Glitzern in seinen Augen gesehen? Er ist auf der Jagd, und er hat es auf dich abgesehen.« Trillian schüttelte den Kopf. »Ich will dich nicht mit ihm allein lassen, und sei es nur ein paar Augenblicke. Natürlich folge ich euch, aber ich kann dir nicht garantieren, dass ich rechtzeitig werde eingreifen können.«

»Ich muss ihn zur Strecke bringen«, sagte ich. »Ursprünglich wollte ich ja nur meine Stelle nicht verlieren, aber nachdem ich diesen Ausdruck in seinen Augen gesehen habe ...« Ich verstummte und blickte zum Zelt zurück. »Er hat zu viele Leute auf dem Gewissen, darunter auch seine eigene Familie. Jemand muss ihnen Gerechtigkeit verschaffen. Niemand wird das tun außer mir.«

Trillian beugte sich hinab und streifte meine Stirn mit den Lippen. »Genau das habe ich an jenem Abend im Collequia in dir gesehen. Ich mag ein Söldner sein, aber ich halte mich an einen Ehrenkodex. Und du, Camille D'Artigo, übertriffst meine Ansprüche noch.«

Ich erschauerte. »Ich will das nicht tun, aber es muss sein. Und du gibst mir Rückendeckung?«

Er nickte. »Bei meiner Ehre. Ich werde alles tun, was in meiner Macht steht, um dich vor ihm zu schützen.«

Ich tätschelte meinen Beutel. »Ich habe noch ein Ass im Ärmel. Wir können nur hoffen, dass ich es nicht ausspielen muss.« Ich vergewisserte mich, dass ich mein am Oberschenkel festgeschnalltes Stilett leicht erreichen konnte. Dann straffte ich die Schultern und zog mir die Kapuze wieder über den Kopf. »Ich bin bereit. Gehen wir rein.«

Trillian schob die Zeltklappe beiseite. »Wie du wünschst«, sagte er, doch sein Blick verriet mir, dass er über unseren Plan alles andere als glücklich war.

4

*R*oche riss den Kopf hoch, als Trillian wieder auf seinem Stuhl Platz nahm. Er sah hungrig aus, als hätte er lange nichts mehr gegessen, aber er gierte nicht nach einer Mahlzeit.

Trillian warf einen Blick auf den Haufen Münzen und nickte dann. Anscheinend war noch alles da. »Ich nehme deine Wette an. Mach deinen Beutel und die Taschen leer. Ich will alles sehen, was du bei dir hast.«

Roche ließ seinen Geldbeutel auf den Tisch fallen. Dann griff er langsam in beide Taschen zugleich. Ich hielt den Atem an, doch seine Hände kamen voller Münzen wieder zum Vorschein. Ein kleines Vermögen. Er legte sie auf den Tisch, und Trillian gab dem Croupier einen Wink. Der Mann, vierschrötig und kahl, schien einen ordentlichen Schuss Goblinblut zu haben. Er öffnete den Beutel und kippte den Inhalt auf den Haufen auf dem Tisch. Der Einsatz hatte sich soeben verdreifacht. Ich fragte mich, ob Roche noch irgendwo mehr versteckt hatte. Er wäre doch sicher nicht dumm genug, all sein Geld zu verwetten, um eine Nacht mit mir zu gewinnen.

Trillian warf mir einen flüchtigen Blick zu, und ich nickte leicht. Er nahm die Würfel und schob sie Roche zu. »Alles oder nichts.«

Roche holte tief Luft und ließ die Würfel rollen. Inzwischen hatte das ganze Zelt nur noch Augen für dieses Spiel. Alle beugten sich vor und warteten gespannt, wie die Würfel fallen würden.

Der Croupier zählte sorgfältig die Augen zusammen. »Sechsundzwanzig Punkte.«

Trillian nahm die Würfel, und sein Körper spannte sich an. Ich wusste, dass er am Ergebnis drehen würde. Ob durch einen Zauber oder einen Taschenspielertrick – er würde verlieren. Lässig ließ er die Würfel rollen. Sie kullerten über den Tisch, prallten vom Rand ab und landeten genau neben dem großen Haufen Münzen. Zwei Vierer, eine Drei und eine Fünf. Zweiundzwanzig Punkte.

»Zweiundzwanzig Punkte. Du hast verloren.«

Roche raffte triumphierend den Topf an sich. »Sie gehört mir für den Rest der Nacht. Du wirst doch nicht etwa versuchen, dich da herauszuwinden, oder?«

Trillian schüttelte den Kopf. »Nein. Aber ich fordere das Recht, draußen zu warten.« Er starrte Roche an. »Du kannst kaum erwarten, dass ich dir blind vertraue.«

Ein dunkler Schatten huschte über Roches Gesicht, doch gleich darauf zuckte er mit den Schultern. »Wie du willst. Aber misch dich ja nicht ein.« Seine Stimme war heiser.

Mich schauderte. Vielleicht war das doch keine so gute Idee. In der Zeitspanne, die Trillian brauchen würde, um die Tür aufzubrechen, könnte Roche eine Menge Schaden anrichten. Aber dann dachte ich an die Frauen und Kinder, die Roche ermordet hatte. An Lathe, der glaubte, mich mit diesem Fall endlich mürbe zu machen. Ich würde ihm verdammt noch mal zeigen, wie stark ich war, und ihm kräftig in die Eier treten. Und nebenbei auch noch einen Mörder ausschalten.

Trillian verließ das Zelt, und ich ging ihm nach. Roche folgte mir. Er war völlig auf mich fixiert – ich konnte seine Energie spüren, die sich schleimig in meine Aura schob.

Um meine Nerven zu beruhigen, malte ich mir im Schutz der Kapuze die Überraschung aus, die ihm bevorstand. Vielleicht sollte ich einfach die Todesschrift gebrauchen, sobald wir allein waren, doch die Energie der Mondmutter machte sich in mir bemerkbar. Die Jagd würde nur halb so viel Spaß machen, wenn ich ihn so leicht und gleich zu Anfang tötete. Nein, wenn es mir gelang, ihn lebend zu fangen, würden die Familien der Ermordeten das Recht haben, blutige Rache zu fordern. Und sie würden grausamer sein, als es mir überhaupt möglich wäre.

Trillian schob sich zwischen Roche und mich. »Zuerst deinen Namen. Niemand rührt sie an, dessen Namen ich nicht kenne.«

Roche zog eine Augenbraue hoch. »Sie muss ja verdammt gut sein«, sagte er. »Man nennt mich Roche. Folgt mir.«

Wir folgten ihm durch das Labyrinth des Marktes zur Azyur-Allee, von der aus er nach links auf eine lange, schmale Straße abbog. Hier war das Kopfsteinpflaster alt und löchrig, und die ebenso alten Gebäude, nur zwei Stockwerke hoch, waren aus gewöhnlichem Stein gemauert. Vor einer schäbigen Kaschemme blieb er stehen. Über der Tür stand *Calisto's.*

»Erster Stock«, sagte er und ging uns voran durchs Foyer. Der Wirt, ein gedrungener Rawhead, saß hinter dem grob gezimmerten Empfangstresen, die Füße hochgelegt und eine Flasche in der Hand. Er warf uns einen flüchtigen Blick zu und kümmerte sich dann wieder um seine Flasche. Auf ihn konnten wir nicht zählen, falls wir Hilfe brauchen sollten. Rawheads waren noch fieser als Goblins und scherten sich um niemanden außer sich selbst.

Wir stiegen die schmale Treppe zum ersten Stock hinauf. Roche blieb vor einer Tür stehen, an der schon einige Eindringlinge Narben hinterlassen hatten. Ein faustgroßes Loch war grob mit einem Brett vernagelt worden.

Roche wandte sich Trillian zu. »Wie abgemacht – du bleibst hier draußen.«

Trillian zuckte mit den Schultern. »Halt dich an die Spielregeln, dann ist alles gut.«

Roche schloss die Tür auf und scheuchte mich in ein schmuddeliges Zimmer. Es stank nach Essensresten und auch ein wenig nach Urin. Ich blickte mich um. Es gab nur ein Einzelbett mit einer dünnen Matratze und einer schäbigen Decke darauf. Eine winzige Bewegung erregte meine Aufmerksamkeit, und ich sah näher hin. Flöhe. *Igitt.*

In einer Ecke standen ein Tisch und ein Stuhl, auf der anderen Seite des Bettes ein kleiner Waschtisch mit Krug und Schüssel. Von einer Badewanne oder einem Abort welcher Art auch immer war nichts zu sehen. Dieser Calisto führte hier ein echtes Dreckloch.

Mir sank der Mut, und ich entschied mich, nun doch den schnellsten Weg zu wählen. Unter keinen Umständen würde ich mich von Roche begrabschen lassen. Wenn ich dazu die Todesschrift verwenden musste, dann würde ich das eben tun. Ich schob mich langsam an den Tisch heran und legte meine Beuteltasche auf die rissige Tischplatte. Roche beobachtete mich – ich konnte seinen Blick sogar im Rücken spüren.

»Zieh dich aus!«, befahl er heiser.

Jetzt oder nie. Hinter dem Körper fischte ich in meiner Tasche nach den Handschellen. In dem Augenblick, als ich das Eisen berührte, packte er meinen Umhang und riss ihn mir herunter. Ich ließ die Handschellen wieder in die Tasche fallen und fuhr herum.

»Das dachte ich mir. Eine Mondhexe.«

»Stört dich das etwa?«, fragte ich mit ruhiger Stimme. Er hatte nicht gemerkt, dass ich in meiner Tasche gekramt hatte. Ein Punkt für mich, aber ich musste ihm die verdammten Handschellen anlegen, ehe er irgendetwas mitbekam.

Roche trat vor. Die leisen Stiefelschritte auf dem Dielenboden hallten in dem stickigen Raum wider. Einen Moment lang schwieg er, und dann sagte er mit gehässiger, fieser Stimme: »Normalerweise wäre ich begeistert. Eine Mondhexe fickt sich wie eine teure Hure, aber da du für den YND arbeitest und mich festnehmen willst, bin ich nicht sehr erfreut, dich zu sehen.«

Scheiße. Er wusste, wer ich war. Ich fuhr herum, schnappte mir die Handschellen und wich hastig vor ihm zurück. Sein Gesichtsausdruck sagte mir alles. Das war eine Falle gewesen. Lathe hatte mich verraten und verkauft.

Roche stürzte sich auf mich. Ich schrie und schlug mit den Handschellen nach ihm in der Hoffnung, vielleicht sein Gesicht zu treffen. Von der Tür her war Lärm zu hören. Den Göttern sei Dank – Trillian.

Doch ehe Trillian die Tür aufbrechen konnte, murmelte Roche vor sich hin, packte meine Hand, und die Welt verschwamm. Ich tastete verzweifelt nach irgendetwas, woran ich mich festhalten konnte, doch der Stuhl, der Tisch, der Boden, alles verschwand, und dann standen wir auf einer nebligen Wiese.

Ich sah mich um und stellte fest, dass wir uns im Astralraum befanden. Den kannte ich von den Vollmondnächten, wenn ich mit der Wilden Jagd durch die Welt zog. Wie zur Hölle hatte Roche das geschafft?

Er stand direkt neben mir, hatte aber meine Hand losgelassen – die Landung war ziemlich hart gewesen. Ich nutzte meine Chance und schlug noch einmal mit den Handschellen zu, indem ich einen Ring festhielt und den anderen wie einen Morgenstern an der Kette herumsausen ließ. Ich traf ihn hart an der Wange, und das Eisen zischte auf seiner Haut. Roche schrie auf und hielt sich mit beiden Händen das Gesicht.

Ich holte noch einmal aus, traf seine andere Wange, und dann rannte ich los. Ich hatte ihn zwar verbrannt und geschlagen, doch die Wunden waren keineswegs tief genug, um ihn auszuschalten.

Ich nahm die Beine in die Hand, ohne erst zu überlegen, wohin ich laufen sollte. Ich musste mich irgendwo verstecken. Der Astralraum hat seine eigene Flora und Fauna, oder zumindest etwas Ähnliches, und ein Stück vor mir entdeckte ich ein Wäldchen aus knorrigen Bäumen. Das waren natürlich keine *echten* Bäume, wie es sie zu Hause gab, aber sie würden reichen.

Ich hetzte durch den Nebel, der mir um die Knöchel waberte, und glaubte, dass ich es zu den Bäumen schaffen müsste, ehe Roche mich einholte. Einen großen Vorteil hatte ich: Ich flog mit der Wilden Jagd, ich war es gewöhnt, mich im Astralraum zu bewegen, und konnte hier draußen laufen wie der Wind. Ich legte noch einen

Zahn zu und ließ ihn in einer brodelnden Nebelwolke zurück.

Als ich mich in den Schatten der ersten Bäume duckte, begann ich hektisch zu überlegen. Wie zum Teufel sollte ich hier wieder wegkommen? Ich konnte mich nicht allein in den Astralraum und zurück versetzen – das ging nur, wenn die Wilde Jagd mich herrief oder wieder heimschickte. Und woher, um alles in der Welt, wusste Roche, wie das ging?

Leise eilte ich zwischen den uralten Wesen hindurch, deren schartige, knotige Rinde sich zu Gesichtern formte. Wenn ich Glück hatte, würden sie mich freundlich anschauen. Wenn nicht, stand ich vor einem ganzen Haufen neuer Probleme.

Es gab keinen erkennbaren Pfad durch das Wäldchen – zumindest konnte ich im Nebel keinen erkennen. Doch die Bäume etwa in der Mitte standen weiter auseinander, als flankierten sie einen Weg, also ging ich mitten durch das Wäldchen und suchte nach einer Abzweigung. Vielleicht mit einem großen, blinkenden Neonschild: *Versteck 50 Meter.*

Verdammt, ich hatte nicht damit gerechnet, dass Roche zwischen den Welten hin und her springen konnte. Das war natürlich eine fette Lücke in meinem Plan. *Eine möglicherweise tödliche Lücke.*

Ein fernes Geräusch erregte meine Aufmerksamkeit. Ich versuchte festzustellen, woher es kam. Vermutlich war das Roche, der sich dem Wäldchen näherte. Er fluchte – zumindest glaubte ich, das gehört zu haben.

Höchste Zeit, sich unsichtbar zu machen. Ich ließ den Blick über das dichte Unterholz zwischen den Bäumen schweifen. Das Gebüsch wirkte ebenso bedrohlich wie die Bäume, aber ich konnte es mir aussuchen: Entweder ich versteckte mich darin, oder ich fiel Roche in die Hände. Also stürzte ich mich ins Gestrüpp, schob mich durch das hüfthohe Gebüsch und bemühte mich, möglichst keine deutliche Spur zu hinterlassen.

Die Büsche wurden immer höher, je weiter ich mich von dem Pfad entfernte, und schließlich stand ich vor einem Brombeergestrüpp, das kuppelförmig einen Felsen überwuchert hatte. An einer Seite war gerade genug Platz, dass ich unter den Ranken durchschlüpfen und hinter den Felsen kriechen konnte. Sobald ich in meinem Versteck saß, schob ich die dornigen Ranken so zusammen, dass sie den Zugang verbargen.

Was ich tun sollte, wenn er den Astralraum wieder verlassen hatte, war eine andere Frage. Wahrscheinlich würde ich einfach ziellos herumstreifen, bis ich hoffentlich auf irgendjemanden stieß, der mich nach Hause schicken konnte.

Ich wartete und fragte mich, was Trillian jetzt wohl tat. Wenn er wie die meisten anderen Männer war, die ich schon kennengelernt hatte, würde er einfach gehen und die Sache abhaken. Ein kleiner Teil von mir wagte zu hoffen, dass er nach mir suchen würde, aber darauf konnte man sich nicht verlassen. Die Svartaner waren auch nicht gerade als besonders treu und verlässlich bekannt, und selbst wenn das für ihn nicht gelten sollte, hatte kaum jemand aus Svartalfheim Zugang zu den ätherischen Reichen.

Ich hörte Schritte und hielt den Atem an. Die Dornen stachen mich. Ich versuchte, von ihnen abzurücken, doch dann wurde mir klar, dass nicht *ich* ihnen näher gekommen war. Anscheinend wollte der Brombeerbusch herausfinden, was für ein Geschöpf ich wohl war. Eine der Ranken pikste mir mit ihren dornigen Fingern in den Arm. Ich verzog das Gesicht und versuchte, sie sacht beiseitezuschieben. Kein Glück.

Als sie mich wieder antippte, blickte ich mich nach ihr um, bereit, den Dolch zu ziehen und das verdammte Ding abzuhacken – da sah ich plötzlich Augen, die mich oberhalb der Wurzel aus dem Baumstamm neben mir anstarrten. Das Gesicht sah mich ausdruckslos an, dann zwinkerten die Augen langsam. Die Ranke, die mich gepikst hatte, bewegte sich ein Stück und deutete auf einen niedrigen Tunnel durch das Dornengestrüpp. Er war vorhin noch nicht da gewesen.

Ich warf dem Stamm einen kurzen Blick zu, holte dann tief Luft und tauchte in den Tunnel ab. Während ich durch den Nebel kroch, hörte ich plötzlich ein Geräusch und schaute hastig über die Schulter zurück. Die Ranken hatten sich hinter mir wieder geschlossen und hüllten mich in einen Kokon aus Dornen und Blättern. Ich konnte durch das schützende Gestrüpp kaum noch nach draußen schauen. Als ich mich an meinem neuen Platz niederlegte, huschte ein seltsames kleines Geschöpf über die Stelle, an der ich mich eben noch versteckt hatte. Es hob den Schwanz, und ein widerlicher Gestank breitete sich aus. Ein Lycon – ein freundliches kleines Säugetier mit einem sehr wirksamen Abwehrmechanismus. Mutter hatte sie auch als Stinktiere bezeichnet.

Ich würgte und zwang mich, ja keinen Laut von mir zu geben, während das Lycon sich raschelnd durch das Unterholz entfernte. Den Göttern sei Dank, dass ich aus der Schusslinie gewesen war. Da erregte ein neues Geräusch meine Aufmerksamkeit: Schritte. Roche. Verdammt – wahrscheinlich war er meiner Witterung gefolgt. Ich spähte durch eine winzige Lücke zwischen den Ranken und konnte ihn gerade so erkennen. Er wandte sich hierhin und dorthin, als suchte er etwas. Dann hörte ich ihn fluchen.

Ha! Der Baum und der Brombeerstrauch halfen mir. Sie hatten das Lycon herbeigerufen, dessen Gestank meinen Geruch überdeckte. So konnte Roche mich unmöglich finden. Und falls ich recht hatte, würden die Ranken ihm einen höllischen Kampf liefern, wenn er doch versuchen sollte, sich durch das Gestrüpp zu schlagen.

Mit dem Gefühl, dass ich nun tatsächlich eine Chance hatte, lebend wieder aus dieser Sache herauszukommen, kauerte ich mich zusammen und wartete. Ich hatte nichts weiter bei mir als die eisernen Handschellen, die ich trotz meiner Handschuhe ganz vorsichtig hielt. Ich wollte nichts riskieren.

Ein paar Augenblicke später wandte Roche sich ab und schob sich wieder durch das Unterholz davon. Ich wagte kaum zu atmen, bis sich die Ranken um mich her entspannten. Sie lösten und öffneten sich, ich kroch aus meinem Versteck, stand auf und zupfte vorsichtig meine Kleidung zurecht.

Dann wandte ich mich dem Baum zu und seufzte tief. »Ich weiß nicht, ob du mich verstehen kannst«, flüsterte ich, »aber ich danke dir. Du hast mir das Leben gerettet.«

Ein leises Raunen war zu hören, als streiche ein Luftzug durch das Astloch, das den Mund des Baums bildete. Ich hatte den starken Eindruck, dass er sagte: »Gern geschehen.«

Nach einer scheinbaren Ewigkeit schob ich mich vorsichtig durchs Unterholz zurück zu dem Pfad und stellte erleichtert fest, dass von Roche nichts zu sehen war.

»Verdammt«, brummte ich. »Und was mache ich jetzt? Ich habe keine Ahnung, wie ich nach Hause kommen soll.«

Der Nebel erstreckte sich in alle Richtungen, so weit das Auge reichte. Ich konnte mich kaum daran erinnern, aus welcher Richtung ich gekommen oder wie weit ich bis hierher gelaufen war. Ich war so schnell gerannt, dass ich jedes Gefühl für die Entfernung verloren hatte.

Nach ein paar Augenblicken straffte ich die Schultern und beschloss, einfach weiter durch das Wäldchen zu gehen. Ich machte mich auf den Weg. Die Bäume waren nicht mehr still. Sie flüsterten und zitterten in den astralen Luftströmen. Ich schloss die Augen und konzentrierte mich auf ihre Unterhaltung. Ich besaß die Gabe, mit Pflanzen zu sprechen, obwohl ich leider wahrlich keinen grünen Daumen besaß – also hörte ich zu.

Zunächst drehte sich das Gemurmel um Themen, über die sich vermutlich die meisten Bäume unterhielten, auch im Astralraum: um Sonne und Wachstum und den Nebel, der ihnen offenbar das Wasser zur Verfügung stellte, das sie brauchten, um zu gedeihen. Hin und wieder war auch von den Lycons und anderen Geschöpfen des Astralraums die Rede. Doch dann schlich sich ein düsterer Tonfall in das Geflüster der Blätter, und ich hielt inne und ließ mich in Trance fallen, um genau zu verstehen, was sie sagten.

»Er stellt eine Armee auf …«

»Meint ihr, er wird in unsere Welt kommen …«

»Wir sollten uns gar nicht darum kümmern – das ist nicht unsere Angelegenheit …«

»Aber Feuer und Flammen schon, die können uns selbst hier verletzen …«

Schließlich verstummte das Gerede von dem geheimnisvollen Fremden, doch die Angst, die ihre Worte begleitet hatte, blieb mir. Irgendetwas hatte sich in Bewegung gesetzt, und ich wollte gar nicht wissen, was. Nach ein paar Minuten wurde die geflüsterte Unterhaltung fortgesetzt, diesmal über das Verstreichen der Zeit im Allgemeinen.

Ich hätte nicht sagen können, wie lang ich weiterlief. Die Zeit verging im Astralraum nicht so wie in der körperlichen Welt. Doch schließlich erreichte ich das andere Ende des Waldes und stand am Rand einer Schlucht voller glitzernder Nebelschwaden. Über die Kluft führte eine schmale Hängebrücke, die ungefähr so solide aussah wie ein bügelloser BH.

Ich holte tief Luft, betrat die Brücke und erstarrte, als sie unter meinem Gewicht hin und her schaukelte. Die Hände immer an den Tauen zu beiden Seiten, ging ich vorsichtig los und passte höllisch auf, nicht mit den Absätzen in den Astlöchern der hölzernen Planken hängen zu bleiben.

Ich hatte etwa die Hälfte geschafft, als ich auf der anderen Seite eine verhüllte Gestalt in einem langen grauen Umhang bemerkte. Roche? Mein Herz raste, bis mir auffiel, dass die Figur überhaupt nicht zu seiner passte. Als ich mit meinen magischen Sinnen ausgriff, erspürte ich die Energiesignatur einer Frau, die keinerlei Bösartigkeit enthielt. Neugier, ja. Vorsicht – eindeutig. Aber kein wahnsinniges Chaos wie bei Roche.

Vielleicht kann sie mir sagen, wie ich wieder nach Hause komme. Sie wartete schweigend, während ich die Zähne zusammenbiss und über die wild hin und her schaukelnde Brücke eilte. Sorgsam vermied ich es, nach unten zu schauen – ich hatte ein wenig Höhenangst. Ziemlich viel, um ehrlich zu sein, und so hoch wie gerade jetzt war ich in meinem verdammten Leben noch nicht gewesen. Mit der Wilden Jagd über den Himmel zu fliegen zählte da nicht.

Ich erreichte das Ende der Brücke und warf einen Blick zurück. Die Brücke verschwand im Nebel. Gerade war sie noch da gewesen, und im nächsten Augenblick gab es sie nicht mehr.

»Heilige Scheiße!« Ich machte einen Satz weg vom Rand des Abgrunds, auf die Frau zu. »Wo ist das verdammte Ding hin?«

Sie ragte über mir auf, noch größer als Delilah. Als sie sprach, klang ihre Stimme gedämpft wie durch Watteschichten.

»Die Brücke gehört mir. Sie erscheint nur, wenn jemand in Not ist und nach mir sucht.«

Sie schlug die Kapuze zurück, und ich sah ihr in die Augen. Ihr Alter war unmöglich zu schätzen, sie hätte jung sein können … erwachsen … uralt. Silbriges Haar mit einem violetten Schimmer fiel ihr über den Rücken. Ich konnte auch nicht erkennen, welcher Rasse sie angehörte. Sie war weder Sterbliche noch Fee, so viel war sicher. Ihre Augen waren hellsilbern mit einem schwarzen Ring um die Iris, und so dunkle Pupillen wie ihre hatte ich noch nie gesehen.

Auf einmal rollte eine Woge von Magie über mich hinweg, die mich beinahe umwarf. Diese Frau war keine Hexe oder Zauberin. Nein, sie war leibhaftige Magie. Ich starrte sie an. War sie eine Göttin? Eine Unsterbliche?

»Es tut mir leid, aber ich weiß nicht, wer Ihr seid. Ich habe nicht nach Euch gesucht – nur … nach irgendjemandem, der mir vielleicht helfen kann.«

Mit gelassener Miene ging sie einmal um mich herum. »Ich bin die Herrin der Nebel, und dies ist mein Reich, das du betreten hast.«

Die Herrin der Nebel … Himmel! Ich stand vor einer Elementarfürstin. *Königin.* Wie man sie auch nannte, sie war eine der wahrhaft Unsterblichen. Und wie ihre Gefährten existierte sie außerhalb der Reiche von Sterblichen und Feen. Sofort sank ich in einen tiefen Knicks.

Die Herrin der Nebel blickte auf mich herab, und ich spürte ihre Hand auf meinem Kopf. »Erhebe dich, Mondhexe. Was tust du in meinem Reich? Dies ist nicht die Zeit für deine Wilde Jagd.«

»Ich bin hier gestrandet«, erklärte ich. »Ein Mörder, den ich verfolgt hatte, hat mich in den Astralraum verschleppt. Er wollte mich töten, aber ich konnte ihm entkommen.« Ich hielt die eisernen Handschellen hoch. »Ich habe versucht, ihn zu fesseln, aber er hat mich überrumpelt. Ich konnte ja nicht ahnen, dass er sich in andere Reiche versetzen kann.«

Sie warf einen Blick auf die Handschellen und verzog das Gesicht. »Eisen? Du hast Eisen bei dir?«

»Ich tue, was nötig ist, um meine Pflicht zu erfüllen. Könnt Ihr mir helfen?« Ich fragte mich, ob Eisen auf Elementarfürstinnen eine ähnliche Wirkung haben mochte wie auf Feen. Doch sie schob nur meine Hand beiseite.

»Womit soll ich dir helfen? Ihn zu fangen oder in deine Welt zurückzukehren?«

Das hörte sich so an, als könnte sie beides. Aber es war gefährlich, Unsterbliche um irgendwelche Gefälligkeiten zu bitten – sogar noch gefährlicher als bei den Göttern. Die Elementarfürsten waren launisch. Der Tod war für sie nicht mehr als ein Wimpernschlag.

»Könnt Ihr mir sagen, wie ich nach Hause komme?«, fragte ich. Eigentlich wollte ich sie nicht einmal um eine Auskunft bitten, aber mir blieb nichts anderes übrig. Außer ich wollte bis zum Vollmond hier warten, wenn die Wilde Jagd mich aufsammeln würde. Aber das kam mir albern vor, und schlimmer noch – derweil würde Roche entkommen.

Sie hob sacht mein Kinn an, und ihre Berührung fühlte sich an wie der zarte Hauch einer Brise auf meiner Haut. »Ich kann dir helfen«, sagte sie leise. »Aber dann stehst du in meiner Schuld.«

»Was verlangt Ihr dafür? Was habe ich Euch schon zu bieten?«, fragte ich.

Da lächelte die Herrin der Nebel, und mir gefror das Blut in den Adern. Ihr Lächeln war gnadenlos, nicht bösartig oder hasserfüllt, sondern kalt wie Schnee und Gletschereis.

»Ich werde jemanden zu dir schicken. Jemanden, der mit dem Nebel in Verbindung steht. Das wird dir vielleicht nicht bewusst sein, wenn du ihr begegnest, aber irgendwann wirst du dich an diesen Pakt erinnern. Du wirst ihr helfen. Du wirst ihr beistehen, damit sie sich reinwaschen kann, und dafür wirst du alles tun, was immer nötig ist. Hast du verstanden?«

Ich nickte mit klappernden Zähnen. Ihre Berührung ließ mich taumeln vor Kälte. »Was, wenn ich nein sage?«

Sie lachte, und ihre Stimme hallte durch den Nebel, der in tanzenden Säulen und Teichen um uns herumwirbelte. »Dann, meine Liebe, wirst du erneut über den Abgrund wandeln, doch diesmal ohne Brücke.«

Mir war klar, dass ich mit dem Rücken zur Wand stand. Obwohl es sich anfühlte, als schlinge die Hand des Schicksals die Finger fester um mich, gab ich ihr mein Wort.

»Schließe die Augen«, flüsterte sie.

Ich tat es, und dann kippte ich plötzlich nach vorn, und die Handschellen fielen mir aus den Fingern. Ich riss die Augen auf und sah, dass ich dem Dielenboden entgegenstürzte, als hätte mich jemand heftig von hinten gestoßen. Hilflos rang ich um mein Gleichgewicht, aber Trillian war da, und er sprang vor und fing mich auf. Ich war wieder in Roches Zimmer.

»Ich dachte, ich hätte dich verloren«, flüsterte er heiser, einen Ausdruck des Grauens auf dem Gesicht. Und dann küsste er mich so heiß, dass ich kopfüber ins Feuer stürzte.

5

Trillian riss mich von den Füßen, als sich seine Lippen auf meine pressten. Ich ließ mich in den Kuss sinken, zerschmolz darin, wollte, dass er nie wieder aufhörte, und schlang die Beine um seine Taille. Die Angst, von Roches Hand zu sterben, im Astralraum gestrandet zu sein, der Herrin der Nebel gegenüberzustehen – all das ballte sich in mir zu glühender Gier, als er mich so küsste. Ich fuhr mit den Fingern in sein Haar und krallte mich in den langen, seidigen Strähnen fest.

Er presste sich an meine Oberschenkel, hart und forschend hinter dem Stoff seiner Hose. Ich ließ mich tiefer sinken, rieb mich an ihm und hörte ihn leise stöhnen. Er packte meine Hüfte fester. Magie knisterte an seinen Fingerspitzen, und wo er mich berührte, kribbelte meine Haut, und Erregung schoss wie zischelnde Flämmchen durch meinen Körper.

»Glaubst du, wir sind hier sicher?« Ich beäugte das Bett, dann den Boden. Der Boden war wohl die bessere Wahl – weniger Flöhe.

»O ihr Götter, ich würde zu gern ja sagen. Ich begehre dich. Aber – nein.«

»Wird Roche hierher zurückkommen?« Ich ließ die Beine sinken, bis ich festen Boden unter den Füßen hatte, und trat keuchend zurück.

Trillian ließ mich widerstrebend los. Da erst bemerkte ich, dass wir nicht allein waren. Ein weiterer Svartaner war bei ihm. Der Mann war stämmiger als Trillian und trug einen ordentlich getrimmten Bart. Er lehnte grinsend am Türrahmen. O ja, wir hatten ihm eine nette kleine Show geboten. Ich sah die Belustigung in seinen Augen funkeln.

»Ja, ganz sicher«, antwortete Trillian. »Er hat zu viel Wertvolles hier zurückgelassen und wird sich vergewissern wollen, dass ich nichts gestohlen habe.«

Ich schluckte mein Begehren herunter und versuchte, mich auf die gegenwärtige Situation zu konzentrieren. »Willst du mich nicht deinem Freund vorstellen?«

Trillian rieb sich das Kinn. »O ja. Das hätte ich beinahe vergessen. Entschuldigung.«

»Ich glaube, ich wurde gerade schwer beleidigt«, sagte der Mann.

»Das wäre nicht das erste Mal. Camille, das ist Darynal, mein eidgeschworener Blutsbruder«, erklärte Trillian lachend. »Darynal, darf ich dir Camille vorstellen.« Dann wurde er ernst. »Ich berufe mich hier auf unseren Eid. Wenn diese Frau Hilfe brauchen sollte, so kann sie dich um deinen Beistand bitten – in meinem Namen.«

Das Lächeln auf Darynals Gesicht erlosch. Er verneigte sich vor mir. »Camille, zu Euren Diensten. Was immer Ihr benötigt, ich werde mein Bestes tun, um Euch zu helfen. Welche Fragen Ihr auch habt, ich werde mein Bestes tun, Antworten für Euch zu finden.«

Ich kam mir vor, als wäre ich gerade zur Ehren-Svartanerin ernannt worden, und räusperte mich. Ich wollte nur noch eines: Roche und den Astralraum und die Herrin der

Nebel vergessen und Trillian besinnungslos vögeln. Aber ich schaffte es, mich zusammenzureißen.

Ich erwiderte die Verbeugung mit einem Knicks. »Danke. Ich werde diese Ehre niemals missbrauchen.« Dann wandte ich mich an Trillian und fragte: »Was ist hier passiert, nachdem Roche mich in den Astralraum verschleppt hat?«

Trillians Augen funkelten gefährlich. »Ich habe den Lärm hier drin gehört und die Tür eingetreten. Roche war verschwunden, und du warst nirgends zu finden. Ich habe überall gesucht. Im ganzen Haus, überall darum herum, aber ich konnte dich nirgends finden. Allerdings bin ich darauf gekommen, dass er dich in ein anderes Reich entführt haben musste. Also habe ich nach Darynal geschickt, der auch in meinem Hotel wohnt.«

»Reines Glück, dass ich diesen Monat in der Stadt bin. Ich mache für gewöhnlich keine Geschäfte hier in Y'Elestrial«, warf Darynal ein.

Trillian nickte ihm knapp zu und fuhr fort: »Ich wollte unbedingt in der Nähe bleiben. Falls Roche ohne dich zurückgekehrt wäre und ich ihn erwischt hätte, dann hätte ich ihn mit einem sehr stumpfen Messer in kleine Scheibchen geschnitten, bis er mich zu dir geführt hätte.«

Ich schluckte. Ich hatte geglaubt, *ich* könnte gnadenlos sein, wenn es nötig war, aber der Ausdruck auf Trillians Gesicht war so grausam hart, dass man damit Stein hätte zerschlagen können. Ihn wollte man wirklich nicht zum Feind haben.

Darynal lachte nur. »Du kannst ihm ruhig glauben. Genau das hätte er getan.«

Ich erzählte ihnen von meinem Ausflug in den Astralraum und von dem Brombeerstrauch in dem Wäldchen, der mich mitsamt meiner Witterung vor Roche versteckt hatte. Von meiner Begegnung mit der Herrin der Nebel sagte ich nichts. *Diese* reizende kleine Unterhaltung musste ich für mich behalten, damit ich erst eine Weile in Ruhe nachdenken konnte, ehe ich mit jemandem darüber sprach. Trillian fiel die Lücke in meiner Geschichte natürlich sofort auf.

»Wie bist du hierher zurückgekommen?«, fragte er.

»Ich habe jemanden gefunden, der bereit war, mir zu helfen«, antwortete ich ausweichend. »Einen Astralgeist, der gerade gute Laune hatte. Und, ist Roche wieder aufgetaucht?«

»Siehst du hier irgendwo Blut?«, erwiderte Trillian. Er schüttelte den Kopf. »Nein, aber glaub mir, er wird hierher zurückkommen, wenn er glaubt, wir hätten die Suche nach ihm aufgegeben. Das hier will er ganz sicher nicht zurücklassen.« Er hob eine offene Reisetasche an, in der einige magische Schriftrollen und diverse fragwürdige Gegenstände lagen. »Die habe ich im Schrank gefunden. Der war zwar verschlossen, aber die meisten Schlösser halten mich nicht allzu lange auf.«

»Wir müssen hier Wache halten, damit wir ihn erwischen, wenn er zurückkommt«, sagte ich. »Aber er kann nicht wissen, dass ich wieder hier bin. Wenn er davon ausgeht, dass ich noch im Astralraum festsitze, wird er sich sicher fühlen. Du solltest auch gehen, und zwar nicht unauffällig, denn ich wette zehn zu eins, dass er das Gebäude gerade jetzt beobachtet.« Ich runzelte die Stirn und wühlte in der Tasche herum. Spruchrollen, Tränke, ein paar Amulette – all das konnte ich nur zu gut gebrauchen.

Ich schnappte mir meinen Beutel, der noch auf dem Tisch lag, kippte den Inhalt der Reisetasche hinein und stahl ihm damit nicht nur die Schriftrollen, sondern auch alles andere, was er darin gesammelt hatte. Dann schloss ich die Tasche und stellte sie auf den Boden.

Ich blickte auf und erklärte: »Die eisernen Handschellen habe ich unterwegs verloren, aber auf dem Markt finde ich sicher neue. Die Schriftrollen sind magisch. Roche hat sich wahrscheinlich einen ganzen Haufen Zauber gekauft, die ihm bei seinem Meisterwerk im Frauenzerstückeln nützen könnten.«

Ich hob den Blick von meinem Beutel und bemerkte, dass Trillian und Darynal mich anstarrten. Beide grinsten. »Was ist? Was habe ich jetzt schon wieder falsch gemacht?«

Trillian schüttelte mit fast zärtlichem Lächeln den Kopf. »Ach, Camille, du bist wahrhaftig eine Frau nach meinem Geschmack.« Als ich ihn fragend ansah, lächelte er nur.

»Na schön«, sagte ich. »Wie gehen wir jetzt vor?«

Darynal zuckte mit den Schultern. »Ich schlage vor, Trillian geht möglichst auffällig zur Vordertür hinaus. Du schleichst dich hinten raus – wenn du in der Nähe bleibst, kann Roche womöglich deine Energiesignatur erspüren. Ich verstecke mich hier.«

»Hört sich gut an«, sagte ich.

»Dann ab mit euch beiden. Er weiß nicht, dass ich zu euch gehöre, denn ich bin ja nicht mit euch hergekommen. Ich verstecke mich im Schrank. Vielleicht gelingt es mir ja, ihn zu überrumpeln.« Darynal nahm die Reisetasche, öffnete die Schranktür und verzog das Gesicht, als er die zahllosen Spinnweben darin sah. »Also wirklich, gibt es hier kein Zimmermädchen?«

»Wir kommen zurück, wenn wir die passende Tarnung gefunden haben«, sagte Trillian. »Wenn wir nur hier drüben auch Mobiltelefone hätten.«

Ich starrte ihn an. »Was zum Kuckuck sind *Mobiltelefone*? Meine Mutter hat mir mal erklärt, was ein Telefon drüben in der Erdwelt ist. Hat es etwas damit zu tun?«

Trillian nickte. »Ja. Mobiltelefone oder Handys sind tragbare Geräte, über die man kommunizieren kann.«

»Moment mal!« Ich starrte ihn an. Er hatte seelenruhig gesprochen, viel zu gelassen für das, was er gerade gesagt hatte. »Du warst *selbst* in der Erdwelt, oder? Du hast diese *Handys* schon mal benutzt!«

Er zog eine Augenbraue hoch. »Darüber darf ich nicht sprechen.«

»Wart's nur ab«, sagte ich. »Wenn wir mehr Zeit haben, werden wir beide uns ausgiebig darüber unterhalten.«

Trillian packte mich bei den Schultern und drückte mir einen raschen Kuss auf den Mund. »Aber erst, wenn wir ausgiebig gevögelt haben.«

Wieder flackerte meine Begierde auf, als mir plötzlich ein Bild davon vor Augen stand, wie Trillian in mich eindrang. Ich konnte ein unwillkürliches Stöhnen nicht unterdrücken. Darynal lachte glucksend. Ich warf ihm einen finsteren Blick zu.

»Wisch dir das Grinsen vom Gesicht, Milchbart.« Ich wandte mich wieder Trillian zu und sagte: »Uns zu verkleiden reicht nicht. Wir sollten auch unsere Energiesignaturen verschleiern. An Roche ist mehr dran, als man auf den ersten Blick vermuten würde.« Ich überlegte. »Darynal, was ist mit dir? Wird Roche nicht spüren können, dass du dich da drin versteckst?«

Er schüttelte den Kopf und hielt einen silbernen Anhänger an seiner Halskette hoch. »Dieses kleine Problem ist hiermit gelöst.«

Ich erkannte die Zeichnung darauf. Zauberer benutzten solche Amulette, um ihre verbotenen Aktivitäten zu verschleiern.

»He«, sagte er, als er meinen kritischen Blick bemerkte. »Ich bin ein verdammt guter Jäger, aber was glaubst du, was mir gegenüber den Elchen und Hirschen, an die ich mich anpirsche, den entscheidenden Vorteil verschafft?«

»Du spielst also nicht fair«, sagte ich, doch ich lächelte dabei. Allmählich erwärmte ich mich für ihn, und ich hatte das Gefühl, dass er und Trillian unglaublichen Ärger anrichten konnten, wenn die beiden zusammen loszogen.

Darynal schnaubte. »Ich spiele, um zu gewinnen. Daran solltest du auch bei deinen Gegnern denken, Camille. Die meisten von denen werden sich nicht an irgendwelche Spielregeln halten. Wenn du klug bist, tust du es auch nicht.«

Trillian schlang mir einen Arm um die Taille. »Ich habe das Gefühl, dass sie diese Lektion schon vor einer ganzen Weile gelernt hat. Komm, Liebste. Gehen wir.«

Während Trillian sich mit einem lautstarken Wortwechsel zur Vordertür hinaus verabschiedete, schlich ich mich hinten raus. Vorsichtig sah ich mich um und achtete besonders auf irgendwelche Nischen und Winkel, in denen Roche sich verbergen könnte. Denn falls er tatsächlich nur darauf wartete, dass wir gingen, um in sein Zimmer zurückzukehren, würde er sicher nicht irgendwo offen herumstehen. Er mochte ein Psychopath sein, aber dumm war er nicht.

Die Gassen und Straßen waren in Dunkelheit getaucht. Eine dicke Wolkendecke verbarg den Mond, und der Geruch eines nahenden Sommergewitters lag in der Luft. Ich lächelte, als ich die Energie in mir aufwallen spürte – sie rief nach den Blitzen, die schon darauf warteten, sich auszutoben, wenn das Gewitter endlich loslegte.

Ich hatte eine besondere Affinität zu Blitzen – es gehörte zu den magischen Kräften einer Mondhexe, Blitzen und anderen Wetterphänomenen zu gebieten. Mit Regen kam ich nicht besonders gut zurecht, aber es ging. Schnee war für mich viel schwieriger in den Griff zu bekommen. Aber Blitze und ich? O ja, wir verstanden uns bestens. Allerdings fürchtete ich jedes Mal, wenn ich einen der gezackten Feueräste vom Himmel herabrief, dass etwas schiefgehen und ich zu einem Häuflein Asche verbrannt werden könnte.

»Was, wenn er zurückkommt, ehe wir wieder da sind? Was, wenn er Darynal entkommt?«, fragte ich, als Trillian und ich uns ein paar Querstraßen weiter wiedertrafen, sobald wir weit genug von dem Gebäude entfernt waren. Ich hatte das scheußliche Gefühl, dass Roche mir nach dem Leben trachten würde, selbst wenn ich jetzt einfach ging und ihn zukünftig in Ruhe ließ.

»Wir werden ihn aufspüren. Darynal kann jeder Beute folgen, die er sich ausgesucht hat«, erklärte Trillian, nahm meinen Arm und schaute über die Schulter zurück.

»Ich wusste nicht, dass es in den Unterirdischen Reichen jagdbares Wild gibt«, bemerkte ich.

Trillian sah mich von der Seite an. »Nicht alle Svartaner leben in den U-Reichen. Darynal wohnt im Finstrinwyrd.«

Der Finstrinwyrd war ein uralter und potenziell tödlicher Wald. Ich war noch nie dort gewesen, aber es hieß, er wimmele nur so von Untieren und abscheulichen Kreaturen, neben denen Roche wie ein Heiliger aussah. Im Süden grenzte der Wald an Guilyoton, die Stadt der Goblins. Im Osten ragte das Tygeria-Gebirge auf. Westlich des Waldes erstreckten sich weite Steppen und die Weidenwyrd-Wälder. Und im Norden lag der Diesteltann, ein weiterer Wald, der angeblich *noch* magischer und finsterer sein sollte als der Finstrinwyrd.

Ich schauderte. »Ich war noch nie in den dunklen Wäldern. Dort sollen die Leichenzungen hausen, weißt du das?« Ich hielt inne und blickte mich um. Keine Spur von Roche, und auch kein Hinweis auf Verfolger. Meine Sinne waren in höchstem Alarmzustand und besonders auf jegliche Energie eingestimmt, die auf uns gerichtet sein könnte. »Was ist mit dir? Wo lebst du? In den Unterirdischen Reichen oder in Y'Eírialiastar?«

Trillian zuckte mit den Schultern. »Ich pendle, könnte man wohl sagen. Ich habe ein Haus in Svartalfheim, aber ich wohne auch hier. Um genauer zu sein, habe ich eine Wohnung in Y'Elestrial. Vollständig eingerichtet, mitsamt einem Bediensteten, der putzt und die Wäsche macht. Ich brauche mich um nichts zu kümmern außer das Essen. Manchmal wohne ich auch eine Weile bei Darynal, wenn ich gerade in der Gegend bin.«

Ich musste einfach fragen. »Ich weiß, dass ihr Blutsbrüder seid, aber seid ihr auch ein Liebespaar?«

Trillian lächelte zärtlich. »Nein, sind wir nicht. Ich fühle mich nicht zu Männern hingezogen. Bei Frauen finde ich wesentlich mehr Genuss.« Er führte mich über den

Markt zu einem Gebäude, das ganz unscheinbar wirkte, bis auf die Magie, die es ausstrahlte. Für das nüchterne Auge war es ein gewöhnliches Mietshaus, aber ich wusste, dass hinter diesen verwitterten hölzernen Türflügeln sehr viel mehr am Werke war.

»Bleib dicht bei mir, und sprich kein Wort, ehe ich dir sage, dass es ungefährlich ist«, warnte Trillian.

Wir betraten die Eingangshalle, die ganz normal aussah. An den Wänden standen ein paar Bänke, daneben beliebte und verbreitete Topfpflanzen. Am Empfang saß ein gelangweilt dreinblickender Zwerg. Er zuckte nicht mit der Wimper, als wir an ihm vorbeigingen. Trillian führte mich einen langen Gang entlang, der von Blickfängern erhellt wurde, zu einer Treppe. Vor der ersten Tür im ersten Stock blieben wir stehen.

Er klopfte dreimal, dann presste er die Handfläche auf eine silberne Platte neben dem Türrahmen, die schwach rötlich leuchtete. Das Licht wurde plötzlich grün, und die Tür ging auf.

Brav folgte ich ihm hinein. Der Raum war riesig – er musste gut die Hälfte des ersten Stockwerks einnehmen. Er war mit schweren hölzernen Tischen und geschnitzten Stühlen eingerichtet, und im Kamin flackerte eine sanfte, bläuliche Flamme, die weder von Holz noch von Kohlen kommen konnte. Das Gemach strahlte so viel magische Energie aus, dass sie mich beinahe hintenüber warf. Ich musste mich an Trillian lehnen, um nicht das Gleichgewicht zu verlieren. Er schlang den Arm um meine Taille und führte mich zu einem Divan, auf dem ich mich rasch niederließ.

»Warte hier, und rühr dich nicht vom Fleck!« Er ging

ans andere Ende des Raums. Ich gehorchte seinem Befehl – so gern ich oft über die Stränge schlug und mich Autoritäten widersetzte, die Energie hier drin konnte zubeißen wie eine Schlange, und ich war nur ein Gast. Also würde ich keinesfalls Wellen schlagen.

Als Trillian zurückkehrte, folgte ihm ein unglaublich großer Mann. Ich konnte ihn keiner der Feenrassen zuordnen – *wenn* er denn zu den Feen gehörte. Ein Riese war er sicher nicht, obwohl die Größe beinahe hinkam. Er erinnerte mich an die Einwohner von Aladril, der Stadt der Seher. Sie hatten die gleiche königlich-würdevolle Art, über den Boden zu gleiten anstatt zu gehen, und diesen ernsten, leicht entrückten Gesichtsausdruck.

Er bedeutete Trillian, sich zu setzen, und nahm dann in einem Sessel uns gegenüber Platz. Ich wartete darauf, dass Trillian uns einander vorstellte, doch das würde offenbar nicht geschehen. Nein, Trillian ignorierte mich und sprach mit dem Mann, ohne ihn mit Namen anzureden.

»Wir brauchen einen Zauber, der unsere Energiesignaturen verschleiert, um uns vor jemandem zu verbergen, den wir suchen. Er weiß, wer wir sind.« Trillian hielt dem Mann eine Art Marke hin, und dieser nahm sie zögernd entgegen.

»Euch ist bewusst, dass meine Schuld bei Euch beglichen ist, wenn Ihr dies einlöst?«

Ich riss den Kopf hoch. Schuld? Ich bemühte mich, die Marke genauer zu erkennen. Das war ein Blutschuld-Pfand. Wer immer dieser Kerl auch war, er stand also bei Trillian in einer Blutschuld.

»Selbstverständlich«, sagte Trillian. »Und ich bin ein Mann, der zu seinem Wort steht.«

»Aber«, erwiderte der Fremde, »nicht unbedingt ein rechtschaffener Mann.«

»Rechtschaffenheit ist nicht dasselbe wie moralische Prinzipien«, entgegnete Trillian ruhig. Ich merkte deutlich, dass sie diese Diskussion nicht zum ersten Mal führten.

»Aber Moral ohne Rechtschaffenheit ist ein hohler Sieg für die Ehre.« Der Fremde schüttelte den Kopf. »Ihr könnt die Macht des Glaubens, die Macht der Götter nicht umgehen.«

Trillian schnaubte. »Die Macht der Götter stürzt nicht selten jeden außer ihnen selbst ins Verderben. Rechtschaffenheit in moralischen Dingen ist eine gefährliche Mischung, und religiöse Eiferer töten am Ende meist jeden, der ihnen zu widersprechen wagt. Nein, lasst mir meine Ethik und verschont mich mit der Religion.«

Der andere Mann musterte ihn schweigend und lächelte dann. »Wie immer bleibt Ihr bei Euren Überzeugungen, ganz gleich, womit ich Euch beizukommen versuche. Also schön, Ihr sollt bekommen, was Ihr braucht, aber denkt daran – das Pfand ist damit verfallen, und wenn wir uns das nächste Mal begegnen, verbietet mir nichts mehr, Euch zu töten.«

»Einverstanden. Aber das gilt nur für *Euch*. Der Rest Eurer Bruderschaft hat damit nichts zu tun. Das ist *unser* Streit. Mein Volk und Euer Volk ziehen wir da nicht mit hinein.« Trillian warf mir einen Blick zu. »Ebenso wenig unsere Freunde, Verwandten und Geliebten.«

»Einverstanden.« Der andere sprach so sanft, dass ich das Wort kaum verstand, doch ich spürte deutlich die Mischung aus Respekt und Wut, die er ausstrahlte. Wer immer er auch war, er mochte Trillian nicht. Ich hatte das

Gefühl, dass Trillian soeben eine Lebensversicherung verkauft hatte.

»Wartet hier«, sagte der Mann und glitt zur anderen Seite des Raums hinüber.

Ich bohrte sanft die Finger in Trillians Arm und sah ihn fragend an. Er schüttelte den Kopf.

»Frag nicht. Nicht hier.« Er sah mir in die Augen und flüsterte »Camille«. Dann schlang er wortlos den Arm um meine Taille und streifte zart meinen Mund mit den Lippen. Als wir uns berührten, schoss ein Energiestoß wie ein greller Blitz durch mich hindurch. Ehe ich auch nur nach Luft schnappen konnte, wurde ich von einem Orgasmus geschüttelt. Doch dabei blieb es nicht. Die Energie wurde stärker, sie wob ein Band zwischen uns, verknüpfte in einem komplizierten Muster meine Aura mit seiner. Ich spürte, wie die Magie tanzte und wogte und mich immer stärker zu ihm hinzog.

Zitternd klammerte ich mich an ihm fest. »Was ist das?«

Trillian schien genauso schwindelig und verwirrt zu sein wie ich. Er versuchte mich wegzuschieben, doch die Anziehung zwischen uns war zu stark.

»Herrin Hel, bewahre uns«, flüsterte er. Dann klammerte er sich an mich, küsste mich auf den Kopf, die Stirn, den Hals und bedeckte mein ganzes Gesicht mit kleinen Küssen.

Eine weitere Woge rauschte durch mich hindurch und wirbelte mich Hals über Kopf herum. Das Band zwischen uns war jetzt sogar sichtbar, es funkelte wie eine dicke Lichterkette. Meine Finger kribbelten vom Gefühl seiner Haut, die sie berührten. Ich genoss den Druck seiner Lippen, während er auf meinem Mund spielte wie auf einem gut gestimmten Instrument.

»Wir sollten das nicht hier tun.« Wieder versuchte ich, von ihm abzurücken, doch er hielt mich fest, drückte mich sacht auf dem Divan zurück, und in seinen Augen glomm ein so gieriger Hunger, dass ich glaubte, er könnte mich verschlingen.

Er drängte sich zwischen meine Beine und hielt mich nieder. Seine Stimme klang genauso atemlos wie meine, als er sagte: »Ich weiß nicht … Ich weiß … außer …«

»Außer was?« Ich schaffte es, mich unter ihm wegzurollen, doch dann brauchte ich jedes bisschen Selbstbeherrschung, um mich nicht auf der Stelle wieder in seine Arme zu stürzen.

Er nahm meine Hand und drückte sie fest. »Ich gehöre zu den Betörenden Feen … Es gibt Legenden, die davon erzählen, dass sich manchmal Svartaner begegnen, deren Verbindung miteinander so richtig ist, dass sie sich spontan aneinander binden. *Für immer.* Das ist sehr selten, aber es soll vorkommen.«

»Aber ich bin keine Svartanerin.«

»Trotzdem glaube ich, dass genau das gerade passiert.« Trillian hob mein Kinn an und sah mir ein wenig bekümmert tief in die Augen. »Wenn Seelen sich zusammenfügen, kann nichts dieses Band wieder lösen.«

Ich starrte ihn an.

Das war sein voller Ernst. Und im tiefsten Inneren wusste ich, dass er recht hatte.

»Wir haben noch nicht mal miteinander geschlafen«, brachte ich mühsam hervor.

»Ich weiß. Aber stell dir nur mal vor, wie das sein wird«,

raunte er und richtete sich dann hastig auf, als der Fremde wieder erschien.

Der Mann ignorierte mich und reichte Trillian zwei kleine Medaillons.

»Tragt die hier. Sie werden jeden daran hindern, eure Signatur zu erkennen. Solange ihr sie tragt, werdet ihr aller Welt als Zwerge erscheinen. Sie halten allerdings nicht lange, also müsst ihr euch beeilen.«

Trillian nickte und erhob sich. Er neigte höflich den Kopf. »Die Blutschuld ist beglichen. Ihr seid frei. Doch wenn wir uns das nächste Mal begegnen, haltet inne, ehe Ihr das Schwert erhebt, und denkt an unsere Diskussionen. Vielleicht werdet Ihr es dann nicht mehr so eilig haben, mir den Kopf abzuschlagen. Meine Schwester habt Ihr bereits getötet. Ihr werdet kein weiteres Mitglied meiner Familie anrühren.«

Der Mann starrte ihn an, und widerstreitende Gefühle spiegelten sich auf seinem Gesicht. Gleich darauf sagte er: »Ich schätze unsere Debatten, Svartaner, aber eines sollt Ihr wissen. Wenn ich die Zeit zurückdrehen könnte, würde ich es genauso machen. Ich würde sie wieder töten. Keine Frau verweigert sich mir. Und wenn wir uns je wieder begegnen, geht es Euch ans Leben. Setzt nie wieder einen Fuß über die Schwelle dieser Gilde, denn *ich* könnte Euch hier erwarten.« Mit einem Nicken wies er zur Tür. »Wenn Ihr dieses Gebäude verlassen habt, schulde ich Euch nichts mehr.«

Trillian schüttelte mit grimmigem Lächeln den Kopf. »Wie Ihr wollt«, sagte er und führte mich hinaus. Sobald wir auf den Flur getreten waren, hängte er sich eines der Amulette um den Hals.

»Ich glaub, mein Schwein pfeift«, sagte ich und starrte ihn an, immer noch ein wenig benommen von unserer kleinen Orgie. Er sah wahrhaftig aus wie ein Zwerg, samt langem Bart, kurzen Beinen und derbem Charme. Er sah immer noch gut aus – kein Zauber konnte ihm diese ungeheure Anziehungskraft nehmen, aber er war jetzt eindeutig ein Zwerg.

Er blinzelte verwundert. »Ich nehme an, das hast du auch von deiner Mutter?«, bemerkte er und hängte mir das andere Amulett um den Hals. »Tja, in deiner wahren Gestalt siehst du zweifellos besser aus, aber das dürfte reichen.«

Ich blickte an meinen Armen und Beinen hinab. Ja, ich sah ebenfalls aus wie ein Zwerg. Eine Zwergin mit mächtig Holz vor der Hütte. Allerdings hatten viele Zwergenfrauen eine beachtliche Oberweite. Ich schaute zu der Tür zurück, die sich hinter uns geschlossen hatte. »Möchtest du mir vielleicht sagen, was zur Hel wir jetzt tun sollen? Ich meine, was da drin passiert ist …«

»Psst, warte, bis wir draußen sind. Mit *allen* deinen Fragen.« Er führte mich die Treppe hinunter und zum Haupteingang hinaus. Dann nahm er mich bei der Hand, und wir rannten zu Calistos Wirtshaus zurück. Ich betete darum, dass wir richtig lagen und Roche schon auf dem Weg zu seinem Zimmer war. Trillian hatte um dieser Tarnung willen gerade ein ungeheuer wertvolles Pfand eingelöst, und ich wollte wirklich nicht, dass er diesen Joker umsonst gezogen hatte.

6

ie Nacht kehrte die Dämmerung aus und hinterließ eine blinkende Schicht Sterne über uns. Trillian hielt meine Hand fest, während wir durch die Stadt eilten. Meine Gedanken überschlugen sich – ich wollte Roche endlich zur Strecke bringen und meinen Chef gleich mit ans Messer liefern, wenn ich seinen Vorgesetzten beim YND erzählte, dass er diesem Perversen bei seiner fortgesetzten Flucht geholfen hatte.

Doch über allem hingen das leichte Kribbeln meiner Haut und die Erinnerung daran, was zwischen Trillian und mir geschehen war. *Es gibt Legenden, die davon erzählen, dass sich manchmal Svartaner begegnen, deren Verbindung miteinander so richtig ist, dass sie sich spontan aneinander binden.* Für immer. *Das ist sehr selten, aber es soll vorkommen.*

Seine Worte hallten in mir wider. Was bedeutete das? Aber im Grunde wusste ich es schon. Irgendetwas – Schicksal oder Zufall – hatte uns zusammengeführt. Das wusste ich schon seit unserer ersten Begegnung. Und jetzt waren wir aneinander gebunden – ob das nun gut oder schlecht war, das wusste ich noch nicht. Aber mein Vater würde sicher einiges dazu zu sagen haben.

»Da«, flüsterte Trillian, als wir Calistos Gasthaus erreichten.

Ein Schemen löste sich aus der Dunkelheit. Größe und Gestalt passten, und meine inneren Alarmglocken sagten mir, dass – ja, er war es. Ich klammerte mich an Trillians Arm.

»Das ist Roche«, flüsterte ich. »Ich erkenne seine Energie!«

Wir warteten, bis er das Gasthaus betreten hatte, und schlichen uns dann an dem Rawhead vorbei, dessen Kopf neben einer leeren Schnapsflasche auf dem Tresen ruhte. Der Gestank von schalem Erbrochenem erfüllte das Foyer.

Wir stahlen uns auf Zehenspitzen die Treppe hinauf, und ich wappnete mich. Roche war da oben. Roche, der es genoss, Frauen und Kinder aufzuschlitzen. Darynals Warnung fiel mir wieder ein – Roche würde nicht fair spielen, also sollte ich mich auch nicht an die Regeln halten. Koste es, was es wolle, ich würde diesen Kerl erledigen.

Als wir den oberen Flur erreichten, war Roche bereits in seinem Zimmer verschwunden, und wir hörten polternden Kampfeslärm hinter der schartigen Tür.

»Komm schnell! Darynal ist in Gefahr.« Trillian stieß die Tür auf und stürmte ins Zimmer. Ich folgte ihm auf den Fersen.

»Halt, oder er stirbt!« Roche wirbelte herum. Er hielt Darynal am Hals gepackt, und die rasiermesserscharfe Klinge eines Dolches lag an dessen Halsschlagader. Roche starrte uns fassungslos und völlig verwirrt an. »Wer zum Teufel seid ihr denn?«

Darynal hing schlaff in Roches Griff, doch er lebte. Ich erkannte, dass er sich bewusst entspannte, um unseren Gegner zu täuschen. Leider war Roche nicht die heilste Schüssel im Schrank, und was bei einem normalen Irren funktionieren könnte, würde bei ihm nicht unbedingt klappen.

Das Wichtigste zuerst – Darynal aus Roches Klauen befreien. Ich zückte den Dolch aus dem Futteral an meinem Oberschenkel. Der Lederriemen der Scheide schien irgendwie über der Illusion einer Zwergenhose zu sitzen, die ich jetzt trug.

Ich betete darum, dass meine Stimme sich ebenfalls verwandelt hatte, und brummte: »Gib uns, was du hast – Geld, Juwelen, rück alles raus!« Ja, meine Stimme klang tiefer, den Göttern sei Dank. Wenn wir weiter erfolgreich Räuber und Gardist spielten, könnten wir ihn lange genug im Unklaren lassen, um ihn zu überrumpeln.

Trillian spielte mit und zog ebenfalls seinen Dolch, einen gefährlich aussehenden Keris. »Was du mit dem da auszumachen hast, ist uns egal. Den spießen wir gleich mit auf, wenn du unser Geld nicht rausrückst. *Sofort!*«

Roche runzelte die Stirn, doch anscheinend bestand unsere Zwergentarnung aus wirklich erstklassiger Magie. Langsam ließ er den Dolch sinken und stieß Darynal zu Boden. »Mein Bündel ist da drüben, holt es euch.« Mit einem Nicken wies er auf den Tisch.

»Leer deine Taschen aus! Aufs Bett«, knurrte ich ihn an und wedelte ihm mit meinem Dolch vor dem Gesicht herum. Als er den Inhalt seiner Taschen aufs Bett fallen ließ, spürte ich plötzlich, wie die Energie umschlug. Der Tarnzauber brach. Verflucht, wir brauchten doch nur noch ein paar Augenblicke. Während Roche sich auf Trillians Klinge konzentrierte, die wenige Fingerbreit vor seiner Magengegend in der Luft herumstocherte, ließ ich meinen Dolch fallen und riss die Spruchrolle aus meinem Beutel.

Ich hatte den Todeszauber kaum entrollt, da zerbarst die Illusion. Roche brüllte auf und tastete nach etwas an seinem Hals, das aussah wie ein Amulett. Trillian stieß mit dem Dolch zu, doch Roche wich ihm aus. Er bekam den Anhänger zu fassen, starrte mich an und brüllte dann mit glitzernden Augen etwas in der Zauberersprache. Eine wirbelnde Energiekugel schoss aus dem Talisman hervor.

Nur ein Augenblick, bis sie mich treffen würde. Keine Zeit mehr auszuweichen. Ich machte mich auf die vernichtenden Flammen gefasst. Doch ehe ich etwas tun konnte, stieß Trillian mich zur Seite, und das Geschoss traf ihn mitten in die Brust. Er schrie, als die magischen Flammen sich durch seine Kleidung fraßen.

»Nein!« Ich fuhr zu Roche herum und hob die Spruchrolle. »Du hast genug angerichtet. Genug getötet. *Genug! Mordente dezperantum, vulchinin, mordente la saul ayt Roche!*«

Die Zeit schien stehenzubleiben. Meine Stimme hing schwer in der Luft, die Worte rannen zäh wie Honig an einem kalten Morgen. Roches Augen weiteten sich, und er ließ das Messer fallen. Sein Kopf kippte in den Nacken, sein Mund öffnete sich, und schwarzer Rauch quoll aus seiner Kehle hervor. Über unseren Köpfen tat sich ein wirbelnder Strudel auf, der den Rauch einsog und verschluckte. Mit einem letzten jämmerlichen Kreischen fiel Roche vornüber, als sich der Strudel schloss und verschwand.

Ich ignorierte seinen leblosen Körper und fiel neben Trillian auf die Knie. »Trillian, Trillian, bist du schwer verletzt?«

Darynal versetzte Roche einen kräftigen Tritt und hockte sich dann neben mich.

Trillian stöhnte mit schmerzverzerrtem Gesicht. Er hatte eine tellergroße Brandwunde auf der Brust – der Stoff seiner Tunika war mit seiner Haut verschmolzen. »Ging mir schon besser.«

»Wir müssen einen Arzt holen.« Ich warf Darynal einen Blick zu.

Der schüttelte den Kopf. »Ich bin ein recht geschickter Heiler. Das muss man können, wenn man allein weit draußen im Wald lebt. Lass mich mal sehen.«

Gleich darauf hatte er Trillian die versengte Tunika ausgezogen und strich mit beiden Händen über die Haut. Das Knistern von Magie verriet mir, dass seine Heilkunst sich nicht auf Kräuterkunde beschränkte. Die pulsierende Hitze, die von Trillians Brandwunde ausging, ließ nach. Gleich darauf färbte sich die Stelle knallrosa, doch die schlimmsten Brandblasen waren verschwunden.

»Wie schlimm sind die Schmerzen?«, fragte er Trillian.

Trillian schloss die Augen und zuckte dann leicht mit den Schultern. »Erträglich. Schon viel besser. Danke, *Druneh*.« Er nahm Darynals Hand und ließ sich von ihm langsam aufhelfen.

Zögerlich trat ich vor ihn hin. »Du hast mir das Leben gerettet. Du hast die Kugel abgefangen, die mich hätte treffen müssen. Da ich halb menschlich bin, hätte sie mich wahrscheinlich umgebracht.«

Er sah mir in die Augen. Dann hob er die Hand und strich mit dem Zeigefinger über meine Lippen. »Wie hätte ich das zulassen können? Nach dem, was zwischen uns geschehen ist? Wir sind miteinander verbunden – ich weiß nicht, warum oder wie, aber es ist geschehen. Ich bin nicht sentimental, Camille, das wirst du früh genug feststellen.

Aber was mir gehört, das schütze ich. *Und du gehörst mir.*«

Normalerweise hätte ein Mann, der so etwas zu mir sagte, ein scharfes *Fick dich doch* zur Antwort bekommen. Aber Trillian spielte keine Testosteronspielchen, er gab nicht bloß den Macho. Er meinte das völlig ernst, und es stimmte.

Langsam küsste ich seine Fingerspitzen, dann biss ich zart hinein. »Und du gehörst mir.«

»Du solltest den Leichnam in die Zentrale schaffen.« Er wies auf Roche. »Du hast deinen Mörder erlegt. Das sollte deinem Arschloch von Chef das Maul stopfen.«

»Kommst du nicht mit? Immerhin hast du es mir erst möglich gemacht, Roche zu erwischen. Ohne dich würde ich jetzt noch überall vergeblich nach ihm suchen.« Ich gehörte nicht zu denen, die die Lorbeeren für anderer Leute Arbeit ernteten.

»Nein. Ich will damit nichts zu tun haben. Nimm ihn mit, sag ihnen, dass du es endlich geschafft hast, ihn aufzuspüren, und schaff dir diesen Idioten von einem Chef vom Hals! Sonst kümmere ich mich um ihn.« Seine Augen blitzten gefährlich, und mir wurde klar, dass er nur zu gern bereit wäre, Lathe umzulegen, wenn ich ihn darum bäte.

Ich nickte langsam. Zwar log ich nicht gern, aber die Hauptsache war doch, dass Roche außer Gefecht gesetzt war. »Danke«, sagte ich. »Ich schulde dir was.«

Trillian schüttelte den Kopf. »Camille«, sagte er leise, »das ist noch so etwas, das du über mich lernen wirst. Bei dir wird nichts aufgerechnet.« Er breitete die Arme aus, und ich schmiegte mich an ihn. Wieder hielt er mich fest, als umschlinge er mein Herz. Und in diesem Augenblick wusste ich, was ich zu tun hatte. Was *wir* zu tun hatten.

Lathe starrte auf Roches Leichnam hinab. Ich hatte einen Karren gemietet, um ihn zum Palast zu schaffen, und ihn dann am Kragen über die Flure geschleift, ohne mich um die breite Blutspur zu scheren, die er auf dem pockennarbigen Marmor hinterließ. Ich würde es nicht zulassen, dass mein Chef das Lob für diesen Erfolg an sich riss, also sorgte ich dafür, dass jeder Agent, jeder Gardist und jeder Höfling, der mir auf dem Weg zu Lathes Büro begegnete, mich mit Roches Leiche sah. Alle sollten wissen, dass ich Roche erledigt und hereingeschleift hatte.

»Du hast ihn?« Lathes Gesichtsausdruck, als ich ihm Roche vor die Füße fallen ließ, war unbezahlbar.

»Trotz der falschen Spuren, auf die du mich angesetzt hast«, erwiderte ich. »Tja, da ist er. Tut mir leid, dass ich ihn nicht lebend reinschaffen konnte. Dann hätte er vielleicht ausgesagt, dass du ihm bei der Flucht geholfen hast. Aber hör mir gut zu, Lathe. Jeder Agent und jede Wache von hier bis zur Palasttreppe weiß, dass *ich* Roche eingeliefert habe, also wage es ja nicht, das Lob dafür einheimsen zu wollen.« Ich stieß ihm so kräftig den Zeigefinger gegen die Brust, dass ich einen Abdruck auf der Haut hinterließ. »Du versuchst überhaupt keine faulen Spielchen, sonst, das schwöre ich dir, werde ich dich als das kranke Schwein entlarven, das du bist.«

Lathe blinzelte, dann packte er mich am Handgelenk. »Wag es nie wieder, mir zu drohen, kleines Mädchen! Diese Runde hast du gewonnen, aber eines Tages wirst du zu weit gehen. Und dann wird dir nichts anderes übrigbleiben, als bei mir angelaufen zu kommen. Und der Preis für meine Hilfe ist soeben durch die Decke gegangen.«

Ich entzog mich ihm und wich zur Tür zurück. »Du wolltest Roche. Ich habe ihn dir gebracht. Werde ich jetzt endlich befördert, oder muss ich den Leuten erzählen, was für Abschaum du bist?«

Ohne mit der Wimper zu zucken, wandte Lathe sich wieder seinem Schreibtisch zu. »Oh, du wirst befördert, wie du es wolltest. Hierfür bekommst du außerdem eine Gehaltserhöhung und irgendwann noch eine Beförderung. Aber ich sage dir, Camille, schon bald wirst du dir wünschen, du hättest mich nicht so verärgert. Glaub mir.« Mit einer wegwerfenden Geste war ich entlassen.

Drei Abende später wartete Trillian vor dem Tempel der Eleshinar auf mich – der Feengöttin der Leidenschaft und Liebe.

»Bist du sicher, dass du das durchziehen willst?«, fragte er mit einem Blick hoch zum Tempel.

»Ich bin sicher.« Und das war ich auch. Nur einer Sache auf der Welt war ich mir so gewiss: dass dies der richtige Schritt für uns war.

»Du hast das nicht vorgeschlagen, weil du dich mir irgendwie verpflichtet fühlst, oder?« Wieder umfing er mein Kinn und sah mir tief in die Augen. Seine Berührung fühlte sich an wie Feuer und Glut, und ich wollte ihn, ganz und gar. »Ich will dich nicht haben, wenn du es tust, weil du dich schuldig oder zu irgendetwas verpflichtet fühlst. Das hier nicht.«

Ich klammerte mich an ihn. »Ich begehre dich so sehr, dass es weh tut. Ich will dich in mir spüren. Ich will deine

Arme um mich haben. Aber es ist noch so viel mehr«, flüsterte ich. »Letzte Nacht habe ich die Mondmutter gefragt, was ich tun soll. Und sie hat bestätigt, woran ich selbst gedacht habe. Eleshinars Ritus.«

»Dieses Ritual – es ist unumkehrbar.« Seine eisblauen Augen blickten mir forschend ins Gesicht und suchten nach der Wahrheit meines Herzens. Ich öffnete mich ihm, damit er sah, dass ich dies mehr wollte als alles andere. Dass ich es tun musste.

»Wir sind füreinander bestimmt. Es ist schon geschehen. Du weißt, dass zwischen uns ein Band entstanden ist. Wir tun nichts weiter, als es offiziell zu machen.«

»Ich weiß. Ich bete zwar nicht zu den Göttern, aber ich fühle trotzdem den Einfluss von so etwas wie Schicksal.« Trillian schauderte. »So habe ich noch nie empfunden. Du bist ein Teil meiner Zukunft … in guten wie in schlechten Zeiten … Also, ja, wir werden das Ritual vollziehen.« Er seufzte tief. »Was wird deine Familie dazu sagen? Wissen sie überhaupt, wo du bist?«

»Sie glauben, ich sei im Collequia, wie immer.« Ich lachte und war auf einmal so glücklich wie eine Braut an ihrem Hochzeitstag. »Oh, mein Süßer, glaub mir, du willst gar nicht wissen, was sie dazu sagen werden. Wirklich nicht.«

Und dann bedurfte es keiner Worte mehr. Ich nahm seine Hand, und wir betraten den Tempel.

Der Altar bestand aus einem langen, gepolsterten Podium. Darum herum standen Tische mit üppigen Obstkörben, duftenden Brotlaiben, köstlicher Schokolade und Pasteten. Ein anderer Tisch, näher am Altar, hielt Tinte in allen Farben bereit und mehrere lange, feine Pinsel. Ein Stück weiter war ein steinernes Bad in den

Boden eingelassen. Das sprudelnde Wasser dampfte und erfüllte die Luft mit dem Duft von Rosen, Jasmin und Ylang-Ylang.

Nori, die Priesterin, mit der ich am Morgen gesprochen hatte, schwebte langsam zu uns herüber.

Sie war wunderschön und trug nichts als einen Rock aus zarter Seide und Spitze. Ihre Brüste waren nackt, goldene Reifen schmückten ihre Oberarme, und ihr Haar war zu einem langen Pferdeschwanz zurückgebunden. Mein Blick wurde besonders von einer Tätowierung in leuchtendem Grün und Gold angezogen, die sich quer über ihre Stirn kringelte und zu beiden Seiten ihres Gesichts bis über den Hals hinabzog, schließlich ihre Brüste einfasste und in einer Spirale um ihre Brustwarzen endete.

Als sie uns anlächelte, erstrahlte der ganze Raum, und ich starrte sie an und konnte den Blick nicht mehr von ihr losreißen. Sie lachte. Ihre Stimme klang wie zarter Glockenklang im Wind, und mir wurde leicht ums Herz. Welche Magie die Priesterinnen des Begehrens auch wirken mochten, sie war ansteckend.

»Du bist dir sicher?«, fragte sie.

»Das bin ich.« Ich hatte erwartet, dass meine Stimme zittern würde, doch sie klang überraschend fest. Es war beinahe, als spräche nicht ich, sondern die Mondmutter selbst aus meinem Mund.

Nori wandte sich Trillian zu. »Und du? Bist auch du dir sicher?«

Er nickte. »Das bin ich.«

»Dann wollen wir beginnen.« Sie wies auf das Becken. »Entkleidet euch für das rituelle Bad.«

Auf einmal war ich verlegen. Ich hatte nur ein schlichtes

Kleid angezogen, weil ich wusste, dass ich mich für das Ritual würde ausziehen müssen. Das war mit diesem weiten, losen Kleid viel einfacher, als mit Korsage, Knöpfen und Bändern zu kämpfen. Als ich die Träger von den Schultern streifte, warf ich einen Blick zu Trillian hinüber, und mir war nur allzu bewusst, dass er jede meiner Bewegungen beobachtete. Als das Kleid zu Boden fiel und dabei über meine Brustwarzen strich, zitterte ich in der kühlen Luft des Tempels.

Aus Trillians Blick sprach alles. Begehren, Leidenschaft, Hunger, Sehnsucht ... alles. Er schlüpfte aus Tunika und Hose und stand vor mir, ein Meter fünfundsiebzig prachtvoll straffe Muskeln. Er sah aus wie eine Statue aus Onyx, glänzend poliert. Als ich den Blick zu seinen Hüften hinabgleiten ließ, reckte sich sein Schwanz in die Höhe, seidig glatt und mit einem Tröpfchen an der Spitze. Ich leckte mir die Lippen und konnte mich kaum davon abhalten, ihn sofort zu erklimmen.

Nori trat zwischen uns. »Ich sehe es«, sagte sie leise. »Ihr seid bereits durch ein starkes Band verknüpft. Dieser Ritus wird nur bekräftigen, was ihr bereits begonnen habt.«

Sie bedeutete uns, in das Becken zu steigen. Vorsichtig ließ ich mich in das brusthohe Wasser gleiten und breitete genüsslich die Arme aus, als die sprudelnde Wärme mich umfing. Trillian kam zu mir, doch wir berührten uns nicht. Das war uns nicht erlaubt. *Noch* nicht.

Ich atmete den duftenden Dampf ein, schloss die Augen und ließ den Stress der vergangenen Woche zerrinnen. Ich versuchte, nicht an die kommenden Monate zu denken. Mein Vater würde fuchsteufelswild sein, meine Schwestern wären stinkwütend. Aber ich wusste, dass dies hier früher oder später geschehen musste – je eher, desto besser, wenn's nach mir ging.

»Bitte taucht vollständig unter«, kringelte sich Noris Stimme in meine Gedanken.

Ich hielt die Luft an und ließ mich unter Wasser sinken, so dass es mich ganz umschloss. Trillian tat es mir gleich, und als wir wieder auftauchten und nach Luft schnappten, schenkte er mir ein strahlendes Lächeln. Mehr brauchte ich nicht, um allerletzte Zweifel zu zerstreuen.

Wir stiegen aus dem Becken, und Nori reichte uns große Badetücher, in die wir uns einwickelten. Die Luft war wärmer geworden, obwohl ich nirgends eine Feuerstelle entdecken konnte. Sie deutete auf das Podest.

»Bitte legt euch auf den Rücken.«

Ich ließ mich auf dem Podium nieder, und sie half mir, mein klatschnasses Haar beiseitezuschieben. Trillian legte sich neben mich, nur wenige Fingerbreit von mir entfernt, und doch berührten wir einander nicht, während sanfte Luftströme über unsere Körper strichen. Ich atmete tief durch. Er lag so dicht neben mir, und ich konnte ihn deutlich spüren. Ich wollte die Hand nach ihm ausstrecken, ihn berühren, liebkosen, doch ich zwang mich, still liegen zu bleiben, obwohl die Spannung in meinem Körper mich fast verrückt machte.

Noris Stimme klang wie Blätterrascheln im Wind, als sie leisen Gesang anstimmte. Unsere Blicke trafen sich, als sie sich über mich beugte und mich noch ein wenig anders zurechtlegte. Ihre Brüste hingen über mir, üppig und prall wie meine eigenen. Ihre vollen, weichen Lippen sprachen leise den Zauber. Ein Teil von mir wollte auch sie berühren und streicheln. Doch sie war für mich so unantastbar wie die Mondmutter.

Einige Augenblicke später trat sie lautlos beiseite. Trillian wandte den Kopf und sah mich an. »Bist du sicher?«, fragte er kaum hörbar.

Ich biss mir auf die Unterlippe. »Ja. Hast du Zweifel?«

Er schüttelte den Kopf. »Niemals. Mir kommt es so vor, als wären wir schon seit Jahren zusammen. Ich habe das Gefühl, dich schon zu kennen und auch deinen Körper.«

Da kehrte Nori zurück, und eine zweite Priesterin war bei ihr.

»Liliabett«, stellte die Priesterin sich uns vor.

Die beiden trugen den Tisch mit den Tinten und Pinseln zu uns herüber. Nori hielt die Hände über meine Brust, und Wärme regnete auf mich herab. Liliabett tat dasselbe bei Trillian. Sie waren lebende Wahrzeichen der Leidenschaft, das fleischgewordene Begehren.

Nori erklärte: »Wir können nun beginnen. Camille Sepharial te Maria, unterziehst du dich diesem Ritus aus eigenem freien Willen und in dem Wissen, dass er unwiderruflich ist?«

Ich fuhr mir mit der Zunge über die Lippen. »Ja. Das schwöre ich.« Meine Stimme war nur ein Flüstern im Wind.

»Trillian Leshon Zanzera, unterziehst du dich diesem Ritus aus eigenem freien Willen und in dem Wissen, dass er unwiderruflich ist?« Liliabetts sinnliche, heiße Stimme bildete den perfekten Kontrapunkt zu Noris kühler, melodischer.

»Das tue ich, bei meinem Eid und meiner Ehre.« Seine

Stimme stieg empor und verklang, als hätte er nie ein Wort gesprochen.

»Dann lasst uns beginnen.«

Nori runzelte ganz leicht die Brauen, ganz auf mich konzentriert, während sie einen feinen Pinsel in ein silbriges Farbtöpfchen tauchte. Mit ruhiger Hand zeichnete sie Kringel und Kreise auf meine Stirn, verschlungene Glyphen, zart und kunstvoll. Ich schloss die Augen, während sie arbeitete und Pinselstrich um Pinselstrich mein Gesicht bedeckte.

Der Pinsel kitzelte, aber ich hielt vollkommen still, während sie sich an meinem Hals hinab arbeitete und eine Spur von Runen hinterließ, die auf meiner Haut zu singen schienen. Ihre Kunst war Magie, und Magie war ihr Material.

Weiter ging es an meinen Schultern, dann auf der Brust, und ich sog zischend den Atem ein, als Lust in mir aufloderte. Sie strich mit der Pinselspitze über meine Brustwarzen, dann über die Unterseite meiner Brüste und am Oberkörper hinab.

Ich begann davonzutreiben. Der rhythmische Kuss des Pinsels ließ mich in eine erotische Trance sinken. Die Borsten leckten über meinen Bauch und weiter hinab zu meinen Oberschenkeln, über meinen Venushügel. Sanft spreizte sie meine Beine und Schamlippen und malte ihre Zeichen auf meine Scheide und die Klitoris. Ich schauderte und bemühte mich, den Hunger zu zügeln, der bei ihrer Berührung aufflammte.

Und weiter ging es, meine Beine hinab über die Knie und um meine Knöchel. Als sie fertig war, öffnete ich die Augen und sah, dass Trillian ebenso vollständig bemalt war wie ich – und ebenso erregt. Die Farbe trocknete rasch, und wir legten uns bäuchlings wieder hin. Die Priesterinnen arbeiteten sich an unseren Rücken abwärts und bedeckten jeden Zoll unserer Haut mit den silbernen Zeichen und Symbolen.

Als sie endlich fertig waren, baten sie uns aufzustehen. Ich schaute an mir hinab – ein Kunstwerk in silbrigem Feuer auf blasser Haut. Trillian räusperte sich. Bei ihm leuchtete das Silber auf Schwarz, und der Kontrast war unglaublich schön – wie Silberfaden auf dunklem Samt.

»Bitte folgt uns«, sagte Nori, und die beiden Frauen führten uns aus dem Hauptraum in ein Nebengemach. Dort war der Fußboden mit Runen bedeckt, und in der Mitte stand ein Bett. Nori hielt eine Flasche in der ausgestreckten Hand, und wir knieten uns vor sie hin.

Liliabett griff nach meiner Hand, und ich überließ sie ihr mit der Handfläche nach oben. Sie hielt einen silbernen Kelch darunter und ritzte mir mit einem bogenförmigen Dolch einen zwei Finger langen, oberflächlichen Schnitt in den Handballen. Ich sah zu, wie Blut in den Kelch tropfte. Dann wiederholte sie die Prozedur bei Trillian.

Nori goss den Inhalt des Fläschchens in den Kelch, und weicher Dampf kräuselte sich empor und quoll bis über den Rand. Sie hielt mir den Kelch hin.

»Nimm dies.«

Während ich das Gefäß in den Händen hielt, begann sie leise in einer Sprache zu singen, die ich nicht verstand. Doch ihre Energie leuchtete auf einmal hell auf. Sie war ein funkelnder Edelstein.

»Trinkt und bindet euch, eure Körper wie eure Seelen.«

Ich hob den Kelch und warf Trillian einen Blick zu. Das

war es also. Es gab kein Zurück mehr. Ehe ich länger darüber nachdenken konnte, nahm ich einen Schluck von dem Trank, und Feuer raste durch meinen Körper, so dass ich den Rücken durchbog. Ich hätte den Kelch beinahe fallen gelassen, doch Nori fing ihn auf und reichte ihn Trillian, der ihn an die Lippen führte und den Rest austrank. Er erbebte und schlang die Arme um die Brust, als der Schmerz ihn packte.

Nori trat zurück. »Nun fehlt nur noch eines, um eure Vereinigung zu besiegeln. Wenn ihr euer Band nicht hier und jetzt vollzieht, werdet ihr auf ewig nur halb und schwächlich gebunden sein und einander hassen. Ihr müsst das Ritual vollenden.«

Sie und Liliabett verließen den Raum.

Ich wandte mich Trillian zu, obwohl ich so von Krämpfen geschüttelt wurde, dass ich kaum noch stehen konnte. Doch als ich versuchte, diesen Schmerz zu entschlüsseln, wurde mir klar, dass ich in Wahrheit Begehren empfand – eine alles verzehrende Lust, so stark, dass mein Körper sich in Krämpfen wand.

Trillian hob den Kopf und sah mich an. In den Tiefen seiner hellblauen Augen konnte ich den alten Gott sehen. *Den Gott der Wälder, Gott der Brunft, der Gehörnte.* Er sprang auf, und einen Augenblick lang bekam ich Angst, doch dann erfassten mich wieder diese Krämpfe, und ich konnte nur noch daran denken, wie ich diesen peinigenden Hunger stillen sollte.

Keuchend taumelte ich zum Bett, und er folgte mir, ohne je den Blick von meinen Augen loszureißen. Als ich zur Seite wankte, packte er mich um die Taille, und sein Griff war fest und fordernd.

»Jetzt habe ich dich«, flüsterte er, und es klang beinahe wie ein Grunzen.

Zitternd und wirr vor Schmerzen entwand ich mich ihm, doch er setzte mir nach, bekam mein Handgelenk zu fassen, wirbelte mich herum und drängte mich rücklings an die Wand.

»Lass mich ein, Camille! Lass mich ein!« Er stemmte die Hände neben mir an die Wand und drängte sich an mich. Mein Herzschlag flatterte, als er den Mund auf meinen presste. Und dann waren wir auf einmal in silbriges Licht getaucht, seine Zunge spielte mit meiner, und er umschlang mich mit beiden Armen.

Wir begannen uns zu drehen.

Er wirbelte mich im Kreis herum und presste sich an meine Brüste. Ich japste nach Luft, mein Kopf wurde ein wenig klarer, und dann zog ich ihn aufs Bett.

Er ragte über mir auf, und seine Lippen machten sich über meine Brüste her, während seine Finger sich tänzelnd meiner Klitoris näherten. Als er mich richtig zum Lodern brachte, schrie ich auf und krallte die Finger in seine Schultern.

»Du bist der goldene Mann«, keuchte ich. »Du schmeckst wie Honig, süß und warm, satt und köstlich.«

»Du bist meine Königin, und du schmeckst nach Mondlicht und Sternblumen und dem Echo der Vögel in der Abenddämmerung.«

Er ließ sich an meine Schamlippen gleiten und löste kleine Explosionen in mir aus. Wie Feuerwerk knisterten sie eine nach der anderen an meinem Körper hinauf, und ich konnte nur noch daran denken, dass Trillians prachtvoller, praller Schwanz jeden Augenblick in mich hineingleiten würde und wie sehr ich jeden Zoll von ihm wollte, an mir, in mir.

»Fick mich«, flehte ich ihn an. »Lass mich nicht länger warten, bitte, fick mich endlich. Hart. Ich will es hart, verstehst du, nicht lieb und zart.«

Trillian lachte kehlig, und dann stieß er zu und drang bis in mein Innerstes ein.

Funken sprühten und schossen wild durch meinen ganzen Körper, ich stöhnte und schob ihm die Hüfte entgegen, während er immer schneller wurde. Erst schob er sich sanft vor und zurück, und dann rammte er ihn immer heftiger hinein, und mit jedem Stoß wurde mir noch schwindeliger vor Lust.

Auf einmal drang eine neue Empfindung zu meinem benebelten Verstand durch – meine Haut schmerzte. Ich erhaschte einen kurzen Blick auf Trillians Schulter und schnappte erschrocken nach Luft. Die silbernen Zeichen hatten begonnen, sich zu bewegen, sie wanden sich, krochen über seine Haut, wimmelten wie lebendige Geschöpfe über seinen Körper, und ich wusste, dass die Runen auf meiner Haut dasselbe taten. Doch dann zog die köstliche Reibung und Hitze in mir wieder meine ganze Aufmerksamkeit auf sich.

Ich klammerte mich an ihm fest, während er diesen seidig glatten Schwanz tief und hart in mich hineinrammte. Seine Haut fühlte sich warm an, wir passten perfekt zueinander, und der kleine Rest meines klaren Verstandes erkannte, dass Sex noch nie so gut gewesen war, dass ich dabei nie diese unglaubliche Verbundenheit gefühlt hatte.

Alle anderen sahen in mir den Felsen, den Anker, Männer betrachteten mich als tollen Fick, den man bald wieder hinter sich ließ. Trillians Augen jedoch schauten mir bis in die Seele, er starrte auf mich herab, und er sah mich wahrhaftig. Alles von mir – *beide Seiten meiner Abstammung* –, und er verzog keine Miene, er schaute nicht weg.

Dann entglitt mir auch der Rest klaren Verstandes, und als ich die Schwelle erreichte, begann mein Körper zu brennen. Ich stieß einen heiseren Schrei aus, und zugleich ächzte Trillian mit verzerrtem Gesicht.

»Was passiert mit uns?« Ich schlug hilflos um mich, denn ich konnte weder den Schmerz noch den heranrollenden Orgasmus aufhalten. Jede einzelne Rune war zu einem glühenden Brandzeichen geworden, und mit jedem Stoß flackerten die Brände noch heller auf.

»Das Ritual – es gehört zum Ritual«, keuchte Trillian. »Dürfen nicht … aufhören … wäre unser … Tod …«

Alles färbte sich flammend violett, als das magische Silber sich tief durch unsere Haut brannte, sich zischelnd und stechend durch Muskeln und Sehnen bohrte. Die Zeichen quälten mich mit Lust und Schmerz zu gleichen Teilen und trieben mich immer näher an den erlösenden Höhepunkt heran.

Und dann schaute ich zu Trillian auf. Doch statt in sein Gesicht zu blicken, sah ich auf einmal mich selbst, mit seinen Augen. Aus dem Band, das sich spontan zwischen uns geknüpft hatte, hatte sich ein dicker Strang aus flammendem Silber, Leidenschaft und Lust gebildet. Sein Herzschlag synchronisierte sich mit meinem, und in diesem Augenblick spürte ich, wie seine Seele durch mich hindurch pulsierte und wieder in seinen Körper zurückkehrte. Und dann die Erlösung in einer Fontäne aus silbrigen Flammen.

Der Schmerz ließ allmählich nach, während wir erschöpft beieinander lagen. Ich zitterte, und Trillian zog die Decke über uns. Dann schlang er einen Arm um meine Schultern und zog mich an seine Brust. Die Zeichen waren von unserer Haut verschwunden, aber sie waren noch da, unter Muskeln, in Knochen, auf ewig in unsere Seelen eintätowiert.

»Was jetzt?«, flüsterte ich. »Wohin wird uns das führen? Was geschieht jetzt mit uns?«

»Ich weiß es nicht«, flüsterte er. »Ich weiß nur, dass du zu mir gehörst, Camille. Du gehörst *mir*. Selbst wenn du deinen Körper mit anderen teilst, wirst du immer mir gehören. Ich bin dein *Alpha*. Dein wahrer Gefährte.«

Während er sprach, blitzte ein Bild vor meinem inneren Auge auf. Ein Drache kreiste über mir, und ein Fuchs blickte wachsam zu mir auf. Die Bilder verschwanden ebenso schnell, wie sie erschienen waren. Blinzelnd rieb ich mir die Augen. Ich war müde und ausgelaugt. Aber ich wusste im tiefsten Herzen, dass diese Bilder etwas mit der Zukunft zu tun hatten – mit unserer Zukunft. Da lauerte auch ein Schatten und wartete darauf, dass ich ihn entdeckte. Und Trillian würde da sein und mir helfen, den nahenden Sturm zu überstehen.

Doch all das ließ ich ungesagt. Stattdessen erwiderte ich seinen Kuss und genoss den köstlichen Geschmack seiner Lippen auf meinen. »Ja, ich gehöre zu dir. Und du gehörst zu mir. Du hast mir das Leben gerettet und mich vor der schlimmsten Demütigung durch meinen Chef bewahrt. Und ich glaube … du hast mich auch vor mir selbst gerettet.«

»Wie meinst du das?« Seine Stimme war sehr leise.

Ich seufzte tief. »Das weiß ich selbst nicht genau, aber ich glaube, mit der Zeit werde ich es begreifen. Und aus irgendeinem Grund fürchte ich mich entsetzlich davor, so etwas zu wissen.«

»Psst«, sagte er und tippte mit dem Zeigefinger an meine Nasenspitze. »Mach dir keine Sorgen, was geschehen könnte. Lebe heute, für diesen Tag. Vielleicht gibt es kein Morgen mehr, also freue dich an dem, was wir jetzt haben, und genieße es. Ich werde jedenfalls jeden Augenblick auskosten.«

Trillian küsste mich wieder, und in der silbrigen Hitze seiner Lippen an meinen vergaß ich Visionen, Schatten und die Zukunft. Denn jetzt gab es nur seine Berührung und meine und unsere Seelen und Körper, die miteinander verschmolzen.

Über die Autorin

Yasmine Galenorn hatte sich in Amerika bereits einen Namen als erfolgreiche Roman- und Sachbuchautorin gemacht, bevor ihr mit ihrer Serie um die »Schwestern des Mondes« auch der internationale Durchbruch gelang. Sie lebt gemeinsam mit ihrem Mann Samwise und vier Katzen in Bellevue. Mehr Informationen über Yasmine Galenorn im Internet: www.galenorn.com

Romane von Yasmine Galenorn

Schwestern des Mondes

1. Die Hexe
2. Die Katze
3. Die Vampirin
4. Hexenküsse
5. Katzenkrallen
6. Vampirliebe
7. Hexenzorn
8. Katzenjagd
9. Vampirblut

Das dunkle Volk

1. Mondschein
2. Eishauch

LYNDA HILBURN

TAGEBUCH EINER
SELBSTVERLIEBTEN VAMPIRIN

1

*A*ch herrje. Da habe ich ja gründlich verschlafen. Ich hätte schwören können, dass ich meinen inneren Wecker auf ein Jahrhundert gestellt hatte. Muss an meiner überbeanspruchten Schlummertaste liegen. Ich versuche immer, nicht länger als 100 Jahre am Stück abzuschalten, denn sonst könnte ich ja etwas Interessantes verpassen. Oder jemand Interessanten.

Andererseits ist *interessant* ein eher relativer Begriff, wenn man schon seit Tausenden von Jahren am Leben – oh, Verzeihung, ich meine untot – ist.

Jawohl, ich bin eine Vampirin. Und nicht nur irgendeine Vampirin – ich bin die älteste und mächtigste Vampirin, die aktuell noch in diesem Vergnügungspark namens Erde unterwegs ist.

Ich habe dieses ach so gruselige Nosferatu-Ding quasi zur Perfektion getrieben.

Und wer hätte schon gedacht, dass meine Kräfte immer weiter wachsen, neue Richtungen einschlagen und sich schließlich selbst übertreffen würden?

Ziemlich bald wird es schlichtweg kein ebenbürtiges Lebewesen mehr neben mir geben. Sozusagen.

Na, wie auch immer, ich habe mir gedacht, es wäre an der Zeit, dass ich mal anfange, einige meiner Heldentaten zu Papier zu bringen. Meine Memoiren zu schreiben. All die guten Dinge herumzuerzählen, gewissermaßen. Also habe ich angefangen, meine geistigen Ergüsse in einem Tagebuch festzuhalten. Und ich teile sie von meinem luxuriösen Mausoleum unter der glanzvollen Stadt Paris aus mit euch allen. Es ist einfach ein großartiger Ort, um sich zu verstecken. Nicht dass ich es nötig hätte, mich zu verstecken, wohlgemerkt. Es gibt da nur gewisse Individuen, denen ich, soweit möglich, gerne aus dem Weg gehen würde. Verehrer können ja so auslaugend sein – und so … ausgelaugt.

Nun, dass wir uns bereits im Jahr 2160 befinden und ich meinen Weckruf für 2100 verpasst habe, ist mir also schon aufgefallen, aber das spielt eigentlich keine große Rolle. Ich werde die Bevölkerung dieser Zeitepoche noch früh genug an meiner reizenden Gegenwart teilhaben lassen. Aber vorher möchte ich euch noch von meiner letzten Stippvisite im späten 20. und frühen 21. Jahrhundert erzählen. Und von dem pikanten Exemplar Mensch, das ich dort aufgabeln konnte – und in das ich mich auch noch verguckt habe, und zwar kräftig.

Bestimmt ist er heute immer noch sauer auf mich. Aber glaubt mir, wir haben jede Menge Zeit, um das wieder hinzubiegen.

Oh, wie unhöflich von mir. Zara ist mein Name. Oder, falls jemand auf korrekter Namensnennung besteht, Zarafina von Sherbrook. Wobei Sherbrook sich auf die Ländereien bezieht, die sich so ziemlich seit dem Anbeginn der Schöpfung im Besitz meiner Familie befinden. Sie gehören mir ganz offiziell immer noch. Aber alle paar Generationen so tun zu müssen, als sei ich meine eigene Urenkelin, und das nur für irgendeinen Anwalt, wurde mit der Zeit so lästig, dass ich inzwischen kaum noch einen Gedanken daran verschwende. Anwälte – hört mir bloß mit denen auf. Aber ich schweife ab.

Mein Spitzname könnte euch gefallen: Dämonenweib.

Ja, gut. Nicht übermäßig kreativ, zugegeben, aber allem Anschein nach ziemlich zutreffend.

Eigentlich weiß ich gar nicht so genau, wie ich mich zu der Naturgewalt entwickelt habe, die ich heute bin. Ich bin wahrhaft unsterblich, noch über den üblichen Sinn des Wortes hinaus. Es amüsiert mich sehr, dass ich im Moment ernsthaft daran zweifle, dass es überhaupt möglich ist, mich zu töten. Selbst wenn irgend so ein Möchtegern-Van-Helsing mit seiner besten Kollektion an gespitzten Pflöcken, Kreuzen und Knoblauch hier antanzen würde. Ach ja, und wenn wir schon dabei sind: Erinnert mich daran, dass ich euch bei Gelegenheit mal erzähle, was ich von diesem ganzen abergläubischen Blödsinn halte.

Ich wurde ein Kind der Dunkelheit – oder ließ mein normales Leben hinter mir (sucht es euch aus) – im 26. Jahr meiner sterblichen Existenz. Der Typ, der mich verwandelt hat – Jeran –, war die Feld-Wald-und-Wiesen-Ausgabe eines Vampirs: groß, schlank, gutaussehend, mehr als gut bestückt, hypnotisierende smaragdgrüne Augen und die übliche herrliche Mähne langen, dunklen Haares. Ihr wisst schon, die Sorte Kerl, für die man sterben könnte.

Hmmm. Wie ich gehört habe, hat er letztendlich der Morgendämmerung ins Auge gesehen. Ein Jammer, aber nicht ganz unerwartet. Wenn man nur nach der Devise »so viele Frauen und so wenig Zeit« lebt, ist der Lack eben irgendwann mal ab.

Auf jeden Fall muss die Mutation schon von Anfang an

in meinen Genen angelegt gewesen sein. Denn nachdem ich von ihm all die aufregenden Aspekte des Vampirdaseins, wie Unsterblichkeit, hypnotische Fähigkeiten, unstillbaren sexuellen Appetit, erstaunlich attraktive physische Attribute – o. k., bescheiden bin ich nicht gerade – und dazu noch all die profaneren übernommen hatte, begann ich eine ganz eigene einzigartige und faszinierende Fähigkeit zu entwickeln.

Dafür muss ich nun etwas ausholen und euch einen Überblick in Sachen Mythologie der Untoten geben.

Es stimmt, dass Vampire kein Sonnenlicht ertragen können. Stellt euch normale Sonnenempfindlichkeit vor, und multipliziert sie mit einer Million. Das hat nichts mit so altmodischen Vorstellungen wie Gut gegen Böse oder Licht gegen Finsternis zu tun; es ist ganz einfach eine Begleiterscheinung des Vampirdaseins. Echt lästig, aber so ist es nun mal. Könnt ihr euch vorstellen, wie viel Sonnencreme man bräuchte, wenn man so bleiche Haut hat wie ich?

Und ja, wir leben fürs Bluttrinken. Buchstäblich. Ungeachtet der Geschichten anderer Schreiberlinge, die euch glauben machen wollen, dass Vampire angstbeherrschte Wesen sind, die kein Vergnügen daran finden, Blut zu trinken, kann ich euch sagen: Das Elixier der Götter in sich aufzunehmen, das geht über bloßes Vergnügen hinaus. Es ist ein Orgasmus göttlichen Ausmaßes. Ein exquisiter Anfall reinster Lust in jeder einzelnen Körper- und Gehirnzelle. Oh, ja. Genau so. Ich glaube, man hat euch in die Irre geführt, weil wir nicht wollen, dass ihr Sterblichen wisst, was wir hier am Laufen haben. Denn dann würden viel zu viele von euch mitmachen wollen. Also müssen wir unsere Existenz so geheim wie möglich halten. Ich bin sicher, ihr versteht das.

Die interessanteste der geringeren Nebenwirkungen des Blutsaugens bestand für mich anfangs darin, dass ich durch die Flüssigkeitsaufnahme auch etwas von dem Wissen des »Opfers« zu mir nehmen konnte. Tatsächlich war es schon sehr bald von entscheidender Wichtigkeit für mich, meine Spender weise zu wählen, denn einige Arten von Wissen sind nun mal wünschenswerter als andere. Stellt euch nur mal den Unterschied zwischen den gespeicherten Informationen eines einfachen Diebes oder Politikers und der überbordenden Weisheit in den Adern eines Gelehrten, Künstlers oder Lehrmeisters vor. Doch leider, leider, gibt es da eine Wolke an diesem kristallklaren Himmel: meine unselige »einzigartige Fähigkeit«.

Ich hasse es, mich selbst als Hirnsauger zu bezeichnen. Das klingt einfach so unappetitlich, und es ist auch nicht ganz korrekt. Ich sauge den Ärmsten ja nicht wirklich zusammen mit dem Blut auch noch das Gehirn aus dem Leib. Nur, das Ergebnis ist leider so ziemlich dasselbe. Das hat die ganze Sache gewaltig für mich verändert, das kann ich euch sagen. Und es dauerte eine ganze Weile, bis ich es geschafft hatte, aus dieser Gabe etwas zu machen, das sich kontrollieren ließ.

Da war ich also, gerade mitten in einem ekstatischen Ritt auf diesem äußerst einsatzfreudigen Penis, der einem außerordentlich gutaussehenden, intelligenten Musiker gehörte, und schwelgte in dem glückseligen Gefühl meiner Reißzähne, die sich in die dicke Ader an seinem Hals bohrten, und der heißen Flüssigkeit, die mir über die Zunge und meine bebende Kehle hinabrann. Ach du meine

Güte. Da werd ich doch glatt ein bisschen wuschig. Entschuldigt mich kurz – ich muss mich mal eben wieder einkriegen. Wo sind denn die Batterien für dieses Ding?

Okay. So ist's besser. Wo war ich stehengeblieben?

Nun also, damals passierte es zum ersten Mal. Ich hatte gerade meinen Bedarf an Blut gedeckt, und für gewöhnlich lösche ich nach jeder vollendeten »Mahlzeit« jegliche Spur von mir und meiner Existenz aus dem betreffenden Gedächtnis. Eigentlich ist das nicht wirklich notwendig, denn manchmal geht das entsprechende Opfer einfach wieder nach Hause, fällt dort in einen ganz normalen Schlaf und erwacht mit der Erinnerung an einen fantastischen Traum. Ein Gewinn für beide Seiten. Doch gelegentlich entwickelt eines der Opfer eine Abhängigkeit, und ich werde zum Mittelpunkt seiner ständigen Sehnsucht nach einem erneuten Trip ins Nirwana. Und *das* kann ganz schön nervig werden.

Was allerdings meinen gutaussehenden Musiker angeht, so war ich gerade dabei, sein Gedächtnis zu löschen, als mir etwas Ungewöhnliches auffiel. Die Lichter waren zwar an, aber es war niemand zu Hause. Sein Körper funktionierte. Er war nicht tot – ich hatte ihn nicht komplett leer getrunken –, aber »er« war nicht da. Alles, was ihn zu einem einzigartigen menschlichen Wesen machte, hatte sich aus ihm heraus und in mich hineingesaugt. Oder so.

Zuerst war mir der Grund dafür nicht klar. War es das Trinken von Blut? Oder der Sex? Oder eine Kombination aus beidem?

Tja, genau das meine ich damit, dass der Begriff »Hirnsauger« leicht fehl am Platz ist. Ich hatte ihm nicht das Gehirn ausgesaugt, sondern dessen geistigen Inhalt – und zwar offenbar alles, was da war. Also, ausgenommen die Bereiche, die instinktive Handlungen kontrollieren, wie Atmung, Ausscheidungen, sexuelle Erregung, Fortbewegung usw. Dinge, die fest verdrahtet in der Wirbelsäule angelegt oder in jeder Körperzelle geklont sind. Ihr wisst schon, die Grundlagen.

Also, ich bin zwar ein Vampir, und wir haben ja den Ruf, dass wir, nun ja, recht kaltblütig sein sollen, wenn es um den Tod und den Umgang mit den Überresten unserer Opfer geht. Doch diese Entwicklung stimmte mich dann doch bedenklich. Sie ließ mich innehalten. Warum, fragt ihr? Aus zwei Gründen.

Erstens, was ich sofort herausfand, war die Tatsache, dass nicht mal die gründlichste Gedächtnislöschung die übermäßig Aufgegeilten davon abhalten konnte, mir in dem Verlangen nach mehr überallhin zu folgen. Lobotomierte Sexsklaven. Oder, genauer gesagt, IALSen: instinktiv aggressive lobotomierte Sexsklaven.

Hey, jetzt, wo ich so darüber nachdenke, glaube ich, ich habe tatsächlich eine neue Lebensform erschaffen: die toten Lebenden, oder vielleicht die Wachkomatösen?

Zweitens sind die meisten Vampire Einzelgänger. Wenn es unseren Zwecken dient, genießen wir es zwar, uns verehren zu lassen, aber meist sind wir sehr darum bemüht, unsere Privatsphäre zu wahren. Legionen von IALSen, die einem überallhin nachlaufen, das geht da einfach nicht. Außerdem ist es ermüdend. Diese Hörigen könnten glatt Werbung für Viagra machen.

Wenn ich also ihre Gedächtnisse nicht löschen konnte und die Kerle mir gnadenlos mit ihrem verzweifelten Verlangen nach einem Schäferstündchen unter Geschöpfen der Nacht nachliefen, dann blieb mir keine andere Wahl, als sie zu töten. Und das schien mir eine absolute Verschwendung zu sein – ganz zu schweigen davon, wie schwierig es sein kann, einen geeigneten Ort für die Entsorgung so vieler Leichen zu finden. Immerhin soll die Existenz von Vampiren ja ein Geheimnis bleiben.

Und selbst wenn ich jeden Einzelnen von ihnen verwandeln würde, dann wären sie eher Zombies als Vampire, weil sie, wie bereits erwähnt, weder Substanz noch Persönlichkeit oder Verstand haben.

Seufz.

O. k., wenn ihr es wirklich genau wissen wollt, dann gibt es noch einen dritten Grund zur Besorgnis.

Im Computerjargon gesprochen – und, ganz nebenbei, ich bin mittlerweile auch ein ziemliches Hightech-Genie. Glaubt ihr wirklich, »Bill Gates« war ein Mensch? Er war eine Computersimulation. Bin ich nicht brillant? Auf jeden Fall könnte man es so erklären:

Es war relativ einfach, jahrhundertelang ausgewählte Häppchen Weisheit von vorab überprüften Spendern zu mir zu nehmen. Ich trank ihr Blut, stillte meinen Appetit nach Sex, und einzelne Aspekte ihres Wissens schienen ganz einfach in meinen internen Speicher zu fließen und das, was schon da war, in einem mühelosen Verbesserungsprozess zu erweitern. Doch meine neue Angewohnheit, bei der Kombination von Blut und Sex durch eine – scheinbare – Mengenverschiebung erstaunliche Mengen an Informationen »herunterzuladen«, führte schnell zu einer Überladung meiner Kapazitäten. Deshalb brauche ich jetzt immer mehr neue Ventile, in die ich Wissen umleiten kann.

Ich sauge sogar dann noch Informationen auf, wenn ich längst in die Knie gegangen bin (was nicht gleichbedeutend ist mit »auf die Knie gehen«, wovon ich euch liebend gerne mal in einem späteren Eintrag erzählen werde). Wie es aussieht, sauge ich Wissen mittels kosmischer Osmose auf. Ist das nicht der Hammer?

Und obwohl ich relativ überzeugt davon bin, dass meine innere Festplatte nicht abrauchen wird, kann man ja nie so ganz sicher sein. Und so gesellt sich eine weitere zu meinen kleinen Sorgen des Lebens. Ich meine, wie viel an Wissen, Weisheit und Intellekt kann ein Individuum aushalten – selbst wenn ich es bin?

Vielleicht wollt ihr wissen – und das völlig zu Recht –, wie es denn zu diesem Hirnsaugersyndrom kommen konnte? Zur Hölle, wenn ich das nur wüsste. Gestern war es noch Sex und Blut, Blut und Sex, ihr wisst schon, alles wie immer, und von heute auf morgen haben wir *Die Nacht der lebenden Toten.* Falls jemand von euch jemals den Grund dafür herausfinden sollte, bitte dringend bei meinem Verleger melden!

Tja, und dank dieser unerwarteten »Gabe« muss ich nun andauernd kreativ, innovativ und unternehmerisch sein. Meine Kreationen, also Bücher, Musik, Kunstwerke, Erfindungen, Geschäftsbetriebe, Güter und Dienstleistungen, haben mir schon materiellen Reichtum jenseits jeder Vorstellung beschert. Von all dem Geld, das meine Verehrer mir im Lauf der Jahrhunderte zukommen haben lassen, gar nicht zu sprechen. Aber ihr würdet es nicht für möglich halten, wie viel Energie man braucht, um großartig zu sein. Vielleicht habe ich euch noch nicht so ganz nahegebracht, dass mein »Bedürfnis«, ständig neue Orte zur Ansammlung von Wissen zu schaffen, ein regelrecht körperliches Gefühl ist. Ein Zwang. Eine Sucht.

Und Selbstdisziplin war noch nie meine Stärke.

Was Selbstdisziplin damit zu tun hat? Ich werde es euch sagen. Meine Neigung, mir Sex und Blut von »Freiwilligen« zu holen, bedeutet, dass diese danach nur noch leere Hüllen sind, die zeitraubende Entsorgung erfordern. Klar, ich könnte natürlich auf den Sex verzichten und nur ihr Blut trinken. Das würde mir allerdings gar nicht leicht fallen – das gebe ich gerne zu. Oder umgekehrt, ich könnte nur Sex haben und kein Blut dabei trinken. Ja, das könnte vorkommen. Und, ganz nebenbei, die Vorstellung, dass ältere Vampire ein geringeres Bedürfnis nach Blut haben, stimmt tatsächlich. Das *Bedürfnis* ist geringer. Aber seltsamerweise scheint das Verlangen danach stärker zu werden. Das soll mal einer verstehen.

Also, bevor wir weitermachen: Habe ich irgendwas vergessen?

Oh Mann, pfählt mich! Wie konnte ich nur so gedankenlos sein! Ihr wollt wissen, wie ich aussehe. Natürlich wollt ihr das. Wie dumm von mir, das zu vergessen. Wahrscheinlich nagt das schon die ganze Zeit an euch und macht euch schier verrückt. Immerhin habe ich ja schon verlockende Andeutungen über mein überaus attraktives Äußeres fallenlassen. Also, hier kommt die Info – viel Vergnügen!

»Monty, unsere nächste Bewerberin stammt aus dem alten Britannien, noch aus einer Zeit, bevor die Überreste auf deinem Lieblingsfriedhof überhaupt geboren waren. Diese Vampirgöttin weiß mehr über Stonehenge, als sie erzählen kann, und wie ich gehört habe, sagt man ihr eine

Liebschaft mit einem berühmten Druiden von damals nach. Ihre Sterblichkeit ließ sie im Alter von 26 Jahren hinter sich und konservierte damit ihre gegenwärtige junge und wohlgeformte Erscheinung für die Ewigkeit. Sie werden bemerken, dass sie eine Sanduhrfigur hat, wie viele sie sich wünschen, und ihre großen, festen Brüste vermitteln immer einen wundervollen ersten Eindruck. Ihr hochgewachsener, schlanker Körper und die langen Beine scheinen beide Geschlechter zu sündhaften Gedanken zu verleiten, deshalb: Wir behalten Ihre Hände im Auge! Wie es zur Zeit ihres Todes üblich war, fällt ihr dunkles seidiges Haar in dichten Wellen, deren leichter Schimmer nur durch magische Verwandlung entstanden sein kann, bis zur Taille. Und ihre Augen sind von einem aufsehenerregenden purpurnen Amethystton. Als ob das nicht schon genug wäre, um jede Menge Köpfe zu verdrehen – und Hälse zu entblößen –, sind ihre Gesichtszüge einfach atemberaubend, mit diesen hohen Wangenknochen und den vollen, sinnlichen Lippen. Und dann ist da noch ihr Lächeln mit dem gewissen Etwas: nämlich diesen reizenden kleinen, scharfen Eckzähnen. Begrüßen Sie mit mir …«

Atmet ihr schon schwer? Na, das will ich doch hoffen.

2

*J*etzt aber genug über mich geredet. Was haltet ihr so von mir? O. k., der Witz ist alt – nichts für ungut.

Ich habe Hunderte verschiedener Verstecke. Na ja, vielleicht sollte ich besser sagen, ich habe Hunderte verschiedener Immobilien auf der ganzen Welt. Und jede davon ist mit allem ausgestattet, was ich für einen vergnüglichen Todesschlaf, ein reibungsloses Erwachen und ein großartiges Unleben als notwendig erachte.

Aber in dieser Geschichte hier geht es um ein Ereignis aus dem Jahr 2009. Damals residierte ich in einer idyllischen kleinen Stadt am Fuß der Rocky Mountains: Boulder im US-Bundesstaat Colorado. Diesen Vortex kosmischer Ley-Linien hatte ich nämlich schon längst entdeckt, bevor daraus diese trendige und materialistische New-Age-Yuppie-Enklave wurde, die wir alle kennen und lieben. Jetzt ist es dort so überlaufen, dass man kaum einen Kerl aussaugen kann, ohne dass der beim Umfallen gegen irgend so einen stinkreichen Computernerd oder Treuhandgeldgeber kippt. Ich habe ja immer gesagt, dass da nur ein zweites Aspen draus wird, aber hat irgendwer auf mich gehört?

Ich habe eine Schwäche für atmosphärisches Ambiente. Soll heißen, wenn es irgendwo in einer Stadt das typische

Spukhaus oder Vampirschloss gibt, dann schaffe ich es ganz sicher, alles so hinzudrehen, dass ich am Ende als stolze Eigentümerin dastehe. Gedankenkontrolle kann sich bei Verhandlungen ja so zeitsparend auswirken, findet ihr nicht auch?

Boulder hat eine Menge ganz entzückender viktorianischer Gebäude, aber so richtige Gruselhäuser sind selten und heiß begehrt. Nach einer peinlich genauen Untersuchung des Areals – die eigentlich darin bestand, dass ich die Gedanken unzähliger erschreckend langweiliger Immobilienmakler mit Schmerbauch scannte – konnte ich schließlich mein eigenes kleines »Rocky Mountain«-Paradies ausgraben.

Und »ausgraben« trifft es recht gut. Es ist oben auf einem Gebirgsausläufer gelegen, gerade noch so innerhalb der Stadtgrenze, und noch dazu eines der ältesten Anwesen in Boulder County. Es stand zu dieser Zeit schon seit einem Jahrhundert leer, und jede Menge Legenden über Geister, Ritualmorde, Gestaltwandler, unheimliches Krabbelgetier und andere Alptraumgeschöpfe rankten sich darum. Bäume, exotische Pflanzen und wilde Gräser wucherten so dicht – die Erde hatte diesen Ort buchstäblich zurückerobert –, dass das weitläufige Gebiet nur mit einem Geländefahrzeug zu erreichen war – sofern man nicht in der Lage war, mittels Gedankenkraft zu reisen.

Ich *kann* mittels Gedankenkraft reisen, das habe ich doch erwähnt, oder nicht? Na ja, falls nicht, dann kommt es im Lauf der Geschichte sicher mal zur Sprache.

Ihr könnt euch bestimmt vorstellen, dass mein Anwesen in Boulder der letzte Schrei zu Halloween ist. Schon komisch, dass es gar keine Legenden über das Haus im

Zusammenhang mit Vampiren gibt. Aber ich spiele immer wieder gerne Pionier.

Also, zurück zu jenem schicksalhaften Tag, an dem unsere Geschichte anfängt: Als die letzten Sonnenstrahlen hinter den Bergen versanken, setzte ich mich auf und wusste sofort, dass irgendetwas anders war.

Es war wie eine Leuchtmarkierung im Raum-Zeit-Kontinuum. Als wäre etwas in den energetischen Pool geplumpst, in dem ich mich für gewöhnlich aale, und würde dort Wellen schlagen. Oder als würde irgendjemandes Seelensignatur an mir zerren: als wäre ein besonderer Radiosender, dessen Signal nur ich empfangen konnte, auf Sendung gegangen.

Und wenn wir schon dabei sind, will ich doch gleich noch eins klarstellen: Vampire haben eine Seele. Das Sterben betrifft nur den Körper. Jeder seriöse Metaphysiker wird euch sagen, dass die Essenz dessen, was wir Erdenbewohner darstellen, eine Art ätherischer Energie ist, etwas, das noch fundamentaler ist und tiefer geht als bloßes Sein oder Nichtsein. Diese Energie besteht trotz allem weiter. Offenbar ist es so, dass jede Seele – ja, das schließt auch Vampire mit ein – ihre eigene Melodie hat, und der Legende nach gibt es zu jeder Seele theoretisch ein passendes Gegenstück, dessen Melodie ähnlich ist. Aber da wir derzeit mit diesem ganzen Zeug über Seelengefährten schon förmlich erschlagen werden, will ich euch hier nicht auch noch damit langweilen. Außerdem ist diese Thematik bei weitem komplexer und interessanter als das, was man für gewöhnlich darüber erfährt.

Aber zurück zu dem, was ich sagen wollte. Als ich mich erhob, spürte ich … etwas.

Es mag euch überraschen zu hören, dass ich eine fast schon obsessive Gerade-von-den-Toten-auferstanden-Schönheitsroutine betreibe. Ich kann meine Erscheinung verändern, indem ich mich einfach erfrischt, sauber und auf jede nur denkbare Art gekleidet denke. Aber trotz dieser Fähigkeit hätte ich schon immer für eine schöne, heiße Dusche sterben können – das sollte jetzt kein Wortspiel sein.

Ich erzähle euch das deshalb, weil es ja bezüglich der Hygiene von Vampiren so viele unangenehme Gerüchte da draußen gibt. Ich meine, mal ehrlich, Leute: Mundgeruch? Verfärbte Eckzähne? Verwesungsartiger Körpergeruch? Also bitte. Das klingt ja wie aus einem zweitklassigen Horrorfilm.

Seid versichert, dass diese Vampirlady hier aussieht und duftet wie der frische Frühling. Man sagt sogar, mein Aroma rufe dem Empfänger die Erinnerung an den angenehmsten Duft seines Lebens wieder ins Gedächtnis, und in der Tat höre ich immer wieder, ich hätte etwas undefinierbar Unwiderstehliches an mir.

Jedenfalls verbrachte ich einige Zeit damit, vor meinem Kleiderschrank das perfekte Ensemble für den Abend zu wählen. Ich bin ja so froh, dass bauchfrei wieder in Mode ist, nachdem ich eine atemberaubende Taille und viel zu wenige Möglichkeiten habe, sie zu zeigen. Da ich auch keine Lust hatte, dezent zu erscheinen, entschied ich mich für meine hautengen Lieblingshüftjeans und ein tief ausgeschnittenes, lavendelfarbenes Top, das meinem Hautton schmeichelte und das Purpur meiner Augen unterstrich. Und um das Ganze noch schärfer zu machen, legte ich dazu eine Halskette mit einem tropfenförmigen

Amethyst an, der verführerisch in meinem üppigen Dekolleté baumelte.

Nachdem ich also geduscht, mich in besagte Klamotten geworfen und die nötigen Stunden vor dem Spiegel verbracht hatte, um mich aufzubrezeln – ratet mal, welcher Mythos über Vampire sich damit auch noch erledigt hat –, materialisierte ich mich draußen, um von meiner luftigen Veranda aus auf die Stadt zu blicken, und erlaubte mir, mich vom Ursprungsort dieses neuen Signals, das ich früher am Abend wahrgenommen hatte, anlocken zu lassen.

Wie sich herausstellte, kam es aus dem Herzen der Stadt.

Noch eine kleine Nebenbemerkung zu Boulder.

Vor Jahren bestand die Pearl-Street-Promenade – diese trendige Einkaufsmeile für Fußgänger in der Stadtmitte – aus charmanten, flippigen Boutiquen, Geschäften und Galerien. Heute reihen sich dort nur noch The Gap, Starbucks und andere banale Nullachtfünfzehn-Franchise-Läden aneinander. Und so ganz nebenbei: Ist euch schon aufgefallen, dass die Damenmode von heute so konzipiert ist, dass erwachsene Frauen aussehen wie kleine Jungs? Wann ist das denn nur passiert? Na gut. Mich würde ohnehin mit Sicherheit niemals jemand mit einem halbwüchsigen Jungen verwechseln.

Also schloss ich die Augen und dachte mich, noch immer in Form von reiner Energie, an den Ursprungsort des Signals. Und da war er.

Was ist das nur für eine Sache mit mir und Musikern?

Stellt euch den umwerfendsten Mann vor, den ihr je gesehen habt, und erhebt ihn zum Gott – dann habt ihr eine ziemlich gute Beschreibung dieses traumhaften Exemplares von einem Mann.

Und obwohl es mir widerstrebt, eure schönen Phantasien zu zerstören, wenn ich gleich jemanden mit ganz anderen Merkmalen, als ihr sie euch vielleicht vorgestellt habt, beschreibe, werde ich es natürlich trotzdem tun. Ihr müsst euch eben darauf verlassen, dass meine Vampirsinne in der Lage sind, sowohl die offensichtlichen als auch die weniger deutlich erkennbaren Vorzüge des menschlichen Körperbaus wahrhaft zu würdigen, und zwar in einer Weise, die jenseits eures begrenzten Vorstellungsvermögens liegt.

Stellt euch eine abgefahrene Rockkneipe vor. Na ja, das ist vielleicht nicht ganz passend, denn im überwiegenden Teil des Landes wird man da sofort an Motorradfahrer mit Harley-T-Shirts, Lederwesten und Ketten denken. In Boulder dagegen, wo man schon festgenommen werden kann, wenn man nicht jung, schlank, schickimicki und hübsch ist, haben Rockkneipen ein ganz einzigartiges Ambiente. Eigentlich fast schon ein wenig oberflächlich. Aber zurück zur Location. Tut einfach euer Bestes, sie euch vorzustellen.

Die Bühne war gar nicht zu verfehlen, denn sie nahm die gesamte Rückwand des Baus ein, war mit etwas bemalt, das man mal strahlende psychedelische Farben nannte, und zudem mit Blinklichtern in allen Farben, Formen und Leuchtstärken aufgemotzt. Und exakt in der Mitte dieser Bühne stand: er. Später identifiziert als Niven St. Clair. Allein die Erwähnung dieses Namens lässt mir heute noch die Eckzähne lang werden. Er war eine Erscheinung in engen Jeans, einem figurbetonten Hemd, das beeindruckend durchtrainierte Brustmuskeln und Arme zur Schau stellte und zudem mit einem Zitat von Albert Einstein bedruckt war.

Ein Sahneschnittchen, das dazu noch Sinn für das Absurde hatte. Perfekt.

Ich kam gerade rechtzeitig zur Tür herein, um zu sehen, wie Niven sich seine E-Gitarre umschnallte, ans Mikro trat und seinen Auftritt begann. Um ihn herum standen noch mehrere andere Musiker auf der Bühne, aber so wie es aussieht, kann ich mich an keinen von ihnen auch nur annähernd erinnern. Niven nahm einfach meine ganze Aufmerksamkeit in Anspruch.

Er war groß. Etwas über eins neunzig vielleicht. Die Bewegungen seines schlanken, athletisch wirkenden Körpers hatten etwas Fließendes an sich, wie bei einem Tänzer oder Turner – jemandem, der Bewegung gewohnt ist. Ich war fasziniert von seinem Hüftschwung, während er in seiner Musik aufging. Der Klang seiner Stimme versetzte mich direkt in eine Feuchter-Schritt-Version des Vampirhimmels. Und dann seine Haare. Verdammt faszinierende, volle dunkelbraune Locken, die ihm über den Rücken bis zum Hintern fielen. Volle, glänzende und gesunde Strähnen, die förmlich darum bettelten, dass ich meine Finger darin vergrub, während wir leidenschaftlichen, verschwitzten Sex hatten. Räusper.

Ein hübsches Gesicht, offensichtlich das Werk eines mächtigen Zaubers, von Engeln oder Elfen – oder wer auch immer für so was verantwortlich ist – gewirkt. Ein beinahe schon absurd hübsches Gesicht. Umwerfend himmelblaue Augen unter dunklen Wimpern.

An diese Szene werde ich mich bis in alle Ewigkeit erinnern.

Aber es wird noch besser.

Denn da war er: dieser Moment, auf den jede Frau wartet, wenn sie einen neuen Liebesroman aufschlägt. Blicke, die sich über einen ganzen Raum hinweg treffen. Oder in diesem Fall Blicke, die sich trafen, als er von der Bühne heruntersah.

Stromschlag. Kein Scherz.

Nun, ich muss euch gestehen, dass ich so etwas auch schon vorher erlebt habe, aber nur mit einem anderen Unsterblichen. Nie mit einem Menschen. Das machte die Situation nur umso pikanter und aufregender. Mir kam in den Sinn, dass dieser saftige Leckerbissen vielleicht gar kein Mensch war, doch meine Sinne sagten mir mit absoluter Sicherheit, dass er sterblich sein musste. Größtenteils zumindest. Allerdings da war noch dieses undefinierbare Etwas.

Nivens Blick begegnete meinem, und die sprichwörtlichen Funken flogen. Ich glaube nicht, dass auch nur einer der anderen Menschen im Raum etwas von diesem Austausch zwischen uns bemerkte, doch der Moment war so gewaltig, dass Niven mitten im Song der Atem stockte und er ein paar Sekunden brauchte, um sich wieder zu erholen.

Es gelang ihm, seinen Auftritt ohne weitere Zwischenfälle zu Ende zu bringen, während er gleichzeitig nur noch mich wahrzunehmen schien. Die Verbindung zwischen uns wurde jetzt so offensichtlich, dass die Leute auf der Tanzfläche begannen, zwischen uns hin und her zu schauen, um zu ergründen, was da mit uns abging. Allerdings bezweifle ich, dass einer von ihnen begriff, was da tatsächlich im Gang war.

146

Vielleicht sollte ich noch erwähnen, dass meine eigene, natürliche Energie – meine sexuelle Aura, wenn man so will – immer die stärkste im jeweiligen Raum ist. Das heißt, dass ich eigentlich immer Aufmerksamkeit errege, ob ich nun will oder nicht. Ich bin fast so etwas wie ein untoter Rattenfänger von Hameln, wenn ich nicht meine starken mentalen Fähigkeiten einsetze, um die Lemminge vom Sprung in diesen speziellen Abgrund abzuhalten. Von daher war es nicht nur die knisternde Spannung zwischen Niven und mir, die die anderen im Raum in ihren Bann zog. Es genügte schon, dass ich ich war.

Als die finalen Noten seines letzten Songs durch den – ziemlich schlecht belüfteten – Raum klangen, stellte er seine Gitarre in ihren Ständer zurück und kam zielstrebig auf mich zugeschlendert. Während er näher kam, richteten sich die Härchen an meinen Armen auf, und ein warmes Gefühl breitete sich in meiner unteren Körperhälfte aus.

Nur wenige Zentimeter vor mir blieb er stehen und flüsterte: »Ich habe auf dich gewartet.«

Ich antwortete ihm mit meiner elegantesten Version einer hochgezogenen Augenbraue.

Nun ja.

Wenn man schon so lange lebt wie ich und wenn man für gewöhnlich selbst diejenige ist, die auf etwas warten muss, dann ist das tatsächlich mal eine ganz erfrischende und faszinierende Aussage – noch dazu, wenn sie über die unanständig begehrenswerten Lippen eines schon fast irreal hübschen Kerls kommt.

Dann heftete er diese prächtigen blauen Augen auf mich und sagte: »Du bist ein Vampir.«

Ein herrliches Lächeln ergriff Besitz von meinem Gesicht, ich fuhr mir mit der Zunge über die Zähne und genoss das Gefühl meiner Fänge, die sich ein ganz klein wenig vorschoben. Ich lehnte mich an ihn und leckte mit der Zunge über seinen Hals.

Konnte dieses schmackhafte Häppchen denn noch aufregender werden?

Ich liebe Geheimnisse!

3

Als er da neben mir stand, fühlte ich Dinge, die ich schon seit Jahrhunderten vergessen glaubte. Es war, als enthielten meine Körperzellen Erinnerungen, die jetzt abgerufen wurden, und zwar auf einem Level, das tiefer ging, als mein Bewusstsein greifen konnte. Erinnerungen, die bis an den Beginn zurückreichten. An etwas, das ich nicht so recht benennen konnte.

Wir waren umgeben von einem Haufen von vor Verzückung weggetretener Individuen. (Die Schwingungen, die ich aussende, sind allein schon mächtig genug, aber stellt euch nur vor, was das für ein Gefühl sein muss, in einer Flutwelle gefangen zu sein, die durch das Zusammentreffen zweier außergewöhnlicher Kraftfelder ausgelöst wurde.) Also nahm Niven mich wortlos bei der Hand und zog mich durch die Hintertür des Clubs nach draußen.

Und ich ließ mich fröhlich auf das Spielchen ein. Ich liebe es, wenn so etwas passiert; da kann ich gar nicht anders.

Es war eine wunderschöne Frühlingsnacht, und die Luft duftete schwer nach dieser wundervollen Mischung aus Flieder und den Blüten des Ölweidenbaums. Der Vollmond hatte dieses mystische Aussehen, in Nebel gehüllt und umgeben von feinen schimmernden Farbringen. Die

Art von Mond, die magische und bedeutsame Ereignisse vorhersagt.

Niven, dieser Leckerbissen, ging mit mir über einen Parkplatz neben dem Flüsschen, das mitten durch die Stadt verläuft, und führte mich weiter zu einer grasbewachsenen Oase voller Bänke, kiffender Herumtreiber und eifrig beschäftigter Liebespärchen.

Normalerweise ist es ja nicht mein Stil, einem meiner »Begleiter« die Führung zu überlassen, aber irgendwie fand ich es unterhaltsam, dass Niven mein Einverständnis einfach so voraussetzte. Tatsächlich fühlte ich mich allein durch die Berührung seiner Hand, die die meine hielt, ein wenig wie ein Teenager auf dem Abschlussball. (Okay, also eigentlich habe ich keine Ahnung, was das wirklich für ein Gefühl ist. Spielt einfach mal mit, ja?) Und da es ein gutes Gefühl war, beschloss ich, die Dinge erst mal weiterlaufen zu lassen.

Er steuerte auf eine Stelle zu, die relativ menschenleer war, und drückte mich dort ganz verwegen mit dem Rücken gegen einen riesigen Baumstamm, während er begann, mit den Händen meine Arme entlangzufahren. Ich muss sagen, dass ich meine einstweilige Rolle als Wolf im Schafspelz richtig genoss. Dieses köstliche Häppchen Mann würde noch früh genug herausfinden, was für eine Art Raubtier er da aus dem Käfig lassen wollte.

Ich trug eins meiner liebsten Schuhpaare – die mit den Stilettoabsätzen –, so dass ich beinahe auf gleicher Höhe mit Niven war, als er sich leicht herunterbeugte, um mir tief in die Augen zu sehen.

Apropos, ich wette, ihr fragt euch, wie ich in Stilettos durch Gras laufen kann, ohne bei jedem Schritt Löcher in die Landschaft zu treten? Ihr wisst schon, so eine Spur aus Abdrücken wie mit einem Billardqueue. Mal ganz zu schweigen von der körperlichen Anstrengung, mein Gewicht auf den Zehenspitzen zu balancieren? Tja, darauf gibt es eine einfache Antwort. Vampire laufen nicht. Wir gleiten. Wir tanzen. Wir fließen. Okay, zurück zu Niven.

Hmm. Das war schon das zweite Mal, dass er mir in die Augen sah, ohne dabei in die übliche benebelte Trance zu fallen. Ich hatte mich von seinem Charme derart einfangen lassen, dass mir beim ersten Mal gar nicht aufgefallen war, dass er nicht so darauf reagierte wie alle anderen. Was war denn da los?

Also fragte ich ihn.

»Wie kommt es, dass du mir in die Augen sehen kannst? Nachdem du offensichtlich weißt, was ich bin, nehme ich an, du weißt auch über die Sache mit den Augen Bescheid.«

»Ich weiß genau, was du bist, und ich weiß auch Bescheid über die Sache mit den Augen, aber ich habe keinen Schimmer, warum ich immun dagegen bin. Vielleicht ist das nur eine weitere Eigenart von mir, so wie meine Fähigkeit, Menschen mit meiner Stimme in den Bann zu ziehen. Was übrigens nicht viel Wirkung auf dich zu haben scheint. Um es mit dem Märchen vom hässlichen Entlein zu sagen: Ich war immer ein Schwan unter Enten. Ein Außenseiter.«

Ich hatte nicht vor, es ihm zu sagen, aber seine Stimme schien tatsächlich eine merkwürdig besänftigende Wirkung auf mich zu haben. Wenn er sprach, war sie genau so verführerisch, wie wenn er sang – Samt in meinen Ohren, und zugleich auf seltsame Art verwirrend.

»Sieh mal einer an: Traumhaft schön und dazu noch intelligent. Hast du denn keine Angst vor mir?«

Er kam noch näher und strich mir dabei weiter über die Arme. »Irgendetwas an dir reizt mich. Aber Angst habe ich nicht. Sollte ich denn?«

»Oh, ja. Du solltest große Angst haben.«

Seine Lippen hoben sich an den Mundwinkeln, und seine Hand wanderte zu meiner Halskette und begann, sie auf der Haut nachzuzeichnen, wobei sein Finger sich auf die südlichere Region konzentrierte. Sein Haar fiel nach vorn und glitt wie ein seidiger Schleier über meinen Arm. Ich gab meinem Drang nach, griff nach einer Strähne und ließ sie durch meine Hand gleiten. Sein Haar war tatsächlich so weich, wie es aussah.

Ich war so fasziniert, dass ich gar nicht ganz ich selbst war. Hier war ein potenzielles Opfer, das nicht nur nicht in einen magischen Schlaf fiel, wenn es mir in die Augen sah, sondern auch noch keinerlei Anstalten machte, vor Angst zu zittern – etwas, woran ich gewohnt bin und das mich in der Vergangenheit so sehr erregt hat.

Das hier war wirklich völlig unerwartet. Normalerweise reagieren Männer auf mich wie Fliegen in der Venusfliegenfalle: Sie werden angezogen, dann betäubt, und am Ende sind sie tot. Dass eine der Fliegen versuchte, die Kontrolle über die Falle zu übernehmen, war noch nie da gewesen.

Aber verdammmich, jetzt war ich nur umso neugieriger.

»Was hast du damit gemeint: Du hast auf mich gewartet?«, fragte ich ihn und stellte mir dabei vor, wo ich mit meinem Mund überall bei ihm hinwollte.

»Das klingt vielleicht seltsam, aber andererseits gibt es wohl nicht viel, was für einen Vampir seltsam klingt. Ich bin noch nicht lange in Boulder, aber seit ich hier bin, hatte ich die ganze Zeit ein Gefühl der Vorahnung. Als wäre direkt hinter der nächsten Ecke … etwas. Jemand. Dann fingen die Träume an.«

»Träume?«

»Ja.« Er spielte mit einer meiner Haarlocken. »Vor allem einen bestimmten Traum habe ich immer wieder. Ich schlafe mit einer schönen Frau. Sie hat langes, dunkles Haar und purpurfarbene Augen. Mitten in unserer Leidenschaft schaut sie lächelnd zu mir auf, lässt mich ihre Eckzähne sehen und beißt mich in den Hals. Aus irgendeinem Grund bin ich nicht überrascht oder erschrocken. Es tut zwar weh, aber es fühlt sich auch vertraut an – erwünscht. Ich höre mich selbst stöhnen, und plötzlich ist da ein Mann neben dem Bett und schreit: ›Zara! Stop!‹ Wir starren beide den Eindringling an: Ein großer Mann mit sehr langem dunklen Haar und strahlend grünen Augen, und meine Bettgenossin schreit auf: ›Jeran!‹, und dann wache ich auf.«

Ich sah ihn mit großen Augen an. »Hast du Jeran gesagt? Bist du sicher?«

»Ja.« Er neigte den Kopf. »Es ist immer derselbe Traum. Warum? Sagt dir der Name irgendwas?«

Was war hier los? Wie konnte dieser hinreißende Fremde von mir träumen und den Namen des Mannes kennen, der mich erschaffen hat? Ich verkniff es mir schon seit Jahrhunderten, über Jeran nachzudenken. Das verlangte definitiv nach Klärung.

Schneller, als er gucken konnte, wechselte ich die Stellung und nagelte nun ihn am Baumstamm fest. Sein Gesicht verriet Überraschung und Interesse, aber ich spürte keine Furcht an ihm. Noch nicht.

Ich schlüpfte wieder in meine Taffes-Mädchen-Rolle und ließ meine Eckzähne ein Stück vorblitzen, gerade weit genug, um hallo zu sagen.

»Der Name sagt mir tatsächlich was. Er sagt mir sogar so viel, dass ich darauf bestehe, noch einmal alles darüber von dir zu erfahren. Bei mir zu Hause. Jetzt.«

Er spannte sich an und betrachtete einen Augenblick lang meine Eckzähne im Licht der Straßenlaterne über unseren Köpfen. Dann schüttelte er den Kopf.

»Nein. Ich muss noch arbeiten. Du wirst warten müssen, bis ich fertig bin.«

Verdammt. Ich war hin- und hergerissen. Ein Teil von mir schätzte seinen Mut und wollte ihm sagen, wie lange es schon her war, seit ich einen interessanten Menschen getroffen hatte. Ein anderer Teil wollte laut loslachen über den törichten Sterblichen, der es wagte, sich mir zu widersetzen. Aber der größte Teil von mir war drauf und dran, ihm eine Lektion in Gehorsam zu erteilen, und meine Körpersprache und die feindseligen Schwingungen, die ich ausstrahlte, übermittelten ihm das sehr deutlich.

Er war sichtlich angespannt.

Ich ging die verschiedenen Optionen im Geiste durch und dachte ernsthaft darüber nach, mich für die harte Tour zu entscheiden. Aber dann wählte ich stattdessen von allen Möglichkeiten – Tor 1, 2 oder doch lieber 3? – das, was sich hinter Tor 4 befand: Ich schenkte ihm ein Lächeln wie das der Mona Lisa, trat einen Schritt zurück und sagte: »Dann geh jetzt zurück an die Arbeit. Wir sehen uns wieder.«

Er sah erleichtert aus, verwirrt und – enttäuscht. Dank meiner ausgezeichneten Fähigkeiten im Gedankenlesen war es einfach für mich, festzustellen, was gerade durch seinen Kopf ging: Er hatte befürchtet, ich würde ihn wie einen Käfer zerquetschen, und war nun heilfroh, dass das nicht eingetroffen war. Gleichzeitig hatte er all seine Chuzpe zusammengenommen, um jeder wie auch immer gearteten Herausforderung von mir zu begegnen, und jetzt war das gar nicht nötig.

»Wartest du drinnen auf mich, bis ich fertig bin?«, fragte er.

Ich konnte gar nicht begreifen, warum er keine Angst vor mir hatte. Mit den Schwingungen, die ich noch vor ein paar Minuten ausgestrahlt hatte, konnte ich eigentlich jeden Menschen leicht auf ein Häufchen Elend am Fuß der Mauer reduzieren. Was für eine Kuriosität.

»Nein.« Ich machte eine Handbewegung, als wollte ich eine Fliege verscheuchen. »Nicht heute Nacht. Ich muss über vieles nachdenken.«

Was ich ihm nicht sagte, war, dass ich plötzlich Lust auf eine gute Portion Blut und Sex verspürte und vorhatte, mir ein paar willige Teilnehmer zu besorgen.

»Kann ich dich küssen, bevor du gehst?«

Tja, wie hätte ich das ablehnen können? Aber die eigentliche Frage war: Sollte ich ihn wissen lassen, wie nahe ich dran war, ihn auf den Boden zu nageln und über ihn herzufallen?

Sollte ich mich beherrschen, oder sollte ich mich gehen lassen? Immer diese drängenden Fragen.

Aber irgendetwas an Nivens einzigartigen Qualitäten hielt wohl meine primitiven Gelüste im Zaum, also kam ich auf ihn zu, schlang ihm die Arme um den Nacken und schenkte ihm einen innigen und tiefen Kuss.

Was er gab, war so gut wie das, was er bekam. Ich fing schon an, mich zu fragen, ob ich etwa langsam nachließ, als ich merkte, wie seine Knie weich wurden. Ich fing ihn auf, bevor er zu Boden fiel. Schließlich muss man auf eine Erfahrung mit mir schon angemessen vorbereitet sein. Er konnte vielleicht dem Zauber meiner Augen widerstehen, aber noch kein Kerl war je in der Lage gewesen, sich dem Lustgefühl zu entziehen, das ich in ihm wecken kann, wenn ich mal mit Lippen und Seele dabei bin. Und dann war da noch die Sache mit der Mordslatte, die einem so ein Kuss von mir beschert.

Niven wachte abrupt aus seiner Trance auf, entdeckte seine beeindruckende Erektion und sah gerade noch, wie ich direkt vor seinen Augen verschwand, und das alles innerhalb von Sekunden.

Ich teleportierte mich zu einem Tanzklub in Denver, wo sich immer ein ganzer Stall voll Freiwilliger für jede Beschäftigung, nach der mir gerade der Sinn stand, finden ließ. Mit einem Lächeln drehte ich meine Aura auf »kommt her und holt es euch« hoch, stolzierte hinüber an die Bar und sah zu, welche Kandidaten da von allen Seiten auf mich zukamen.

Da ich inzwischen die Nase voll davon hatte, mir immer neue Entsorgungsmöglichkeiten für die Leichen all der Bedauerlicherweise-Gehirn-Ausgesaugten auszudenken, beschloss ich, mir zwei Typen auf einmal zur Unterhaltung anzulachen: einen für den Sex und einen für das Blut. Ja, wie ihr euch vielleicht vorstellen könnt, ist das nicht annähernd so befriedigend. Und die Kontrolle über mich selbst zu behalten war schon immer eine der größten Herausforderungen für mich. Aber wenn sie danach noch aus eigener Kraft das Weite suchen konnten, machte das mein Leben entschieden einfacher.

Es dauerte nicht lange, und ich war umringt von einem kleinen Haufen gutaussehender Kerle in ihren Zwanzigern. Ich war gerade dabei, mir zwei davon herauszupicken, um mit ihnen an einen privateren Ort zu verschwinden, als ich einem der heißen Kandidaten über die Schulter guckte und jemanden sah, der unmöglich hier sein konnte.

»Jeran?«

Mein hinreißender Schöpfer warf mir ein atemberaubendes Lächeln zu und verschwand.

Was zur Hölle ging da vor?

Ich verpasste meinen Eroberungen für diesen Abend einen massiven Zauber mittels Ich-schau-dir-in-die-Augen-Voodoo. Anders als Niven, bei dem mein überirdischer Vampirblick nicht gewirkt hatte, waren diese niedlichen jungen Kerle augenblicklich weggetreten und würden so lange auf der Stelle stehen bleiben, bis ich kommen und sie für die bevorstehenden Festlichkeiten einsammeln würde.

Dann drehte ich noch eine Runde durch den Klub und hielt Ausschau nach diesem gewissen sinnlichen, unsterblichen Gesicht in der unruhigen Menge. Schließlich stand ich mitten im Raum, hüllte mich in einen Unsichtbarkeitszauber und warf meinen übernatürlichen Haken aus, um irgendeinen untoten Fisch, der in diesem Teich schwimmen mochte, an Land zu ziehen. Aber Fehlanzeige.

Schließlich gab ich es auf, ging meine eingefrorenen Hauptgerichte auf zwei Beinen einsammeln und schob sie nach draußen in die Nacht.

✳

Zugegeben, ich war nicht ganz bei der Sache, aber davon ließ ich mir mein Abendessen zum Mitnehmen nicht miesmachen. Ich schickte uns drei mittels Gedankenkraft zurück zu meinem Schlupfwinkel in Boulder, und wir legten die Nacht über einen heißen Tango aufs Parkett – sozusagen. Nachdem ich das Buffet anständig geplündert hatte, scannte ich die Gedächtnisse der beiden Kerle, um in Erfahrung zu bringen, wo sie wohnten, und dachte sie sicher nach Hause in ihre kuscheligen Betten. Am nächsten Morgen würde jeder von ihnen mit einer angenehmen, wenn auch getrübten Erinnerung aufwachen. Hach, ich werde ja so weichherzig – erzählt bloß niemandem davon!

Da immer noch etwas Zeit bis Sonnenaufgang war, gönnte ich mir noch ein Nacktbad im Mondlicht auf dem Oberdeck und grübelte über die Erscheinung nach, die ich im Tanzklub gesehen hatte.

Jeran und ich waren nicht gerade auf freundlichster Basis auseinandergegangen, und als ich über die Nachtwandler-Buschtrommeln hörte, dass er den Tod gewählt hatte, bin ich echt wütend gewesen.

Okay. Ich weiß ja, dass ich diejenige war, die ihn verlassen hat. Ich habe unsere »Beziehung« – in Ermangelung eines besseren Wortes – beendet. Aber ich dachte immer, wir hätten eine Chance, wenigstens zum Teil die tiefen Wunden wieder zu heilen, die wir unseren Seelen – und unseren Herzen – gegenseitig zugefügt hatten.

Würde es euch überraschen zu hören, dass die meisten Vampire all das Wissen, das sie über die Jahrhunderte anhäufen, vor allem zu dem Zweck nutzen, sich immer geschicktere Methoden auszudenken, mit denen sie sich gegenseitig quälen können?

Nun ja, mal ehrlich: Was würdet *ihr* tun, um bis in alle Ewigkeit Unterhaltung zu finden?

Es war schon so lange her, seit ich ein Mensch gewesen war und irgendwelche menschlichen Gefühlsregungen verspürt hatte, dass mich die Flut der Erinnerungen, wie ich Jeran geliebt hatte, völlig unvorbereitet traf. Ich erinnerte mich an die Lust und die Besessenheit, die schon an Wahnsinn grenzte und mich anfällig gemacht hatte. Für sein Verlangen, mich zu verwandeln. Sein unbarmherziges Bedürfnis, mich zu seiner Gefährtin in seiner Welt der Dunkelheit zu machen.

Obwohl ich ihn angefleht hatte, es nicht zu tun.

Gefühle, die ich seit Jahrhunderten nicht mehr gekannt hatte, überschwemmten mich, und ich spürte eine Träne meine Wange hinablaufen. Diese Empfindung, die ungewohnte Flüssigkeit, die mein Gesicht hinabbrannte, war mir fremd, und sie faszinierte und verblüffte mich. Ich konnte mich gar nicht mehr erinnern, wann ich das letzte Mal geweint hatte. Das war, buchstäblich, Jahrhunderte her. Offen gesagt, machte ich mir auch nicht viel daraus. Da musste ich wohl einen alten Sargdeckel wieder aufklappen, den ich schon vor langer Zeit für immer geschlossen hatte. Ich ließ die Träne auf meinen Zeigefinger laufen und kostete sie.

Verdammt sei Jeran.

4

*I*ch schlafe nicht in einem Sarg. Ja, natürlich habe ich ein paar von den Dingern. Ich sammle sie sogar. Sie sprechen die dunkle Seite an, die in jedem von uns steckt. Tatsächlich besitze ich sogar ein extravagantes Exemplar, das eine Zeitlang die Überreste eines sehr berühmten Entertainers aus dem 20. Jahrhundert beherbergte, bevor er zwangsgeräumt wurde und ich ihn meiner Sammlung einverleiben konnte. Fragt erst gar nicht, um wen es sich handelt, denn ich werde es euch nicht sagen, aber ich bezweifle, dass er »einsam heut' Nacht« ist. Wie auch immer, solange ich mich von Sonnenlicht fernhalte, kann ich auf einen zusätzlichen Sicherheitsbehälter verzichten.

Stattdessen verbringe ich meine Ich-bin-dann-mal-tot-Stunden ausgestreckt auf einem luxuriösen Vampir-Doppelbett. Ja, so was gibt es wirklich. Die Firma, die die Teile herstellt, ist einer meiner ersten Gehversuche als Unternehmerin. Und seit es das Internet gibt, hat der Online-Verkauf meiner verschiedenen Modellreihen mich – oder besser gesagt meine »Ururenkelin« – zur mehrfachen Milliardärin gemacht.

Am Abend nach dieser deprimierenden und ärgerlichen Heulepisode oben auf dem Monddeck wachte ich in meinem prächtigen unterirdischen Schlafzimmer aus Gold und Silber (ja, echtes Gold und Silber) auf und stellte fest, dass ich Gesellschaft hatte.

Zuerst dachte ich, ich hätte die Musikanlage den ganzen Tag über laufen lassen. Manchmal zieht es mich unter die Erde (mit der Sonne gibt es kein Verhandeln), bevor ich die häuslichen Schotten für den Tag dicht machen kann, und wenn ich mich wieder erhebe, plärrt die Fernsehanlage noch, oder der Audioreceiver spuckt gerade eine politische Talkshow aus. Ist es denn zu glauben, dass es so was immer noch gibt? Aber woher auch immer diese Musik da kam, ihr Klang war bezaubernd schön.

Ich setzte mich auf, noch immer nackt, und sah Niven. Er saß in einem Sessel am Fuß meines Bettes, klimperte auf einer Akustikgitarre und sang dazu. Immer wenn er über die Saiten strich, liefen mir Wellen der Lust wie ein Wasserfall über den Körper. Seine Stimme fühlte sich an wie eine geisterhafte Hand, die meine noch unentdeckten erogenen Zonen erforschte.

Er sah von seiner Gitarre auf und schenkte mir ein jungenhaftes Lächeln, das sein schönes Gesicht nur noch anziehender wirken ließ.

Mir gingen diverse Gedanken durch den Kopf, die allesamt in die Kategorie »Was zur Hölle?« fielen. Dass er meine verborgene Zuflucht gefunden hatte, war schlichtweg unmöglich. Noch kein Mensch hatte je meinen Tagesruheplatz entdeckt, denn der war nicht nur schwer zu finden, sondern auch noch durch mächtige Vampirzauber unsichtbar gemacht. Nein, ich musste halluzinieren. Erst losheulen, und jetzt das. Ich hatte schon Geschichten über Vampire gehört, die nach vielen Jahrtausenden am Ende den Verstand verloren hatten.

Das musste es sein. Nun war ich an der Reihe, als eine Unabsichtlich-Gehirn-Abgesaugte zu enden.

Als ich mich aufsetzte, und meine aufregenden Brüste mit mir, hörte Niven mit seiner Darbietung auf. Sein Unterkiefer sackte langsam herab, bis er mit offenem Mund – er war kurz vorm Sabbern – auf meine erstaunlichen Möpse starrte.

»Was machst du hier? Wie hast du mich gefunden?« Mein Tonfall war mehr als unfreundlich. In diesem Augenblick war ich mir noch immer nicht sicher, ob er wirklich da saß oder ob ich gerade irgendeine Wahnvorstellung anblaffte oder gar nur in meinem eigenen wahnsinnigen Gehirn herumkeifte.

Er stellte die Gitarre ab, stand auf, kam zum Bett und setzte sich dort neben mich auf den Rand. Sein langes Haar fiel wie ein dunkler Schleier über sein »Born Again Druid«-T-Shirt, und an der Silberkette um seinen Hals hing ein kunstvolles Medaillon, das mir entfernt bekannt vorkam. Er roch wundervoll. Ich machte mehrere verschiedene Duftnoten aus, eine aufregender als die andere. Von seinem seidig glänzenden Haar ging ein leichter Blumenduft aus, und beim Duschen musste er eine Seife mit Kräutern benutzt haben. Über all dem schwebte noch ein Duftschmankerl Marke ätherische Öle. Irgendetwas Sinnliches mit Moschusnote. Ich geriet fast selbst ins Sabbern.

»Ich weiß nicht so recht, wie ich hierhergekommen bin.« Er schüttelte seinen umwerfend schönen Kopf. »Heute Morgen bin ich wieder aus diesem Traum aufgewacht. Nur dieses Mal sprach der Mann, den du Jeran genannt hast, mich an und sagte: ›Komm.‹ Das ist das Letzte, woran ich mich erinnere, bevor ich mich hier vor diesem

Haus wiederfand. Ich habe keine Ahnung, wie es dazu gekommen ist, dass ich in deinem Zimmer bin und dir beim Schlafen zusehe. Oder beim Totsein oder wie immer man das auch nennt.«

Er schien fasziniert von meinen Möpsen zu sein, denn sein Blick wechselte ständig zwischen ihnen und meinem Gesicht hin und her. Also beschloss ich, ihn aus seiner Not zu erlösen und mir gleichzeitig zu bestätigen, dass er wirklich da war: Ich nahm seine Hand und legte sie auf die Brust, die ihm am nächsten war. Er gab ein glucksendes Geräusch von sich, hob die Augenbrauen und kniff mich sachte in den Nippel, während sein Gesicht einen Ausdruck von Entzücken annahm.

Nun, wie sich herausstellte, war Niven zwar immun gegen meinen Blick, aber dafür umso empfänglicher für den Lockruf meiner Glocken. Das musste ich mir merken – konnte vielleicht noch nützlich werden.

Okay, offenbar war Niven tatsächlich körperlich hier, und mein Psychoradar sagte mir, dass er in Bezug auf Jeran und sein mysteriöses Erscheinen hier nicht log. Wie immer, wenn ich es mit etwas Komplexem und Verwirrendem zu tun habe, ignorierte ich das erst mal und wandte meine Aufmerksamkeit primitiven Gelüsten zu. Später war immer noch genug Zeit, um das Rätsel zu lösen. Aber im Moment machte sich in mir das Vampirpendant zu Hormonen breit, und ich konnte an nichts anderes mehr denken als daran, auf Nivens Joystick in den Sonnenuntergang zu reiten.

Ich erhob mich auf die Knie, lehnte mich an ihn, nahm sein Gesicht in meine Hände und sah ihm tief in die herrlichen blauen Augen. Ich bin mir sicher, dass es am Licht lag (obwohl es zu der Zeit wirklich nicht sehr hell im Zimmer war), aber ich hätte schwören können, dass seine Augen ein wirbelndes Durcheinander funkelnder Farben waren, wie in einem Kaleidoskop. Ich hielt den Atem an und hatte das seltsame Gefühl, als wäre mir etwas sehr Wichtiges entfallen. Etwas, an das ich mich eigentlich hätte erinnern sollen.

Ich griff nach seiner Hand, die sich hermetisch an meiner Brust festgesaugt zu haben schien, und führte sie zusammen mit der anderen um meine Mitte, so dass beide Hände auf meinem Rücken lagen. Dann schlang ich meine Arme um seinen süß duftenden Nacken, fuhr mit der Zunge über seine weichen Lippen und küsste ihn leidenschaftlich. Er öffnete den Mund für mich, und ich ließ meine Zunge hineingleiten. Er schmeckte nach Pfefferminz. Sein Körper war warm und lebendig und fühlte sich gut an meiner Haut an. Ich konnte spüren, wie sich sein Herzschlag beschleunigte und das Blut durch seine Adern pulsierte, während er an meinem Mund aufstöhnte.

Soll keiner sagen, ich wäre nicht entgegenkommend. Ich scannte sein Gedächtnis, um herauszufinden, welche Duft- und Geschmacksnoten ihm am besten gefielen, und manifestierte sie mittels Gedankenkraft.

Urplötzlich stieg mir ein überwältigender Duft von Zimtbrötchen in die Nase, und ich begriff, dass er von mir kam. Nun ja, jedem Tierchen sein Pläsierchen.

Ganz außer Atem zog ich mich zurück, glitt mit den Händen über seinen bebenden Brustkorb und wagte mich dann tiefer. Seine offensichtliche Erregung, die sich sowohl in seinem hämmernden Herzschlag als auch einer beeindruckenden Erektion bemerkbar machte, gefiel mir ausnehmend gut. Wieder ergriffen seine Hände Besitz von meinen Zwillingshügeln, und er drückte mich sachte auf das Bett zurück, um sich über mich zu schieben. Sein Mund drückte sich auf meine Brustwarzen, und er fing an, sie mit Zunge und Lippen zu verwöhnen, immer abwechselnd mal die eine, dann die andere, und das mit beständig wachsender Kunstfertigkeit.

Ich wickelte meine Beine um ihn, krallte meine Hände in seine seidigen Haarsträhnen und stöhnte laut.

Er ließ sich nach oben gleiten, bis sein Mund an meinem lag und flüsterte: »Lass mich nur eben diese Klamotten loswerden.«

»Oh, lass mich das machen«, flötete ich und dachte seine Kleider einfach weg.

Das plötzliche Gefühl seines nackten, erhitzten Körpers an meiner kühlen Haut muss ihm einen angenehmen Schock versetzt haben, denn er gab ein kurzes Lachen von sich.

Währenddessen konnte ich mich nicht entscheiden, ob ich ihn gleich in einem Zug inhalieren oder langsam aufknabbern wollte, aber schließlich beschloss ich, die süße Qual noch etwas auszudehnen und ihn in himmlischen Wahnsinn zu treiben.

Wir küssten uns leidenschaftlich, bis die Grenzen zwischen unseren Körpern verschwammen und wir ineinander übergingen, natürlich nur bildlich gesprochen. (Nebenbei bemerkt, wäre es vielleicht ganz nett, wenn ihr euch für diesen Teil der Geschichte eure bevorzugte romantische Musik vorstellt, die derweil leise im Hintergrund spielt. Oder vielleicht etwas Dramatischeres, mit theatralischen Trommelwirbeln und hinausgezögerten Höhepunkten oder so. Eure Entscheidung.)

In diesem Stadium sexueller Ekstase war es einfacher, ihn mit eingezogenen Eckzähnen zu küssen, also quälte ich mich selbst ein wenig damit, nicht dem ungeheuren Drang nachzugeben, sie Amok laufen zu lassen. Stattdessen ließ ich das Verlangen ansteigen und freute mich auf das, was kommen würde.

Niven war ein talentierter und vorzüglicher Küsser. Es kommt nicht oft vor, dass ich in dem reinen Akt, meine Lippen auf die eines anderen zu pressen, wirklich aufgehe, aber ich muss sagen, mit Niven ist mir das tatsächlich passiert. Es war, als besäße er Kenntnisse und Fähigkeiten, die sein Alter überstiegen.

Heiß und feucht glitten seine Hände über meinen Körper und versetzten mich in Verzückung. Eine Weile huldigte er noch meinen Zwillingsgöttinnen, bevor er sich daran machte, tiefer gelegene, noch unergründete Regionen zu erforschen. Seine Finger erkundeten die feuchte und duftige Gegend zwischen meinen Beinen, und ziemlich schnell befand ich mich auf dem Aufstieg zum Berg namens Orgasmus. Einen kurzen Moment ließ er mich an der Hochebene von Bin-fast-so-weit hängen, dann ersetzte er seinen Finger durch seine Zunge und spülte mich über den Rand. Ich krallte die Hände in seine herrliche Haarpracht und hielt seinen Kopf an Ort und Stelle fest, so dass meine Klitoris das Zentrum der Lust darstellte. Ich schrie seinen Namen hinaus, während ich immer wieder kam und schließlich nur noch dalag, schlapp, erschöpft und durstig. So durstig, dass meine Eckzähne schon weh taten.

Niven schob sich über mich und küsste sich dabei durch diverse erogene Zonen nach oben, bis sein sehr feuchter Mund meine prallen Lippen eroberte. Seine Erektion drückte sich hart und groß an mich, und ich hätte nur noch meine Beine ein wenig weiter spreizen müssen, um mich von ihm ausfüllen zu lassen. Aber vorher wollte ich ihn im Mund haben.

Mit der mir eigenen atemberaubenden Schnelligkeit tauschte ich die Position mit ihm und drückte seinen Körper sachte nieder, strich mit meinen Haarspitzen über seine Haut und stimulierte dabei jede Zelle seines Körpers. Er stöhnte und bewegte instinktiv seine Hüften, kurz davor, bei der geringsten Berührung zu explodieren. Ich brachte meine Zunge zum Einsatz, so wie nur ich dazu in der Lage bin, nahm seinen ganzen Schwanz mitsamt Eiern in den Mund und saugte und spielte mit ihm, während er mir ausführlich beschrieb, was er alles mit mir anstellen wollte. Und als ich spüren konnte, dass er kurz davor war, den Gipfel zu erklimmen, hörte ich auf, ihn mit dem Mund zu verwöhnen, und glitt wie eine Raubkatze über seinen schlanken, muskulösen Körper. Mit meinem animalischen Blick (nehme ich an, nachdem ich von früheren Liebhabern so viel über meine wilden Augen gehört habe) plazierte ich mich rittlings auf seinen Hüften, ließ seinen pochenden Schwanz in mich gleiten und ritt ihn bis zur Ekstase.

Er schrie seine Erlösung heraus, und ich fiel mit ein – wir hatten einen Riesenspaß.

Aber ich hatte solchen Durst. Nachdem ich schon Horden gehirnausgesaugter Liebhaber geschaffen hatte, wusste ich, dass der Mix aus Sex und Blutsaugen ein todsicheres

Katastrophenrezept war. Oder zumindest ein gutes Rezept dafür, hinterher wieder mal ein Endlager für noch einen gehirnentleerten Bettgefährten finden zu müssen. Und, offen gesagt, Niven hatte etwas an sich, das mir meine Neigung auf ganz besondere Weise bewusst machte und zugleich das sichere Gefühl in mir weckte, dass ich ihn nicht auf diese Weise verlieren wollte.

Meine Eckzähne allerdings dachten sich letztendlich »Was soll's!« und schoben sich aus eigenem Antrieb heraus. Da lag ich nun auf Niven, schwelgte heftig atmend in den Nachbeben meines Orgasmus, die wellenartig durch meinen Körper liefen, und wollte nichts mehr als sein Blut trinken. Für meine Eckzähne war die Frage damit nicht ob, sondern nur wann.

Ich hatte mich schon fast der Verlockung, ihn in den Hals zu beißen, entzogen, als er seine leuchtend babyblauen Augen öffnete und mich für einen tiefen, feuchten Kuss an sich zog. Seine Zunge begegnete meinen Eckzähnen, die ihn leicht ritzten, so dass ein winziger Tropfen Blut in meinen Mund lief. Das Verlangen, mich an ihm zu nähren, wurde übermächtig, und mit einem Knurren drehte ich seinen Kopf grob zur Seite und plazierte meine Zähne an seiner pulsierenden Ader. Doch gerade als ich dabei war zuzubeißen ...

»Zara! Stop!«

Mein Kopf ruckte nach oben, und da war er. Genau wie in Nivens Traum. Jeran. Der tote Jeran.

Schockiert setzte ich mich auf, und meine Eckzähne zogen sich wieder ein. Niven war vergessen.

Der Besucher sah nach solider Körperlichkeit aus. Keine nebelhafte Erscheinung oder geisterhaftes Ektoplasma.

Seine fabelhaften Züge waren so klar umrissen, wie sie es immer gewesen waren. Er trug Kleidungsstücke aus einem früheren Jahrhundert: hautenge Hosen, hohe schwarze Stiefel, ein Jackett aus Brokatstoff und ein weißes Hemd mit Schnürung an Hals und Handgelenken.

»Jeran? Bist du es wirklich?«

Er streckte die Hände aus und legte die Entfernung zwischen sich und dem Bett auf magische Weise zurück.

»Ja. Ich bin es. Oder zumindest ein Aspekt von mir.«

Ich ergriff seine Hände, und er zog mich vom Bett weg in die Höhe, so dass ich vor ihm stand, so nah, dass unsere Körper sich berührten.

»Ich habe dich vermisst, Zara.« Damit drückte er seine Lippen auf meine. Die Erinnerung an längst vergangene Küsse, die wir miteinander ausgetauscht hatten, ließ meine Knie weich werden, und beim vertrauten Duft seines Körpers spannten sich die Muskeln zwischen meinen Beinen an.

Es war wundervoll, ihn wieder zu berühren, meine Hände über seinen starken, festen Körper und durch sein babyweiches Haar wandern zu lassen. Diese besonderen Schwingungen, die zwischen uns gewesen waren, wieder zu spüren – Schöpfer und Schöpfung. Ich hatte mir nie gestattet, das Gefühl des Verlustes an mich heranzulassen. Noch hatte ich je zugegeben, wie wichtig er mir gewesen war.

Wenn das hier eine Halluzination oder ein Spuk war, dann war ich willens, jede Minute davon zu genießen.

Langsam löste ich meine Lippen von seinen, nahm sein Gesicht in beide Hände und sah ihn direkt mit meinen Purpuraugen an.

»Bist du tot, Jeran?«

»Na ja«, grinste er. »Das bedarf einer eher längeren Erklärung. Wie ich herausgefunden habe, ist *tot* nicht ganz das, was ich mir vorgestellt hatte.«

Dann sah Jeran zu Niven hinüber, was mich aus meinem Zustand der Benebelung riss und daran erinnerte, dass wir nicht allein waren. Ich konzentrierte meine Aufmerksamkeit wieder auf die entzückende Augenweide, die da auf meinem Bett ausgestreckt lag.

Mein großer, blasser und gutaussehender Gast zog alle Register und schenkte Niven eine mächtige Kostprobe seiner gänsehauterregenden, verführerischen Stimme:

»Hallo, Niven. Ich habe sehr lange auf diesen Moment gewartet. Schlaf jetzt.«

Nivens Augen fielen zu, und sein Kopf rollte gegen seine Schulter.

Ich lenkte meinen Blick wieder auf Jeran, immer noch ganz eingehüllt in seine samtweiche Umarmung und das Ich-werde-gleich-ohnmächtig-Gefühl, das seine Stimme bei mir auslöste.

»Okay. Nachdem du eben mein Unterhaltungsprogramm für den Abend außer Gefecht gesetzt hast, wirst du mir jetzt vielleicht mal erklären, was hier los ist? Wie kannst du hier sein, wenn du tot bist? Wie kannst du dich so real anfühlen? Und woher kennst du Niven?«

Er beugte sich zu mir, küsste noch einmal sachte meine Lippen und umfasste meine hocherfreuten Brüste.

»Solange du nackt bist, ist es mir schlicht unmöglich, zusammenhängende Worte an dich zu richten. Ich kann nur noch daran denken, dich zu küssen, zu lecken und zu kosten – und dich dazu zu bringen, in einem deiner übernatürlichen Orgasmen meinen Namen zu rufen.«

Ich packte ihn an seinem festen Hintern und zog ihn mitsamt seiner Latte an mich. »Na, das ist kein Problem.« Ich deutete auf das Bett. »Begeben wir uns doch in mein Büro und ziehen diese Angelegenheit in Erwägung.«

Laut lachend warf er den Kopf zurück, und seine smaragdgrünen Augen funkelten.

»Ah, meine entzückende Zara. Noch immer dieselbe. Ich habe dich wirklich vermisst. Aber das, was ich mit dir besprechen möchte, ist sehr wichtig, deshalb möchte ich dich bitten, Erbarmen mit mir zu haben und dir etwas anzuziehen.«

Ich seufzte dramatisch, trat einen Schritt zurück und dachte mich in mein tiefschwarzes Lieblingsnegligé. Das mit dem tiefen Ausschnitt und meterweise durchsichtigem Stoff, das ich am liebsten beim Fliegen trug.

Er lachte leise auf und schüttelte den Kopf. »Ich schätze mal, ich hätte mich wohl etwas genauer ausdrücken sollen. Aber auch wenn diese Stoffschicht sehr dünn ist, weiß ich sie doch als Ablenkung zu schätzen. Komm, lass uns auf das Dach gehen, dort können wir die Nacht genießen.«

Er nahm meine Hand und dachte uns nach oben auf meine Dachterrasse. Es war Vollmond, und von unserem hochgelegenen Aussichtspunkt aus waren die funkelnden Lichter von ganz Boulder zu sehen. Ein süßer Blumenduft lag in der kühlen Nachtluft.

Er zog zwei Stühle heran und stellte sie so, dass sie sich gegenüberstanden. Wir setzten uns, so nah, dass unsere Knie sich beinahe berührten.

Er seufzte und musterte mich mit seinen grünen Augen.

»Ich weiß gar nicht, wo ich anfangen soll. Es ist so vieles passiert. Du erinnerst dich sicher, dass ich immer ein Interesse für das Unbekannte hatte. Ich habe ganze Jahrhunderte damit verbracht, Leute zu suchen, die okkulte oder metaphysische Erfahrungen gemacht haben, um von ihnen zu lernen. Ich habe jedes Buch gelesen, das je dazu verfasst worden ist. Ich habe weise Frauen, Medizinmänner und Orakel aufgestöbert. Und je mehr ich entdeckte, umso stärker wurde meine Leidenschaft, selbst etwas herauszufinden.«

Im hellen Mondlicht und dank meiner verbesserten Nachtsicht als Vampir war es einfach, die Emotionen zu verfolgen, die sich auf sein Gesicht malten, während er mir seine Geschichte erzählte.

»Ja, natürlich erinnere ich mich an deine Besessenheit von all diesem Gruselzeug.« Ich umfasste meine Brüste mit beiden Händen. »Manchmal musste ich dir die beiden Mädels hier direkt ins Gesicht halten, damit du endlich deine verdammten Bücher zugeklappt und mir die Aufmerksamkeit geschenkt hast, die ich verdiene.«

Er lächelte. »Du hattest nie viel Geduld mit meinem Wissensdurst.«

Ich legte die Hände wieder in den Schoß. »Ich habe seitdem noch viel interessantere Arten von Durst gefunden, die gestillt werden wollen. Doch bitte, erzähl weiter.«

Er nickte. »Nachdem dieses … Missverständnis … zwischen uns passiert war und du mich verlassen hattest …«

»Ha! Meinst du dieses Missverständnis, bei dem ich dich, wieder einmal, dabei erwischt habe, wie du mit deiner Zunge die Anatomie zwischen den Beinen einer Frau untersucht hast? Oder vielleicht jenes, als ich dich unpassenderweise beim Coitus indenanus unterbrochen habe? Oder vielleicht …«

»Ja, okay.« Er streichelte mit dem Finger über meine Unterlippe. »Du hast ja recht. Ich gebe zu, mein Verlangen war oft so stark, dass ich es nicht mehr kontrollieren konnte.« Er stand auf, schob den Stuhl weg und kniete vor mir nieder. »Ich bitte aufrichtig um Vergebung für allen Schmerz, den ich dir zugefügt habe. Doch trotz alledem habe ich dich immer von ganzem Herzen geliebt. Du bist meine wahre Gefährtin.«

Seine wahre Gefährtin?

Die Aufrichtigkeit in seinen Augen zerriss mir das Herz. Ich holte tief Luft und schob die uralte Wut wieder weit weg, zurück in ihr Grab. Und niemand war überraschter darüber als ich, dass er immer noch so extrem gut wusste, welche Knöpfe er bei mir drücken musste.

»Hmm.« Mit gespielter Nonchalance zuckte ich mit den Schultern. »Entschuldigung angenommen. Das ist schon Jahrhunderte her und kein Grund, jetzt alles wieder aufzuwärmen.«

Er stand wieder auf und fing an, mit fieberhafter Energie hin und her zu gehen.

»Also, nachdem du mich verlassen hattest, stürzte ich mich mit Körper, Geist und Seele in die Suche nach Antworten auf die ganz großen Fragen. Ich trank das Blut von Sehern und Propheten, von Schamanen und Zauberern, von Hexen und Hellsehern. Irgendwann begann ich seltsame Dinge zu durchleben. Es passierte, dass ich Dimensionen durchwanderte, die mir als Vampir fremd waren. Orte, die jenseits meiner Vorstellungskraft lagen. »Ich entdeckte eine Dimension, die voller

Licht war. Licht, das kein Sonnenlicht war. Licht, in dem ich existieren konnte. Ich traf großartige Lehrmeister. Und dort erwarb ich das Wissen über die verschiedenen Energiekörper, die jeder von uns besitzt, und wie man Teile seiner selbst an andere Orte, in andere Zeiten und in andere Lebewesen transferieren kann. Ich wurde zu einem Experten darin, Erfahrungen aus der Ferne zu sammeln.«

Er kam näher, kniete wieder vor mir nieder und legte eine Hand an meine Wange, während er mir tief in die Augen sah.

»Ich bin dem Sonnenaufgang nicht mit Absicht begegnet. Es war ein Versehen. Ein Unfall.«

Ich runzelte die Stirn. »Ein Unfall? Du machst Witze.« Wie kommt man als Vampir versehentlich zu einer spontanen Selbstentzündung? Aber Jeran war schon immer ein begabter Geschichtenerzähler gewesen.

Er nickte, stand auf und fing wieder an, hin und her zu laufen.

»Ich war ziemlich gut darin geworden, Teile meines Bewusstseins abzuspalten und buchstäblich gleichzeitig an verschiedenen Orten zu sein. Es war so wie das Reisen mittels Gedankenkraft, nur dass ich an jedem zweiten Ort einen Teil meiner geistigen Schwingungen zurückließ. Und wie du ja selbst sehr gut weißt, ist Zeit für einen Vampir nicht so wichtig, also habe ich mir nicht die Mühe gemacht, besonders darauf zu achten.«

Er ging hinüber ans Geländer der Dachterrasse, stützte die Hände darauf und ließ sich vom Wind das Haar aus dem schönen Gesicht wehen, während er einige Sekunden lang schwieg.

»Das war alles?« Ich stand auf und kam zu ihm. »Das ist das Ende der Geschichte?«

»Nein.« Er drehte sich zu mir um und lächelte leicht. »Ich genieße nur gerade die Erinnerung daran, einen richtigen Körper zu haben.«

Er holte tief Luft. »Wie ich schon sagte, Zeit war ohne Bedeutung. An dem Tag, als meine körperliche Hülle in der Sonne verbrannte, war ich aus der Lichtdimension zurück in meine körperliche Existenz hier auf der Erde gewechselt, ohne mir darüber bewusst zu sein, welche Tageszeit gerade war. In dem Moment, als ich meinen Fehler erkannte, schickte ich sämtliche Aspekte meines Selbst – alle außer den körperlichen – zurück ins Licht. Und von dieser Realitätsebene aus sah ich zu, wie mein Körper zu weniger als Asche verbrannte.«

Seine Schultern sackten herab, und er senkte den Kopf.

»Ach du heilige Scheiße.« Ich nahm sein Gesicht in meine Hände. »Meinst du das ernst? Also, wenn du den Rest von dir ins Licht geschickt hast, dann stehe ich jetzt tatsächlich hier mit einem Geist?«

»Nein. Nicht mit einem Geist. Jedenfalls nicht, wie man sich einen Geist allgemein vorstellt. Was du hier vor dir siehst, ist eine Gedankenform – das Ergebnis der gesamten Willenskraft, die ich aufbringen konnte. Alle ätherischen Fragmente meines Selbst, die ich sammeln konnte, außer einem.«

»Einem?« Ich ließ sein Gesicht los. »Einem was?«

»Einem Aspekt meiner selbst, der sich seitdem an einem anderen Ort befindet. Einem, der von dem jungen Mann in deinem Bett beherbergt wird.«

Ich trat einen Schritt zurück und wartete auf die Pointe.

»Wovon redest du da? Willst du damit sagen, du hast von Niven Besitz ergriffen?«

Er nickte. »In gewisser Weise, ja.«

Nun, das würde erklären, warum Niven so ungewöhnlich anziehend auf mich wirkte und warum er derart einzigartige Schwingungen aussandte.

Jeran neigte den Kopf und fuhr mit dem Finger sachte über meine Wange. »Möchtest du auch den Rest der Geschichte hören?«

»Oh, ja.« Ich schwang mich auf das Geländer. »Davon könnten mich jetzt keine zehn Pferde abhalten. Ich bin ganz Ohr.«

Er lachte und schnippte sich eine Locke seines dunklen Haares über die Schulter.

»Ich wusste, du würdest zu würdigen wissen, was ich alles auf mich genommen habe, um an diesem Punkt meiner Reise anzukommen. Du bist die Einzige, die mich je verstanden hat. Die meine Marotten akzeptiert hat. So wie ich deine.«

»Was für Marotten denn?« Ich zog eine Augenbraue hoch. »Ich bin nur deine ganz normale, außergewöhnlich sinnliche und schöne Vampirin.«

Er lächelte und strich mir mit der Hand übers Haar. »Auch wenn du nicht mehr mit mir zusammen sein wolltest, habe ich dich doch nie ganz losgelassen. Dass ich über diese Lichtdimension gestolpert bin, hatte unter anderem den angenehmen Nebeneffekt, dass ich dich von dort aus beobachten konnte.«

Er streichelte mit der Fingerspitze über mein Haar. »Über die Jahrhunderte hinweg, vor und nach dem Tod meiner sterblichen Hülle, blieb ich mit dir in Verbindung.

Man könnte sagen, dass du seit unserer Trennung einen Meistervampir auf deiner Schulter sitzen hattest. Ich weiß von der bizarren Situation, die du zu bewältigen hattest. Die, bei der du so viel Zeit damit verbringen musstest, Leichen zu verstecken.«

Zwar wusste ich, dass es nicht viel bewirken würde, ihn mit meinem Vampirblick anzufunkeln, aber trotzdem sah ich ihm direkt in die Augen. Ich bin von Natur aus misstrauisch, und zu hören, dass er sozusagen »auf meiner Schulter gesessen« hatte, beantwortete meine Fragen in keinster Weise. Ich war gerade dabei, im Geiste die Ärmel hochzukrempeln und ein Verhör zu beginnen, als er weiterredete.

»Nur weil ich weiß, welche Konsequenzen es für einen Menschen hat, wenn du Sex mit ihm hast und dabei sein Blut trinkst, bin ich heute Nacht bei Niven dazwischengegangen. Ich konnte nicht zulassen, dass du seinen Geist vernichtest. Denn ich habe vor, seinen Körper zu übernehmen, und ich will ihn gesund, lebendig und voll funktionsfähig.«

Ich rutschte vom Geländer herunter und kam direkt vor ihm zum Stehen. »Was zur *Hölle* erzählst du da? Wie kannst du seinen Körper übernehmen?«

Ganz egal, was ich von Jerans wilder Geschichte hielt, wenn es auch nur entfernt möglich war, dass er vollständig von Niven Besitz ergreifen konnte, dann hatte ich dazu definitiv meine eigene Meinung. Ich hatte gerade erst angefangen, dieses schmackhafte Exemplar Mann zu genießen, und ich hatte nicht die Absicht, ihn so einfach aufzugeben. Und: Niemand – egal ob lebendig, tot oder untot – würde sich je wieder mit mir anlegen.

Jerans Lippen verzogen sich zu einem breiten Lächeln. »Ich habe Niven mehrere Lebzeiten lang in verschiedenen Gestalten auf diese Verbindung hin vorbereitet. Tatsächlich ist er ein entfernter Verwandter meines Schwagers. Schon vor vielen Jahrhunderten habe ich einen Aspekt meiner selbst an seine Seelenenergie gebunden und dann schrittweise ergänzt, während er den ewigen Kreislauf von Geburt und Tod durchlief. Deshalb wirkt er auf dich so unwiderstehlich. Ich habe es ernst gemeint, als ich dir sagte, dass du meine wahre Gefährtin bist. Unsere Seelen singen dasselbe Lied. Ich habe dafür gesorgt, dass er dich findet.«

»Okay. Also.« Ich wandte mich von ihm ab und wanderte ziellos auf der Terrasse herum. »Kluger Kerl. Du hast das seit Jahrhunderten geplant. Warum hast du dir nicht in der Zwischenzeit einen von den Millionen anderen Körpern genommen? Wieso Niven?«

»Wie gesagt, ich habe dem Vibrationsmuster jeder seiner Inkarnationen einige Fragmente meiner Macht beigefügt. Es gibt aktuell keinen anderen menschlichen Körper, der passender oder nützlicher für mich wäre als seiner. Ich war sehr geduldig. Ich möchte wieder ein Mensch sein.«

»Was?« Mir fiel die Kinnlade herunter, und ich drehte mich zu ihm um. »Warst du nicht derjenige, der mir immer erzählt hat, wie großartig es doch sei, ein Vampir zu sein? Wie überlegen wir doch alle sind? War das nicht genau dein Argument, als du mich beschwatzt und schließlich gezwungen hast, eine deiner Art zu werden?«

»Ja.« Er nickte. »Und ich habe das wirklich geglaubt. Es war schon so lange her, seit ich lebendig – menschlich – war, dass ich vergessen hatte, wie viel Freude es bereitet, ein leibhaftiger Mensch zu sein.« Seine Miene wurde plötzlich ernst und nüchtern. »Ich will nicht mehr ewig leben. Ich will ein menschliches Leben haben und dann den wahren Tod erfahren.«

»Wie schön, und weswegen hast du mich jetzt hier aufgescheucht? Ich bin ein Vampir. Etwas, was du nicht mehr sein willst. Was habe ich damit zu tun?«

Er blieb aufgebracht vor mir stehen. »Ich will dein menschlicher Gefährte sein. Ich bin alt und mächtig. Du wirst nicht in der Lage sein, die kombinierte Essenz von Niven und mir auszusaugen. Wir können wieder Liebende sein, und ich kann erfahren, wie es ist, am anderen Ende der Reißzähne zu sein. Ich kann im Sonnenlicht wandeln.«

Voller Freude hob er die Hände, warf den Kopf in den Nacken und lachte.

»Ich werde wieder sterblich sein!«

Zugegeben, das eröffnete schon so seine Möglichkeiten. Wenn ich mir selbst gegenüber ehrlich war, musste ich schon zugeben, dass ich Jeran geliebt hatte. So sehr, dass ich zugelassen hatte, dass er mich zu einem Geschöpf seiner dunklen Welt machte. Und dass ich mich zu Niven hingezogen fühlte, das war nicht zu leugnen. Der Gedanke, ihn – sie beide – als willige Quelle für Sex und Blut zur Verfügung zu haben – hmm, das war schon köstlich. Wäre interessant, zu sehen, was mit Jerans Kräften so passieren würde.

Er sah mir in die Augen, und sein Blick war aufrichtig und verletzlich. »Willst du mir helfen?«

»Dir helfen?« Ich zog eine Augenbraue hoch. »Wie kann ich dir dabei helfen? Ich dachte, du bist der mit dem schlauen Plan.«

»Bin ich auch.« Er nickte eifrig. »Es fehlt nur noch eine Kleinigkeit. Damit Nivens Körper stark genug ist, um die Verschmelzung zu überstehen, braucht er zusätzliche Kraft. Und zwar Kraft, die nur vom Blut eines alten Vampirs kommen kann. Von deinem Blut, Zara.«

Mein Blut? Na ja, ich hätte wissen müssen, dass Jeran Hintergedanken haben würde.

»Komm.« Er nahm mich bei der Hand. »Lass uns zu unserer Schlafstatt zurückkehren.«

Wir manifestierten uns wieder neben dem Bett, in dem Niven schlief. Jeran grinste und tänzelte durch den Raum, offenbar ganz außer sich vor Aufregung. »Gleich ist es so weit. Ich lege mich neben ihn, du steuerst dein Blut bei, und ich spreche die rituellen Worte.«

Damit streckte Jeran sich neben Niven aus und sah erwartungsvoll zu mir auf.

Doch gleich darauf zeigte sich ein leichtes Stirnrunzeln auf seinem Gesicht. »Zara, du *wirst* mir doch helfen, ja? Du möchtest doch ebenso gern wieder mit mir vereint sein, wie ich mich danach sehne, mit dir zusammen zu sein?«

Ich stand da und genoss die unerhörte Macht, die ich in diesem Augenblick über Jeran besaß. Das hier war meine Chance, zu vergeben und zu vergessen. Mein Herz zu öffnen und zuzugeben, dass er vielleicht die Liebe meines Lebens gewesen war. Oder meines Unlebens – ihr wisst schon, was ich meine. Und dann noch all die Möglichkeiten, ihn als Menschen unter Kontrolle zu halten? Na, *das* war doch eine Überlegung wert.

Ich schenkte Jeran mein wärmstes Lächeln, während ich mich vorbeugte, mit der Zunge über seine Lippen fuhr und ihm einen innigen Kuss gab. Dann nahm ich eine seiner Locken zwischen die Finger und strich sie ihm von der Wange, während ich ihm aufrichtig liebevoll in die Augen sah.

Ich ging um das Bett herum, machte es mir neben Niven bequem und drückte ihm einen sanften Kuss auf die wunderschönen Lippen. Mit einem langen, glänzend silbern lackierten Fingernagel – sind sie nicht einfach zum *Verlieben,* all diese neuen Farben, die so über die Jahrhunderte aufgekommen sind? – ritzte ich die Ader an meinem Handgelenk auf, ließ Blut in Nivens Mund tropfen und sah zu, wie er meine Lebenskraft in sich aufnahm. Ich fühlte, wie meine Essenz in ihn floss, und hörte, wie Jeran Worte in einer fremden Sprache rezitierte.

Plötzlich gab es einen sehr lauten Knall, wie von einem riesigen, zerbrechenden Ast oder einem Donnerschlag direkt über meinem Kopf, und dann eine Explosion aus blendend weißem Licht. In den paar Sekunden, die ich brauchte, um den Kopf zu heben und den Raum zu überblicken, war Jeran vom Bett verschwunden. Ich konzentrierte mich auf Niven, der aufgewacht war, mit Augen so groß wie Untertassen und Blut, das von seinen Lippen über sein Kinn lief. Nachdem schon Tausende gehirnentleerte Liebhaber auf mein Konto gingen, hatte ich inzwischen genug traumatisierte Gesichter zu sehen bekommen, um eines zu erkennen, wenn ich ihm begegnete. Er war völlig benommen und verwirrt.

»Niven?« Ich schlug ein paarmal gegen seine Wange, bis er schließlich mein Handgelenk packte.

Er setzte sich ruckartig auf, zwinkerte heftig und griff nach mir.

»Es hat funktioniert!« Er packte mich an den Schultern. »Zara, ich bin ein Mensch!« Er hüpfte aus dem Bett, stolzierte in seinem neuen Körper herum und kicherte wie ein Kind.

Lächelnd tanzte er auf mich zu und breitete die Arme aus.

Wie der Blitz war ich über ihm und saugte ihm das Blut aus der dicken Ader an seinem Hals.

»Nein!« Seine Augen weiteten sich vor Entsetzen. Er versuchte mich wegzustoßen, doch es war ein vergeblicher Kampf. »Nein! Zara, nein! Bitte! Tu mir das nicht an! Bitte tu mir das nicht an!«, flehte er mit vor Angst erstickter Stimme.

Dabei strampelte er weiter gegen mich an, aber kräftemäßig war er mir nicht einmal annähernd gewachsen.

Ich trank, bis sein Körper schlaff zu Boden sackte. Dann öffnete ich die Ader an meinem Handgelenk noch einmal und hielt ihm die tropfende Wunde an den Mund.

»Das muss doch wie ein Déjà-vu für dich sein, Jeran, nicht wahr?«, fragte ich mit gespielter Ruhe. »Weißt du noch, wie ich genau dieselben Worte zu dir gesagt habe? Wie ich dich angefleht habe? Du hast doch nicht *wirklich* gedacht, ich würde dich so einfach davonkommen lassen, oder? Tja, das Leben macht dich alle, und dann musst du sterben. Oh, warte.« Ich lachte. »Zara macht dich alle, und dann darfst du nicht sterben!«

5

Laut Mythos braucht es ja drei Nächte oder eine gewisse Anzahl an Blutzufuhren, um einen Vampir zu erschaffen – aber da ist nichts Wahres dran. Nachdem ich Niven – oder Jeran – oder wer immer auch er nun war, erst ausgesaugt und dann mit meinem Blut genährt hatte, war die Sache erledigt. Innerhalb von Minuten erwachte er wieder als ein vollwertiges, blutsaugendes Geschöpf der Nacht.

Hach, es war ja wirklich zu schade. Dieses ganze Planen und Verschwören und Manipulieren – alles umsonst. Nun ja, ich vermute, Jeran sollte dankbar sein, dass er überhaupt in irgendeiner Form wieder auf der Erde ist. All die Jahrhunderte im Licht dieser anderen Dimension schwebend zu verbringen, konnte nicht annähernd so vergnüglich gewesen sein, wie Zeit mit mir zu verbringen, und jetzt besaß er wieder einen richtigen Körper. Nein, er konnte nicht im Sonnenschein wandeln, und er würde auch nicht diesen »wahren Tod« erfahren, den er sich so sehr wünschte. Ach ja. Als er wieder zu sich kam, war er derart wütend, dass ich mich lieber dünnmachte, also kann ich nicht genau sagen, ob er all seine Kräfte behalten hat. Im Moment weiß ich also nicht so wirklich, womit ich es zu tun habe. Aber das Leben steckt voller Überraschungen.

Belassen wir es dabei, dass ich das Haus in Boulder geschlossen und mich ziemlich spontan in den Urlaub begeben habe.

Ich vermute mal, ihr seid vielleicht etwas ungehalten über meinen kleinen Streich. Wahrscheinlich denkt ihr, dass ich schrecklich ungezogen war. Aber, mal ehrlich, wie kann ich etwas anderes sein als das, was ich bin? Schließlich ist das alles Jerans Schuld. Ich habe nie darum *gebeten*, ein Vampir sein zu dürfen.

Aber da bin ich nun, wach und bereit, die herrliche Stadt Paris zu erobern. Ich frage mich, ob ich auf die Suche nach Jeran gehen oder einfach darauf warten soll, dass er mich findet. Oder soll ich einfach losgehen und das Volk mit meiner überwältigenden Präsenz beglücken?

Was denkt ihr?

Also, ta-ta erst mal. Ich schreibe bald wieder, versprochen.

Über die Autorin

Lynda Hilburn, Jahrgang 1951, lebt mit ihrem Sohn in Boulder, Colorado. Sie gehört zu den Menschen, die es lieben, immer etwas Neues auszuprobieren – kein Wunder also, dass sie schon auf die unterschiedlichsten Arten Geld verdient hat: als Sängerin, Schriftsetzerin, Kolumnistin, Tarotkartenlegerin, aber auch als Psycho- und Hypnosetherapeutin. Zu ihren großen Leidenschaften gehört vor allem das Schreiben – zum Beispiel über die »Vampirpsychologin« Kismet Knight.

Romane von Lynda Hilburn

Kismet Knight

KATHRYN SMITH

DIE SCHATTENRITTER:
VERHEISSUNG DES BLUTES

London, 1879

Und gewiss ist dir bekannt, dass Violet nächste Woche heiraten wird.«

Payen Carr, der gerade ein großes Stück blutiges Steak zum Mund führte, erstarrte mitten in der Bewegung. Er blickte auf und schenkte der älteren Dame ihm gegenüber am Tisch ein höfliches, aber gespieltes Lächeln. »Wer?«

Lady Verge bedachte ihn mit einem tadelnden Blick, als würde er sich absichtlich dumm stellen – was er natürlich auch tat. »Violet Wynston-Jones, das Mündel des Earl of Wolfram. Du willst mir hoffentlich nicht erzählen, du würdest dich nicht an die liebe Violet erinnern.«

Payen schob das Stück Steak in seinen Mund und kaute nachdenklich, während er sich den aromatischen Geschmack auf der Zunge zergehen ließ. Ob er sich an »die liebe« Violet erinnerte? Es schien ihm unmöglich, sie zu vergessen. Sie war der Grund, aus dem er England vor fünf Jahren verlassen hatte, und nun, eben in London angekommen, war sie die Erste, von der er hörte. Er begann ein weiteres Stück von seinem Steak abzuschneiden.

Heiraten. Gut. Wenigstens hatte sie nicht dagesessen

und ihm nachgeweint, wie er befürchtet hatte. Offenbar trauerte sie ihm gar nicht hinterher, wenn sie jemanden kennen- und genug lieben lernen konnte, um ihn zu heiraten. Genug, um das Bett mit ihm teilen zu wollen.

»Payen?«

Wen heiratete sie? Irgendeinen reichen jungen Schnösel, ohne Frage. Gutaussehend, wollte Payen wetten. Ein Mensch selbstverständlich. Und wahrscheinlich ausgestattet wie ein Hengst.

»Payen?«

Er sah genau in dem Moment auf, in dem der Teller zerbrach. Versehentlich hatte er sein Messer durch das feine Porzellan getrieben. Oh, nein! Beschämt blickte er in Lady Verges blaue Augen auf. »Verzeih mir, altes Mädchen. Ich war unachtsam.«

»Tja, ich schließe daraus, dass du dich durchaus an Miss Wynston-Jones entsinnst.«

Ein Gentleman sollte sich stets der Damen entsinnen, mit denen er das Bett geteilt hat, insbesondere der jungfräulichen. Und ganz besonders derer, die Violet hießen.

»Selbstverständlich erinnere ich mich an das Mädchen.«

Lady Verge beobachtete ihn aufmerksam. Ihre blauen Augen leuchteten ungewöhnlich intensiv in dem rosigblassen Gesicht. Vor etwa vierzig Jahren war Payen Lord Verge begegnet, der ihm bis zu seinem Tod vor acht Jahren ein guter Freund gewesen war. Das Schmerzlichste an der Unsterblichkeit war, dass man seine Freunde altern und dahinsiechen sehen musste. Irgendwann hatte Payen beschlossen, sich nie wieder mit einem Menschen anzufreunden, und diesem Entschluss war er zehn Jahre lang treu geblieben – eine wirklich lange Zeit, verglichen damit, welche Lebensdauer die meisten seiner übrigen Schwüre vorweisen konnten.

Ein anderer Eid, den er überaus ernst nahm, war sein Versprechen, auf Margaret, Lady Verge, acht zu geben. Nicht dass sie seine Hilfe benötigt hätte. Sie gehörte zu den wenigen Menschen, die wussten, dass er ein Vampir war. Anfangs hatte sie sich ein wenig vor ihm gefürchtet und war mehr als nur ein wenig angewidert gewesen. Doch nachdem sie erkannt hatte, dass er kein untoter Teufel war, der Jagd auf Kinder machte, und ihn besser kennengelernt hatte, hatte sie ihn als Freund ihres Gemahls und schließlich auch als ihren eigenen akzeptiert. Bislang hatte Payen es für überflüssig erachtet, ihr mitzuteilen, dass er überdies zu einem Teil auch ein Dämon war. Zu dem er geworden war, nachdem er freiwillig aus einem Kelch mit der Essenz Liliths, der Vampirkönigin, getrunken hatte. Das hatte er getan, um diesen Kelch vor anderen zu schützen, die mit seinem Inhalt finstere Ziele verfolgten. Doch das änderte nichts an der Tatsache, dass er als »Kind« Liliths vom Allmächtigen dazu verdammt war, in der Dunkelheit zu wandeln. Es war eine lange Geschichte, wie die meisten guten Geschichten, und Payen wollte nicht, dass diese gläubige, kirchentreue Frau ihn für eine Beleidigung Gottes hielt.

»Ich nehme an, du wurdest nicht zu dem freudigen Anlass eingeladen?«

»Meine Einladung muss wohl in der Post verloren gegangen sein.«

»Oh? Ja«, sagte Margaret höflich, »das muss sie wohl.«

Da ihm der Appetit vergangen und sein Teller zerbrochen war, legte Payen Messer und Gabel ordentlich neben die Scherben und tupfte sich den Mund mit der blütenweißen Serviette ab. »Ist der Verlobte von Miss Wynston-Jones ein netter Mann?«

»Das ist er.« Das war hoffentlich kein Mitgefühl in ihren Augen, oder doch? Denn sie sollte keines mit ihm haben, und sie hätte es auch nicht, wüsste sie, dass er Violets künftigem Ehemann den Preis der ersten Nacht mit seiner Braut geraubt hatte. Niemand wusste, dass Payen und Violet eine herrliche Nacht miteinander verbracht hatten. Keiner außer ihnen beiden.

»Sie haben zur Verlobung eine Fotografie anfertigen lassen. Möchtest du sie dir nach dem Dinner ansehen?«

Nein. Da würde er ja noch lieber den zerbrochenen Teller aufessen oder sich die Gabel ins Auge rammen. »Sehr gern.«

Nach dem Dessert, von dem er kaum etwas schmeckte – ebenso gut hätte man ihm Sand vorsetzen können –, folgte Payen seiner Gastgeberin in ihren Lieblingssalon. Das Zimmer war voller Spitze und Rüschen und in dem scheußlichsten Pastellrosa gehalten, das man sich vorstellen konnte. Dort saß er, während sie ihnen beiden ein Glas Sherry einschenkte. Seine Gedanken kreisten unterdessen um ein einziges Thema.

Seine Violet heiratete.

Das bedeutete, dass sie nicht mehr *seine* war. Eigentlich sollte das ja eine gute Nachricht für ihn sein. Und das war es auch. Ja, es war eine verflucht gute Nachricht.

Margaret, die er niemals Maggie oder, schlimmer noch, Peg nennen würde, setzte sich mit ihrem Sherryglas und einer kleinen gerahmten Fotografie zu ihm auf die Couch. In normalen Mengen zeigte Alkohol bei Payen keinerlei

Wirkung, aber er nahm dennoch einen kräftigen Schluck, bevor er sich das Bild ansah.

Die Schwarz-, Weiß- und Grauschattierungen vermochten kaum, Violets Zauber einzufangen, und doch nahm Payen ihn wahr. Ein Fußtritt gegen die Brust hätte ihn weniger hart getroffen. In einem schmalen Kleid mit keuschem, quadratischem Ausschnitt und Spitzenbesatz an den Ellbogen, das dichte Haar aufgesteckt, war sie der Inbegriff einer anständigen jungen Dame. Nur wusste Payen, dass an ihr nichts, aber auch gar nichts Keusches war. Wo war das Funkeln in ihren Augen, das er so anbetete? Warum lächelte sie nicht, so dass ihre Wangen zu den rosigen kleinen Äpfeln wurden, an denen er so gerne knabberte? Sie wirkte viel zu ernst, zu reif. Er hätte genauso gut eine Fremde betrachten können, mit schwarzen Haaren, grauen Augen und fahler Haut, gekleidet in noch mehr Grau. Diese Frau hatte nichts mit seiner lebhaften Violet gemein.

Und die Schuld dafür gab er dem gleichermaßen farblosen Mann, der vor ihr saß.

Der Verlobte – Payen kannte nicht einmal seinen Namen und wollte ihn auch gar nicht wissen – war ein nichtssagender Knabe. Er war höchstens fünfundzwanzig, also nur wenige Jahre jünger, als Payen gewesen war, ehe er vor über siebenhundert Jahren aus dem Blutgral getrunken und geschworen hatte, ihn und die Welt vor den bösen Mächten zu beschützen.

Für ihn war jeder unter 90 Jahren jugendlich. Und aus ebendiesem Grund stand es ihm nicht zu, sich in Violets Angelegenheiten zu mischen.

»Ihr Verlobter ist Rupert Villiers«, sagte Margaret betont sachlich. »Er sieht gut aus, nicht wahr?«

Payen zuckte mit den Schultern, ohne den Blick von dem grauen Mädchen auf der Fotografie abzuwenden. »Ich kenne mich mit den derzeitigen Vorlieben nicht aus.« Er sah wieder den Jungen, Villiers, an, dessen Gesicht recht annehmbar war. »Ist er Franzose?«

»Du liebe Güte, nein!« Margaret zählte zu jenen Briten, die sich eine tiefe Verachtung für alle Franzosen bewahrten, ganz gleich wie viele französische Speisen sie servieren oder wie brav sie den französischen Moden folgen mochten. »Seine Familie lebt bereits seit vielen Generationen in England.«

Payen lächelte, denn es gefiel ihm, sie zu necken. »Demnach waren sie früher Franzosen, aus Villiers, nehme ich an.«

Margaret rümpfte die Nase und wollte ihm das Bild wieder abnehmen. »Er ist ein reizender junger Mann. Und er war in Oxford.«

»Das war ich auch«, erwiderte Payen. Ein letztes Mal sah er auf die Fotografie, und als seine alte Freundin sie ihm abnehmen wollte, umklammerte er den Rahmen fester. Das handgeschnitzte Holz knarzte. »Heiliger!«

Payen entriss Margaret hastig das Bild.

»Autsch!« Margaret schüttelte ihre Hand.

Doch er beachtete sie gar nicht. Für gewöhnlich hätte er sich umgehend entschuldigt, schließlich war er ein ausgesprochen höflicher Mann, aber seine Manieren gingen im Rauschen seines Pulses unter. Er sprang auf, weil ihm ein winziges Detail an dem Bild auffiel.

Es wäre ihm entgangen, hätte Villiers sich nicht entschieden, für die Aufnahme seine Hand über die Violets auf seiner Schulter zu legen.

Und an einem Finger des jungen Mannes steckte ein Ring. Der Glanz verriet Payen, dass es sich um Silber handelte, was er aber nicht zu wissen brauchte, um das Zeichen auf dem Schmuckstück zu erkennen. Wäre er menschlich gewesen, hätte er diese Feinheit womöglich nicht ausmachen können; doch Payen war schon so lange kein Mensch mehr, wie Villier und seine Familie keine Franzosen mehr waren.

Der Junge trug das Zeichen des Silberhandordens. Eine halbe Ewigkeit hatte Payen dieses Zeichen nicht mehr gesehen, deshalb hätte er es beinahe nicht wiedererkannt. Aber da war es: eine Erinnerung daran, wie er zu dem geworden war, was er jetzt war. Eine Erinnerung an den Verrat, der ihn noch heute in Rage versetzte.

Die Silberhand war von abtrünnigen Templern gegründet worden, von Männern, die sich angeblich den Titel »Ritter« verdient hatten. Es war derselbe Orden, vor dem Payen geschworen hatte, den Blutgral zu schützen, und der die Templer verraten hatte, indem er die entsetzlichen Gerüchte, die König Philipp von Frankreich in die Welt gesetzt hatte, verbreitete. Ihretwegen hatten viele zu Unrecht gelitten. Jacques de Molay, der letzte Großmeister, war lebendig verbrannt worden. Payen hatte viele Freunde verloren, und bis heute fühlte er sich bisweilen schuldig, weil er überlebt hatte. Der Blutgral war fort, er stand jetzt unter dem Schutz anderer. Und immer noch existierte Payen, weil er ein Versprechen gegeben hatte: Solange der Blutgral da war und sich nur der kleinste Hinweis auf die Silberhand ergab, würde er weitermachen.

Das war sehr lange her. Umso mehr fröstelte ihn, jetzt das Zeichen jener Gruppe zu sehen, von der er bereits zu hoffen gewagt hatte, dass sie sich endgültig aufgelöst hätte. Beim Anblick dieses Ordensmitglieds, das Violets Hand hielt, setzte Payens Herzschlag aus.

»Payen, mein Guter, was ist nur mit dir?« Margaret verbarg ihre Sorge wie immer nicht.

Er sah sie an. Zweifellos hatte sie eine Reaktion von ihm erwartet, als sie ihm von Violets bevorstehender Vermählung erzählte. Aber diese Reaktion wohl nicht. »Wann ist die Zeremonie?«

»Morgen Vormittag. Ich breche um acht Uhr auf. Payen? Wo willst du hin?«

Hastig reichte er ihr die Fotografie. Er musste sich beeilen und vor Sonnenaufgang dort sein, rechtzeitig, um mit Violets Vormunden, Henry und Eliza, zu sprechen.

»Sei so gut und lass meine Sachen nach Hertford schicken, altes Mädchen. Und spare dir die Mühe, morgen früh aufzustehen.« Er lächelte grimmig. »Es wird keine Hochzeit geben.«

Am Abend vor ihrer Hochzeit sollte eine junge Frau glücklich sein, dachte Violet Wynston-Jones, als sie sich im belebten Ballsaal ihres Vormunds, des Earl of Wolfram, umsah. Sie sollte außer sich sein vor Freude, dass all ihre Freunde und Angehörigen gekommen waren, um dabei zu sein, wenn sie einen überaus passenden und gutaussehenden jungen Mann heiratete.

Warum war sie es dann nicht? Woher rührte diese anhaltende Sorge und Furcht? Die Antwort war eindeutig, angesichts des Sehnens, das sie in ihrer Brust verspürte, wann immer sie zur Tür blickte.

Payen war nicht hier. Er würde nicht kommen. Selbst

wenn er es schaffte, rechtzeitig einzutreffen, konnte er nicht riskieren, am helllichten Tag ihrer Vermählung beizuwohnen. Außerdem liebte er sie dazu nicht genug.

Sonnenlicht tötete Vampire.

Sie straffte ihre Schultern – ihre zu breiten Schultern, wie sie oft beklagte – und machte sich möglichst groß. Mit den Absätzen ihrer Schuhe und dem hochaufgetürmten Haar erreichte sie so beinahe eine Größe von einem Meter achtzig. Stattlich, hatte ihr verstorbener Vater es immer genannt, kräftig, solide, *robust.*

Die vierzehn Pfund, die sie über die letzten zwei Monate abgenommen hatte, änderten daran nichts. Wann immer sie in den Spiegel sah, erblickte sie eine Frau, die sich besser für schwere körperliche Arbeit eignete denn für das Leben einer feinen Lady. Obwohl sie der neuesten Mode entsprechend ein schmales violettes Satinkleid trug, dessen Schulterpartie herabgezogen und mit winzigen, elfenbeinfarbenen Spitzenrüschen verziert war, das Mieder eng, der Rockteil in mehreren dünnen Lagen gebauscht, die sich hinten zu einer kleinen Schleppe trafen, kam Violet sich noch immer wie das schlaksige, plumpe Mädchen vor, das sie gewesen war, als der Earl und die Countess – Henry und Eliza – sie nach dem Tod ihrer Eltern vor zwölf Jahren bei sich aufnahmen.

Das einzige Mal, dass sie sich nicht wie ebenjenes Mädchen gefühlt hatte, war, als Payen Carr sie angesehen hatte. Und ihn hatte sie seit der schicksalhaften Nacht vor fünf Jahren nicht mehr gesehen.

Sie hob ihr Champagnerglas an die Lippen und ließ ihren Blick durch den Ballsaal schweifen, bis er auf der großen, angenehmen Gestalt ihres Bräutigams verharrte. Rupert hatte dichtes, lockiges Haar, strahlend blaue Augen und ein Lächeln, mit dem er selbst den Teufel betören könnte. Überdies besaß er Humor und einen scharfen Verstand, was jede Unterhaltung mit ihm zu einem wahren Vergnügen machte. Mit ein wenig Glück zählte er zu den Männern, die eine Jungfrau nicht von einer Frau, die ihre Unschuld bereits verloren hatte, unterscheiden konnten, und würde nicht merken, dass seine Braut nicht mehr unberührt war.

Vielleicht aber war ihr Hymen ja auch wieder nachgewachsen. Violet hatte gehört, wie Eliza und mehrere andere ihrer Freundinnen darüber gescherzt hatten.

Als hätte er gespürt, dass sie ihn ansah, wandte Rupert sein Gesicht in ihre Richtung. Ihre Blicke begegneten sich, und er prostete ihr lächelnd zu, ehe seine Tante, Lady Gantley, seine Aufmerksamkeit erneut einforderte.

»Du siehst wahrhaftig wie eine Braut aus«, erklang eine vertraute Stimme an Violets Ellbogen. Es war Eliza, die Frau, die für sie eine Mutter geworden war.

»Ach ja?« Violet nippte an ihrem Champagner, bevor sie noch etwas sagte – gar mit der Bitte herausplatzte, Eliza möge sie vor diesem Schicksal bewahren. Gewiss war sie nur nervös, weiter nichts.

»Ja.« Da Eliza lächelte, wertete Violet es als gutes Zeichen. »Deine Wangen sind gerötet, deine Augen strahlen, und deine Hände zittern. Du zeigst alle Symptome vorehelicher Aufgeregtheit.«

»Ja, da hast du wohl recht. Ich fühle mich ziemlich … aufgeregt.«

»Was vollkommen normal ist, meine Liebe.« Eliza legte einen Arm um sie. Sie maß keine eins sechzig, weshalb sie sich neben der stattlichen Violet geradezu elfengleich ausnahm. Dieser Eindruck wurde von ihrem glänzenden blonden Haar und den hellgrünen Augen noch verstärkt.

»Es freut mich, das zu hören.« War es normal, alle Hoffnungen in einen Vampir zu setzen, der einem das Herz stahl, um sich anschließend mit der Behauptung zu verabschieden, man beginge einen schrecklichen Fehler? War es normal, darauf zu hoffen, dass er einen in die Arme riss – denn ein solch starker Mann konnte einen herumwirbeln wie eine Stoffpuppe – und in eine dunkle, schaurige Ruine entführte, um einen dort nach mindestens vierzehn Tagen köstlichster Wonnen auf ewig zu der Seinen zu machen? Denn im Grunde klang es nicht normal für eine Braut, so zu denken, zumindest nicht, sofern der Vampir ein anderer als der Bräutigam war.

»In der Nacht vor meiner Vermählung mit Henry habe ich versucht wegzulaufen«, gestand Eliza verschwörerisch. Ihrem Lächeln zufolge war sie froh, dass es ihr seinerzeit nicht gelungen war. »Ich knotete meine Bettlaken zusammen und seilte mich vom Balkon ab.«

Violet drehte sich erstaunt zu ihr und neigte den Kopf ein wenig, damit die anderen sie nicht hören konnten. »Und was ist geschehen?«

Eliza zuckte mit den zarten Schultern. »Ich kam bis zum Gartentor, und was glaubst du wohl, wer dort auf mich wartete?«

»Dein Vater?«

Bei Elizas Kopfschütteln wippten ihre Ohrringe aus Diamanten und Smaragden. »Henry.«

»Wusste er, dass du weglaufen wolltest?«

»Nein, er wollte weg. Er war nur gekommen, um mir

Lebwohl zu sagen.« Auf Violets stummen Aufschrei hin fuhr sie fort: »Er konnte die fortwährende Einmischung seiner Mutter nicht mehr ertragen und hatte beschlossen, in der Nacht nach Frankreich zu fliehen.«

»Und was ist passiert? Offenbar habt ihr ja doch noch geheiratet.« Das Ende der Geschichte war Violet ja bekannt, der Mittelteil hingegen nicht, und der interessierte sie brennend.

»Haben wir. Wir begriffen beide, dass wir im Grunde vor unseren Familien mit ihren Plänen und Erwartungen davonliefen. Also brannten wir nach Gretna Green durch. Wie du weißt, bin ich nur wenige Meilen entfernt in Cumbria aufgewachsen. Und hinterher kehrten wir rechtzeitig zur kirchlichen Trauung zurück, als verheiratetes Paar.«

Grinsend schüttelte Violet den Kopf. »Warum? Ihr seid durchgebrannt, wozu dann noch die Zeremonie am nächsten Tag?«

Eliza strahlte wie ein verzücktes Kind. »Weil wir es unseren Eltern schuldig waren, die sich solche Mühe mit den Vorbereitungen gemacht hatten. Als Mann und Frau konnten wir uns gegen ihre Strenge zur Wehr setzen, und das Wissen, dass wir bereits vermählt waren, machte alles andere unwichtig.«

Violet kannte sowohl Elizas als auch Henrys Eltern und konnte sich ausmalen, was für einen Aufruhr es gegeben haben musste. »Gewiss wollte dir deine Mutter den Hintern versohlen.«

»Wollte sie, doch konnte sie nichts mehr tun, denn ich stand nicht mehr unter ihrer Obhut.«

Beide kicherten leise, und als Eliza die Arme ausbreitete, schmiegte sich Violet ohne Zögern in die liebevolle Umarmung.

»Vertraue deinem Herzen, meine Liebe«, flüsterte die Ältere ihr ins Ohr. »Es wird dich nie irreführen.«

Violets gute Laune schwand, doch sie lächelte tapfer weiter. Genau das bereitete ihr ja Kummer. Ihr Herz sagte ihr, sie sollte schleunigst verschwinden, so weit weglaufen, wie sie irgend konnte.

Als Eliza sich wieder ihren Pflichten als Gastgeberin widmete, blickte Violet sich erneut um. Panik regte sich in ihrer Brust. Es musste einen Ausweg geben, eine Möglichkeit, dem hier zu entfliehen, ohne alle zu enttäuschen.

Und dann, als hätte Gott ihr Elend erkannt und ein Erbarmen mit ihr, flog die Ballsaaltür auf. Das kleine Streichquartett auf der Eckempore verstummte, die Tanzenden erstarrten. Sämtliche Augen richteten sich auf den Neuankömmling, der in der offenen Tür stand, das Haar windzerzaust.

Violet blieb das Herz stehen. »Oh, nein«, flüsterte sie und warf einen ungläubigen Blick gen Himmel. »Warum musstest du ausgerechnet dieses Gebet erhören?«

Es war Payen, der keinen Tag älter aussah als vor fünf Jahren, als er sie verlassen hatte. Ja, sein Haar war ein wenig verändert, ein bisschen kürzer und ordentlicher geschnitten, aber noch genauso dicht und golden. Seine Augen hatten dieselbe Sherry-Farbe wie in Violets Erinnerung, seine Lippen waren genauso köstlich vollkommen, fast zu sinnlich für einen Mann. Er war die Schönheit in Person, ein fleischgewordener Apollon. Seine über einen Meter neunzig große Gestalt in Abendgarderobe hätte Engel zum Weinen gebracht. Mit fliegendem Wams schritt er in den Saal, den Blick einzig auf eine Person geheftet: sie.

Violet erschauerte unter der Intensität dieses Blicks. Was auch immer seine Gründe sein mochten, heute Abend herzukommen, ihr Glück zu wünschen gehörte eindeutig nicht dazu.

Er war nur noch wenige Schritte von Violet entfernt, da stellten Eliza und Henry sich ihm in den Weg. Und Rupert, der begriff, dass hier etwas Seltsames vorging, eilte an Violets Seite. Aufgeregtes Raunen ging durch den Ballsaal. *Wer ist das? Was tut er hier?*

»Carr«, begrüßte Henry ihn warmherzig, allerdings auch wachsam. »Welch angenehme Überraschung.«

»Dies ist kein Höflichkeitsbesuch, Henry«, erwiderte der Vampir mit seiner tiefen, rauen Stimme. Heute Abend sah er wahrhaftig wie ein Vampir aus, wie ein Raubtier, das den finstersten Schatten entsprungen war. Und, Gott stehe ihr bei, Violet würde sich hier vor allen von ihm verschlingen lassen, sollte er darum bitten.

»Wir geben ein Fest, Payen«, sagte Eliza leise. »Vielleicht weißt du es noch nicht, aber Violet wird morgen heiraten.«

Der kurze Blick, den er Eliza zuwarf, sprühte Funken, die Violet bis in die Zehenspitzen fühlte. »Ich weiß. Ich bin hier, um es zu verhindern.«

*P*ayens Worte sorgten für ein klein wenig Unruhe. Zumindest im Vergleich zu den Kreuzzügen, die seinen Maßstab für alle seine Konfrontationen darstellten.

»Verdammt, Payen!« Das war Henry. »Was soll das bedeuten?«

Eliza mischte sich wieder ein. »Die Hochzeit verhindern?«

Der ganze Saal war in Aufruhr, und der Bräutigam, dieser kleine Vollidiot, der, wie Payen leider zugeben musste, tatsächlich gut aussah, sagte etwas zu Violet. Nein, er brüllte ihr buchstäblich ins Ohr.

Violet sagte nichts. Außer ihm war sie die einzige Person im Saal, die schwieg. Und sie schien ihrem Verlobten gar nicht zuzuhören. Stattdessen sah sie Payen unverwandt aus großen Augen an, und er erwiderte ihren Blick ebenso unverwandt. Sie wirkte … hoffnungsvoll.

Violet war wunderschön, noch schöner, als er sie in Erinnerung hatte, und vor allem um ein Vielfaches schöner als auf der farblosen Fotografie.

So groß. Mit ihren hohen Schuhen und dem aufgesteckten Haar reichte sie fast an ihn heran. Sie hatte abgenommen, was jedoch ihre üppigen Brüste nur zusätzlich betonte, vor allem in diesem quadratisch ausgeschnittenen Kleid, dessen Farbe ihrem Namen entsprach. Sie sah aus wie die Göttin Juno, eine wahre Amazone. Ihr Gesicht, das nur einen Hauch zu rund war, um als perfektes Oval bezeichnet zu werden, vereinte die faszinierendsten Züge: große braune Augen, hohe Wangenknochen, die rundlich hervortraten, wenn sie lächelte, eine kleine, schmale Nase, deren Spitze etwas nach oben gebogen war, und einen süßen Erdbeermund, der zum Lächeln geschaffen schien.

Jetzt gerade lächelte sie nicht.

»Warum möchten Sie meine Heirat verhindern, Mr. Carr?«, fragte sie mit einer Stimme, bei deren Klang Payen auf die Knie sinken und ihr das Blaue vom Himmel versprechen wollte.

Mehrere hundert Gründe kamen ihm in den Sinn, doch hier und jetzt zählte nur einer. Er hob den Finger und wies auf Villiers. »Er ist eine Ausgeburt des Teufels.« Was nicht so ganz stimmte, aber ihm fehlte die Zeit für nähere Einzelheiten.

Der ganze Saal schrie erschrocken auf; Violet stand der Mund offen vor Entsetzen, und Henrys Gesicht nahm einen ungesunden Rotton an. »Sie vergessen sich, Sir!«

Henry nannte ihn nur »Sir«, wenn er richtig erzürnt war. Payen drehte sich ungerührt zu ihm um. »Ich versichere dir, mein lieber Lord Wolfram, ich vergesse nie etwas, schon gar nicht mich selbst.«

Sein Freund runzelte die Stirn, weil er jetzt offenbar begriff, dass es Payen todernst war.

»Ich weiß zwar nicht, wer Sie sind«, sagte Villiers, der vor Violet trat, als wollte er sie abschirmen. »Aber Sie haben Glück, Sir, dass Duelle wider das Gesetz sind.«

Payen musterte die kleine Missgeburt gelangweilt. »Fürwahr, denn ich hasse es, Blut zu vergießen.«

Die Doppeldeutigkeit seiner Worte entging Violet nicht, die ihn aus riesigen Augen an Villiers vorbei ansah und inzwischen sehr rote Wangen hatte. »Sie kennen mich nicht, dennoch beleidigen Sie mich.«

»Ja, das ist überaus unhöflich von mir.« Payen verneigte sich. »Payen Carr, Mr. Villiers.« Er griff nach der Hand des anderen und hielt sie angewidert ins Licht. »Und dies beleidigt mich«, sagte er, wobei er achtgab, das Silber nicht zu berühren. Es würde seine Hand wie eine offene Flamme verbrennen.

Villiers sah finster zu dem Siegelring an seinem Finger. »Mein Ring beleidigt Sie?«

»Mich widert an, für was und für wen er steht.«

Henry, dem anscheinend als Einzigem bewusst war, dass sie vor Publikum sprachen, drängte sich zwischen die beiden Männer. »Meine Herren, vielleicht sollten wir diese Angelegenheit an einem anderen Ort bereden.«

Ein ungläubiges, beinahe bellendes Lachen erklang aus Villiers Kehle. »Mylord, Sie wollen diesem Wahnsinnigen doch gewiss keinen Glauben schenken.«

Henry, der Herr segne ihn, sah den Jüngling streng an. »In mein Studierzimmer. Sofort.«

Payen, Eliza, Violet und Villiers folgten ihm. Payen hätte diesem Silberhandanhänger lieber nicht den Rücken zugekehrt, vertraute jedoch darauf, dass der Schurke es nicht wagte, sich zu verraten, indem er Payen körperlichen Schaden zufügte.

Er schritt neben Eliza her durch den Saal, ohne auf die neugierigen Blicke und das Getuschel zu achten. Stattdessen schaute er sich um und bemerkte die lachsfarbenen Wände und die cremeweißen Vorhänge. »Ihr habt den Saal umgestaltet«, murmelte er gedankenverloren.

»Ja«, antwortete Eliza. »Vor zwei Jahren.«

»Es gefällt mir. Diese Farben sind weniger strapaziös für das Auge als jenes schreckliche Blau bei meinem letzten Besuch.«

»Du hast wirklich Nerven, auf so eine Art und Weise zurückzukehren, mein Lieber«, flüsterte sie.

»Sie darf ihn nicht heiraten, Eliza.« Dem Blitzen in ihren Augen nach zu urteilen, wusste sie, dass es ihm ernst war und er alles tun würde, was in seiner Macht stand, damit es keine Hochzeit gab.

»Du liebe Güte!«

Hinter ihnen hörte er Violet mit der Missgeburt sprechen. Sie waren leise, doch nicht leise genug. Das überaus scharfe Gehör war einer der Vorzüge des Vampirseins. Die meiste Zeit konnte Payen die Welt um sich herum mühelos aussperren, aber wenn er wollte, konnte er die Mäuse hören, die über den Dachboden huschten.

»Wer ist dieser Idiot?«, fragte Villiers.

»Er ist ein Freund von Henry«, antwortete Violet. Payen hätte angesichts ihres trotzigen Tonfalls beinahe gelächelt, wäre da nicht das kleine Detail gewesen, dass sie der Bezeichnung »Idiot« nicht widersprach.

»Und wie stehst du zu ihm?« Ah, jetzt wurde es spannend! Villiers war eifersüchtig. Offenbar war er doch nicht so blöd, wie er aussah. Aber Payen wusste auch aus Erfahrung, dass dumm auszusehen nicht mit Harmlosigkeit gleichzusetzen war.

Violet seufzte. »Im Moment bin ich mir nicht sicher.«

Was Payen ihr nicht verübeln konnte. Schließlich hatte er sie vor fünf Jahren entjungfert und war hinterher aus ihrem Leben verschwunden, ohne auch nur den Versuch zu unternehmen, mit ihr in Kontakt zu treten. Dennoch fühlte er bei ihren Worten einen Stich in der Brust. Ein Teil von ihm erwartete wohl, dass sie begriff, weshalb er sie mied: um sie zu schützen. Lieber würde er bei strahlendem Sonnenschein in den Hyde Park gehen und dort wie ein Ei in der Pfanne brutzeln, als zuzusehen, wie Violet unter den Einfluss des Silberhandordens geriet. Diese Gruppe würde ein süßes Geschöpf wie sie bedenkenlos zerstören.

Henry ging voraus und führte sie die Treppe hinab und in den hinteren Teil des Hauses, wo sein Studierzimmer lag. Vor Jahren, als Henry und Eliza dieses Haus eben erst zu ihrem Heim gemacht hatten, hatte Payen jenes Zimmer »Henrys Zufluchtsort« getauft. Es lag weitab vom Esszimmer und vom Salon, in dem seine Frau gerne Gäste empfing, und es war groß genug, um einen Billardtisch, ein Sofa und mehrere Sessel, einen Kartentisch sowie einen großen Eichenschreibtisch zu fassen. Dieser Raum, stellte Payen zufrieden fest, war nicht umgestaltet worden.

Und naturgemäß kam ihm als Nächstes die Frage in den Sinn, ob Violet etwas an ihrem Schlafgemach verändert hatte und ob sie immer noch das sittsame Nachthemd trug, das sie in jener süßen, heißen Nacht angehabt hatte.

So nahe bei ihr, umgeben von ihrem zarten Fliederduft, fiel es Payen schwer, die Erinnerungen an jene Nacht im Zaum zu halten. Bilder von ihnen beiden, wie sie einander verzweifelt umschlangen, zärtlich und bebend, fluteten seinen Kopf. Sein Kiefer kribbelte, wo sich die Reißzähne verlängern wollten. Der Drang, sich zu nähren, war fast genauso stark wie der, sich zu paaren. Beides hatte er mit Violet getan, und das allein befeuerte seinen Appetit umso mehr.

Sobald alle im Studierzimmer waren, traten die anderen auf Abstand, bis Payen in der Mitte des lockeren Kreises stand. Nun begannen die Fragen.

»Was zum Teufel denkst du dir dabei, in mein Haus zu kommen und so eine Szene zu machen, Payen?«, fragte Henry. »Himmel noch eins, Payen! Ich hätte bessere Manieren von dir erwartet.«

Payen nickte knapp. »Deine Erwartungen sind berechtigt, Henry, und ich wäre auch gar nicht hier, ließe es sich vermeiden.« Bildete er es sich ein, oder fuhr Violet kaum merklich zusammen?

»Vielleicht solltest du dich erklären«, schlug Eliza vor, als sonst niemand geneigt schien, etwas zu sagen. Sie standen alle nur da und betrachteten ihn, wobei der Ausdruck auf ihren Gesichtern von Neugier bis Feindseligkeit reichte.

Payen konzentrierte sich auf Henry, den er kannte, seit dieser ein Säugling gewesen war. Henrys Vater und Großvater waren Payens Freunde gewesen. Vor langer Zeit war ein Rexley, wie Henrys Familienname lautete, genau wie Payen ein Templer gewesen, und damals hatten sie sich angefreundet. Seither war Payen der Familie über die Generationen verbunden geblieben. Zusammen mit einer Handvoll anderer im Laufe der Jahrhunderte waren die Rexleys die Einzigen, denen er sein wahres Wesen zeigen konnte.

Stephen Rexley war von einem Mann ermordet worden, der genau so einen Ring trug wie Villiers.

Das machte es Payen leicht, Henry in die Augen zu sehen und mit einem Nicken zu Villiers zu sagen: »Er gehört zum Silberhandorden.«

Henry verstand sofort, und alle Farbe wich augenblicklich aus seinem Gesicht. »Bist du sicher?«

»Sein Ring beweist es.«

»Was in aller Welt soll das?«, donnerte Villiers, der wütend ein paar Schritte vortrat. »Woher wissen Sie von dem Orden? Und was geht es Sie an, ob ich ihm angehöre?«

Payen drehte sich um und brachte den jungen Mann allein mit seinem Blick zum Erstarren. »Ich würde wetten, dass ich mehr über die Silberhand weiß als Sie. Es waren Ihre Leute, die König Philips Misstrauen gegen die Templer schürten. Der Orden steckte hinter jedem finsteren Komplott, seit Judas Christus verriet.«

Villiers sah ihn verblüfft aus angstgeweiteten blauen Augen an. Wie konnte der Mann so unbedarft sein und diesen Ring tragen?

»Sie denken, dass ich Violet wegen etwas nicht heiraten sollte, das vor über fünfhundert Jahren passiert ist?«

De Molay hatte *gebrannt.*

»Sechshundert«, korrigierte Payen. »Dreizehnter Oktober des Jahres dreizehnhundertundsieben.« Er erinnerte sich, als wäre es nur wenige Jahre her. »Und ja. Ich erlaube nicht, dass Sie Violet heiraten, weil Sie Teil einer abscheulichen Vereinigung sind, die schon längst hätte ausgerottet werden müssen.«

Falls Villiers ihn vorher noch nicht für wahnsinnig gehalten hatte, tat er es nun zweifellos. Payen konnte seine

Angst und seinen Ekel riechen. Außerdem waren da noch Wut und … ja, Trotz.

»Sie gehen zu weit, Sir. Wen Violet heiratet, entscheiden nicht Sie, und an dem Orden ist nichts Abscheuliches. Ich würde es Ihnen mit Freuden erklären, wäre ich nicht durch unsere alten Gesetze zum Schweigen verpflichtet. Seit Generationen war jeder Mann in meiner Familie Ordensmitglied, und keiner von ihnen hat jemals gegen Gesetze verstoßen oder Verrat begangen.«

Payen lächelte eisig. »Jedenfalls nicht an den anderen Mitgliedern. Aber am Reichtum Ihrer Familie klebt das Blut aufrechter Männer, Mr. Villiers. Männer, die ermordet wurden, damit Ihr teurer Orden prosperiert.«

Villiers blickte zu Henry und Eliza, dann zu Violet. »Ihr drei könnt das unmöglich glauben.«

»Nicht von dir, Rupert«, sagte Eliza leise.

»Aber von meiner Familie?« Er fuhr sich mit den Händen durchs Haar und lachte, was ein wenig hysterisch klang. »Ich glaube das nicht! Vi, du glaubst ihm doch nicht, oder?«

Sie starrte ihn an. »Ich möchte es nicht, Rupert, aber ich weiß, dass Mr. Carr Grund hat, so zu empfinden, wie er empfindet, und falls du solch einer verabscheuungswürdigen Gruppe angehörst …«

»Verabscheuungswürdig? Guter Gott, hör dich nur reden! So urteilst du über einen Orden, von dem du nichts weißt? Einen Orden, dem ich, der Mann, den du lieben sollst, angehöre?« Er legte beide Hände auf ihre Schultern. »Ich würde niemals jemanden verletzen, das weißt du.«

Sie nickte. »Ja, ich weiß.«

Payen sah die Verwirrung und Unentschlossenheit, die sich in ihren Zügen spiegelten. Er hasste es, ihr dies hier anzutun, und jede Befriedigung, die damit einhergehen mochte, Violets Vermählung mit diesem Schurken zu vereiteln, schwand angesichts ihres Schmerzes. Allerdings war er auch gewiss, dass Villiers sie bedrängen und Violet schließlich aus lauter Schuldgefühlen nachgeben würde. Was sollte er dann tun? Sie entführen? Denn das würde er notfalls.

Zuvor wollte er es mit einer verschlageneren Methode probieren.

»Hat Violet Ihnen je von mir erzählt?«, fragte er freundlich, fast beiläufig.

Villiers warf ihm einen finsteren Blick zu. »Nein.«

»Hmm. Das erstaunt mich.« Violet sah ihn an und schüttelte den Kopf. Sie war kreidebleich, ahnte sie doch, worauf er hinauswollte. Und er hoffte, dass sie ihm ansah, wie sehr er es bedauerte.

»Warum erstaunt Sie das?«, erwiderte der junge Mann, der seine Verachtung nicht verbergen konnte. »Mir erschließt sich nicht, inwiefern Sie in dieser Sache von Bedeutung sind.«

Hundsfott. »Oh, das bin ich«, sagte Payen und streckte seine Schultern. »Ihnen mag es nicht bekannt sein, doch Violet machte mir vor fünf Jahren ein wunderbares Geschenk.«

Violet presste eine Hand auf ihre Lippen. »Payen, nicht!«

Villiers trat erbost noch einen Schritt auf ihn zu. »Weshalb sollte mich das kümmern?«

Payen lächelte. »Weil das Geschenk, das sie mir machte,

Mr. Villiers, ihr Herz war. Sie werden also verstehen, dass Violet Sie nicht heiraten kann, weil sie mich liebt.«

Sie wollte ihn umbringen! Gäbe ihr nur jemand ein Schwert, damit sie ihm den selbstzufriedenen Schädel von den göttlich breiten Schultern schlagen konnte.

Stattdessen zwang Violet sich, ruhig dazustehen, ohnmächtig und beschämt, während ihr Verlobter und ihr Vormund sie anstarrten. Ihr fiel auf, dass Payen gar nicht besonders selbstzufrieden aussah. Vielmehr wirkte er, als würde er sich schämen. Wozu er ja wohl auch allen Grund hatte! Natürlich hätte es schlimmer sein können. Er hätte ihre Jungfräulichkeit ansprechen können.

Warum in aller Welt musste es ausgerechnet der Silberhandorden sein? Auch wenn sie genug über diese Leute gehört hatte, um zu begreifen, weshalb Payen sie hasste und das vollends zu Recht, wieso musste er den Orden als Einwand gegen ihre Heirat vorbringen? Hätte er ihr nicht einfach seine unsterbliche Liebe gestehen und sie daran erinnern können, welche Gefühle sie ihm gestanden hatte? Wusste er nicht, dass er der einzige Mann war, den sie jemals genug geliebt hatte, um sich ihm hinzugeben? War er so dumm, dass er nicht sah, wie sehr sie ihn noch immer liebte?

»Ist das wahr?«, fragte Rupert heiser. Er war sehr blass.

Hilflos blickte sie erst ihn und dann Henry und Eliza an. Henry sah aus, als würde er Payen herzlich gern selbst umbringen. Zu schade, dass der Vampir sie alle vier überwältigen könnte, ohne dass ihm auch nur eine Schweißperle auf die Stirn träte.

»Kommt!«, sagte Eliza bestimmt, die sowohl Payen als

auch ihren Ehemann ansah. »Lassen wir Violet und Rupert unter vier Augen reden.«

»Ich lasse sie nicht mit ihm allein«, knurrte Payen. »Auf keinen Fall.«

Die kleine blonde Frau bedachte ihn mit einem erbarmungslosen Blick und sagte so leise, dass nur er und Violet es hörten: »Du tust, was ich dir sage, Payen Carr, oder ich sorge dafür, dass die Vorhänge in deinem Zimmer mittags aufgezogen werden.«

Payens Kinn verhärtete sich, und die vollkommenen Lippen wurden schmal, aber er widersprach nicht. Nachdem er Rupert einen letzten verächtlichen Blick zugeworfen hatte, folgte er Henry und Eliza zur Tür. Violet empfand keinen Funken Mitleid mit ihm, wenn sie sich vorstellte, wie ihre Adoptiveltern ihm gleich den Kopf waschen würden.

Für sich selbst indes empfand sie eine ganze Menge Mitleid.

Die Tür fiel zu, so dass sie allein mit ihrem Verlobten war, einem wundervollen Mann, den sie niemals verletzen wollte. Einem Mann, dessen Aufmerksamkeiten sie genossen hatte, war sie doch, wenn sie ehrlich sein sollte, vor Rupert schon beinahe zu der Überzeugung gelangt, dass kein Mann außer Payen sie jemals anziehend finden würde.

Rupert, der zuletzt auf seine Schuhspitzen gestarrt hatte, hob den Blick. Sein Haar war zerwühlt, und seine Augen glänzten vor Enttäuschung und Verletztheit. Bisher hatte Violet ihn für gutaussehend gehalten, doch nun sah er wie ein kleiner Junge aus. Andererseits konnte »gutaussehend« neben Payens überwältigender Schönheit ohnedies nie bestehen.

»Ich verdiene dich nicht«, sagte sie leise. Es war nicht die Wahrheit, doch etwas anderes fiel ihr nicht ein.

»Stimmt es?«, fragte er stirnrunzelnd. »Liebst du ihn?«

Sie zögerte. Sofort sah sie ihm an, dass sie lieber nicht hätte zögern sollten. Er ahnte, dass da mehr war. »Das tat ich.« Und sie tat es noch.

»Hast du … die Liebe mit ihm vollzogen?«

Diese Formulierung hätte sie um ein Haar zum Kichern gebracht. Die Liebe vollzogen? Damals hatte sie genauso darüber gedacht, doch was sie mit Payen tat, war zugleich grob und süß gewesen, so falsch und dennoch so richtig. Es war nichts so Banales wie ein Liebesakt. Nein, geliebt hatten sie sich schon lange, bevor sie ihn in ihr Bett ließ.

Sie hätte lügen und ihm sagen können, was er hören wollte, aber das wäre nicht fair ihm gegenüber gewesen. Sie hatte nach einem Ausweg gesucht und ihn geboten bekommen. Es war an der Zeit, sich erwachsen zu verhalten und sich ihrem Fehler zu stellen – dem Mann zu stellen, dem sie Unrecht getan hatte. »Ja.«

Rupert schloss die Augen. Zuvor hatte sie noch einen Anflug von Angst darin gesehen. »Warum hast du es mir nicht gesagt?«

»Ich fand nicht, dass es dich etwas angeht.« Vielleicht war das ein bisschen zu ehrlich.

»Mich nichts angeht?« Wo eben noch Verletztheit gewesen war, trat nun blanke Wut zutage, die Violet sich etwas weniger schuldig fühlen ließ. »Wie sollte es mich nichts angehen, wenn meine Verlobte die Beine für einen anderen Mann breitgemacht hat?«

Dies war eine Seite an ihm, die Violet bisher nicht gekannt hatte. Und das nutzte sie aus, so schamlos es auch sein mochte. »Habe ich dich gefragt, ob du mit anderen Frauen zusammen warst?«

Er sah sie entsetzt an. »Das ist etwas gänzlich anderes!«

»Weil du ein Mann bist?«

»Natürlich! Von Männern wird erwartet, dass sie erfahren sind, wie man von Frauen erwartet, dass sie Jungfrauen sind, damit die Legitimität des Erstgeborenen gesichert ist.«

Violet lachte. Sie konnte nicht anders, weil es einfach so lächerlich war. »Das ist fünf Jahre her, Rupert! Ich denke, du könntest jedes Kind rechtmäßig als dein Eigen ausgeben.«

In seinem Gesicht war nichts als Ekel. »Ohne die Garantie, dass du mit keinem anderen vor oder nach unseren Treuegelübden das Bett geteilt hast?«

Es stand ihm zu, wütend zu sein. Das wusste und akzeptierte Violet, aber so ließ sie nicht mit sich reden. Sie duldete nicht, dass das, was sie mit Payen gehabt hatte, auf einen Charakterfehler ihrerseits reduziert wurde.

»Ja«, pflichtete sie ihm bei. »Vielleicht solltest du dich vergewissern, dass ich es nicht mit dem Pfarrer treibe – oder gar mit deinen Trauzeugen.«

Er errötete. »Eine Dame sollte sich nicht so ausdrücken.«

»Wie du bereits so treffsicher festgestellt hast, Rupert, bin ich in deinen Augen keine. Ich habe im jugendlichen Alter einen Fehler begangen, für den du mich bestrafen willst, obwohl ich weiß, dass du bei deinem letzten London-Aufenthalt in dieses Bordell gegangen bist, das Maison Rouge.«

Ihm stand der Mund offen. »Woher hast du …?«

»Ich habe ein Gespräch zwischen deinen Freunden Halpert und Gibbs belauscht, als wir zusammen mit ihnen im Theater waren. Ich habe es dir nachgesehen, weil ich dachte, dass du eine letzte Indiskretion verdienst, ehe du dich bindest. Und nun verrate mir bitte, inwiefern dich das Beineverschlingen mit einer Hure besser macht als mich?«

Sein Mund klappte auf und zu, aber es kam kein Ton heraus. Noch dazu blickte er sich panisch im Zimmer um, wie ein Ertrinkender, der nach Halt sucht.

»Tut es nicht«, antwortete sie für ihn. Jedwede Schuld, die sie empfunden hatte, war weggeblasen. Sie hatte weder Verständnis noch Vergebung von ihm erwartet, aber, bei Gott, sie ließ sich nicht so behandeln! Nicht von einem Mann, der behauptete, dass er sie liebte, und sie heiraten wollte.

Hätte er sie geliebt, hätte er sie verführt, anstatt in ein Bordell zu gehen. Hätte er sie geliebt, wäre er überhaupt nicht zu Prostituierten gegangen.

Payen würde nie etwas Derartiges tun. Er hatte seine Fehler, aber mangelnde Treue zählte nicht dazu. Schließlich hatte er eben ihre Verlobung zerstört, aus irgendeinem archaischen Drang heraus, sie zu beschützen. Und so wütend sie auf ihn sein mochte, so enttäuscht und verletzt, sie war ihm auch ein kleines bisschen dankbar.

»Ich denke, du solltest gehen, Rupert.« Sie straffte die Schultern, scherte sich nicht darum, dass sie fast gleich groß mit ihm war, und erst recht nicht darum, wie sie aussah oder wie riesig sie war. Selbst wenn dies ihre einzige Aussicht auf Heirat gewesen war, sie würde diesen Mann nicht anflehen, sie zu ehelichen.

Sie mochte nicht vollkommen sein, nein, sie hatte so viele Fehler, dass ein Auflisten zu mühsam wäre, aber sie verdiente es, von ihrem Ehemann respektiert zu werden. Sie verdiente Liebe, Treue und Mitgefühl – nicht weniger, als sie selbst zu geben bereit war.

Er sah aus, als wollte er etwas sagen, doch sie hatte genug gehört. »Ich werde den Gästen mitteilen, dass die Hochzeit abgesagt wurde, und sorge dafür, dass alle Geschenke zurückgeschickt werden. Du brauchst dich um nichts zu kümmern. Das Essen für den Empfang werden wir den weniger Begüterten im Dorf zukommen lassen.«

»Dann hast du schon alles beschlossen«, sagte Rupert halb ungläubig, halb verächtlich.

»Ich schätze, dass ich während der letzten Tage schon an die Möglichkeit gedacht hatte.« Sollte er sich ruhig den Kopf darüber zerbrechen.

Er enttäuschte sie nicht. Sein Erstaunen bescherte ihr zumindest eine kleine Befriedigung, auch wenn ihre Schuldgefühle sie zu erdrücken drohten. Ihre Verlobung zu lösen war das Beste für sie beide.

»Es war falsch von mir, deinen Antrag überhaupt anzunehmen«, sagte sie. »Und das tut mir aufrichtig leid. Aber für alles andere, was ich getan haben mag, was zwischen Payen und mir war, entschuldige ich mich nicht, bei dir nicht und auch bei sonst niemandem. Du weißt ja, wo die Tür ist.«

Dann machte sie auf dem Absatz kehrt und rauschte aus dem Zimmer. Sie hielt sich mit so viel Würde, wie sie nur irgend konnte. Es war nicht viel, aber ihre Empörung und ein gewisses Maß an Erleichterung spornten sie an.

Sie wollte dringend mit Payen sprechen, denn wenn

dieser Vampir glaubte, er könnte in ihr Leben zurückgestürmt kommen, es kurzerhand auf den Kopf stellen und danach wieder verschwinden, durfte er sich auf eine Überraschung gefasst machen.

Sie würde ihn nicht gehen lassen. Dieses Mal nicht.

*H*enry und Eliza gingen hart mit ihm ins Gericht, wenn auch weniger hart, als er erwartet hatte. Ungeachtet seiner Freundschaft mit den beiden, hatte er soeben ihrem Mündel die Heirat ruiniert und möglicherweise auch die Reputation. Das war nicht nett von ihm gewesen, aber er würde es jederzeit wieder tun, falls nötig.

Er musste sich nur auf das Hier und Jetzt konzentrieren und nicht zu viel darüber nachdenken, wie ihn Violets Liebeserklärung vor fünf Jahren zugleich erschreckt und berauscht hatte. Und wie er davon in die Flucht getrieben worden war. Er hatte sie verführt und dann verlassen.

Ach was, sie hatte ihn verführt!

Der Earl und die Countess verstanden immerhin seine Beweggründe. Sie wussten von Stephen Rexley, dem Mann, der Payens engster Freund gewesen und gewaltsam gestorben war. Ihnen war bekannt, wie übel der Silberhandorden war; folglich sahen sie ein, weshalb Payen nicht wollte, dass Violet in den Bannkreis einer solchen Gemeinschaft gezogen wurde. Was sie nicht begriffen, war, dass ein so »netter Mann« wie Rupert Villiers Mitglied des Ordens war.

Eigentlich interessierte es Payen nicht, doch er bot ihnen eine Erklärung an, um ihre Gemüter zu erleichtern –

er war ja nicht vollkommen kaltherzig. »Durch die familiäre Verbindung wird er aufgenommen, ohne sich vorher beweisen zu müssen«, erzählte er ihnen. »Nachdem er nun aber Mitglied ist, wird er die gleichen Prüfungen durchlaufen wie ein Neuling. Sie werden wissen wollen, wozu er fähig ist und ob er würdig ist, ein wahrer Jünger zu sein.«

»Also besteht noch Hoffnung für ihn.« Eliza bemühte sich nicht, ihre eigene Hoffnung zu verbergen. »Vielleicht ist er gar nicht der Schurke, für den du ihn hältst.«

Payen sah sie streng an. »Möchtest du Violets Leben darauf verwetten, dass er unschuldig bleibt?«

Unsicher blickte sie zu ihrem Ehemann. »Aber …«

Payen ließ nicht locker. »Er hat allein wegen seines Namens den Ring bekommen, was bedeutet, dass seine Familie sehr tief in die Ordensgeschäfte eingebunden ist, Eliza. Sie hätten Villiers niemals aufgenommen, wenn sie nicht sicher wären, dass er sich ihrer Tradition beugen und tun wird, was sie verlangen.«

»Es ist Jahrhunderte her, Payen«, beschwor Henry ihn. »Sicherlich ist der Orden heute nicht mehr der, gegen den du einst gekämpft hast.«

Er musste sich zwingen, ruhig zu bleiben und sich bewusst zu machen, woher ihre Zweifel rührten. Die beiden wollten ihn nicht angreifen, sie wollten einfach nur, dass der ganze Spuk vorbei war.

»Wenn ich jetzt zu einem ihrer Treffen ginge und ihnen eröffnete, wer ich bin, ob Templer oder Vampir, könnte ich von Glück sprechen, sollte ich lebend wieder herauskommen. Und jeder, der mit mir in Verbindung steht, wäre in Gefahr.«

Henrys Augen funkelten auf. »Hegst du den Verdacht, dass Villiers' Interesse an Violet mit dir zu tun hat?«

»Mein Gott«, hauchte Eliza und fasste sich mit einer Hand ans Mieder ihres grünen Seidenkleids. »Das darf nicht wahr sein!«

Payen zuckte mit den Achseln. An diese Möglichkeit hatte er bisher nicht gedacht, aber wenn er recht überlegte ... »Denkbar wäre es. Hat er jemals nach mir gefragt?«

»Nein«, antwortete Henry. »Ich entsinne mich nicht, dass wir dich vor heute Abend je in seiner Gegenwart erwähnt hätten.« Er wurde verlegen, fast beschämt. »Nachdem du das letzte Mal hier warst, war Violet so aufgewühlt, dass wir uns angewöhnt haben, in ihrem Beisein nicht über dich zu sprechen.«

Elizas Miene war ungleich kühler als die ihres Gemahls. Zweifellos ahnte sie, dass es einen Anlass für Violets Liebeserklärung gegeben haben musste. »Ich würde sagen, dass wir alle wissen, weshalb sie so durcheinander war, nicht wahr? Wie konntest du, Payen!«

»Ja«, ertönte eine Stimme hinter ihm. »Wie konntest du?«

Natürlich hatte er gehört, wie die Tür geöffnet worden war. Er hatte auch ihre weichen Schritte und ihr rasches, wütendes Atmen gehört. Doch sie sollte ruhig glauben, dass sie sich hereingeschlichen und ihn überrascht hätte.

Er drehte sich um und zog fragend eine Braue hoch. Ansonsten blieb er gänzlich gefasst, obwohl ihm der Anblick ihrer geröteten Wangen und ihrer funkelnden Augen den Atem verschlug. Sie sah ihn an, als wollte sie ihn aufspießen – und hätte er ein Schwert gehabt, hätte er es ihr mit Freuden gegeben, nur um zu erleben, wie sie es versuchte.

Für bewaffnete Frauen hatte er immer schon eine Schwäche gehabt.

Ihre Blicke begegneten sich, und es schien Payen, als würden buchstäblich Funken zwischen ihnen tanzen. Er grinste. »Was hat dich so lange aufgehalten?«

Sie erwiderte sein Lächeln nicht. Vielmehr kniff sie die Augen ein wenig zusammen und betrachtete ihn voller Wut. »Ich hatte eine Hochzeit abzusagen.«

Ihm hätte das Grinsen vergehen sollen, aber das tat es nicht, jedenfalls nicht ganz.

Eliza murmelte etwas, doch Payen hörte nicht hin. Seine Aufmerksamkeit galt allein der Amazone vor ihm, mit den weichen Wangen und den runden Brüsten, die den Ausschnitt ihres Kleids spannten. Für ihn war Violet wie ein reifer Pfirsich, der darum bettelte, gepflückt und genossen zu werden.

Und zu wissen, dass er Villiers davon abhielt, ebendies zu tun, belastete ihn kein bisschen. Der Gedanke dagegen, dass er Violet das Herz gebrochen haben könnte, nun, der war alles andere als erfreulich.

»Ich glaube, Violet möchte mit mir allein sprechen«, sagte er und neigte den Kopf in die Richtung seiner Freunde. Sein Blick wich indes keine Sekunde von der Frau, deren Berührungen ihn in seinen Träumen heimsuchten.

»Ich lasse sie nicht mit dir allein«, erwiderte Eliza streng. »Nicht nach dem, was du getan hast.«

Zu Payens Verwunderung war es die betreffende Dame selbst, die sich zu Wort meldete. Sie sah ihre Adoptivmutter an und erklärte ziemlich ruhig: »Es ist schon gut, Eliza. Ich würde gern mit Payen allein reden.«

Payen achtete nicht auf Henry und Eliza, sondern beobachtete Violet, deren Blick wieder zu ihm wanderte, aufmerksam. Sie strahlte ein Selbstvertrauen aus, das vorher nicht da gewesen war, und es entsprang weniger ihrer Haltung als vielmehr ihrem Wesen. Sie war kein so scheues kleines Ding wie ihre Namensgeberin, das zarte Veilchen. Stolz erwärmte Payens Brust. War ihm je zuvor eine solche Frau begegnet? Als junges Mädchen hatte Violet ihn fasziniert und verführt. Als Erinnerung verfolgte sie ihn auf Schritt und Tritt. Und nun, als Frau, brachte sie ihn dazu, dass er vor ihr auf die Knie fallen wollte.

Kaum hatte sich die Tür hinter ihren Vormunden geschlossen, reckte Violet ihr Kinn und sah Payen an. »Ich sollte dich verachten für das, was du getan hast.«

Er nickte. »Ja.«

»Du hast absichtlich mein Vertrauen missbraucht und öffentlich erklärt, was nur zwischen dir und mir bleiben sollte, um deinen Willen durchzusetzen.«

Ein Moment, den er nie vergessen würde. »Ja.«

»Du hast meine Heirat ruiniert.«

Musste er wirklich noch mehr dieser rhetorischen Fragen beantworten? Er richtete sich auf. »Erwarte nicht, dass ich mich entschuldige, denn es tut mir nicht leid.«

Ihre Züge wurden merklich weicher. »Danke.«

Payen blinzelte und schüttelte den Kopf. »Wie bitte?«

Violet kam auf ihn zu, die Hände zu losen Fäusten geballt. »Danke, dass du getan hast, wozu mir die Courage fehlte.« Ihr Lächeln war lediglich angedeutet – und süß.

Und dann geschah, was nicht hätte geschehen dürfen.

Anstatt sie zu fragen, was sie meinte – warum sie Villiers gar nicht heiraten wollte (hatte der Schurke sie gezwungen?) –, trat Payen einen Schritt vor, als würde ihn eine unsichtbare Hand schieben. Auch Violet bewegte sich, und schon lag sie in seinen Armen, vergrub die Hände in seinem Haar, während sein Mund den ihren einnahm.

Gott, sie schmeckte köstlich! Ihre Lippen waren weich und nachgiebig, öffneten sich den seinen von selbst, und ihre Zunge begegnete seiner mit einer Leidenschaft, die Payen erschütterte. Keine Frau hatte ihm jemals solche Reaktionen entlockt. Bereits jetzt war er hart, wollte sie gleich hier nehmen, mitten im Studierzimmer seines Freundes. Was er problemlos hätte tun können. Sie brauchte bloß ihre starken Beine um seine Hüften zu schlingen, und er würde sie halten, während sie auf seinen Schwanz glitt.

Er stöhnte in die feuchte Hitze ihres Munds, drückte Violet fester an sich. Sie sträubte sich nicht, gab nicht einmal ein Wimmern von sich, weil er sie so eng umschlang. Vielmehr zog sie an seinem Haar, klammerte sich an seine Schultern und grub die Finger in den Stoff seines Wamses, so dass er ihre Nägel durch die Stofflagen fühlte. Sie war sehr stark, seine Violet.

Er hob den Kopf weit genug, dass er an ihrer Unterlippe knabbern konnte. Seine Reißzähne hatten sich ein wenig verlängert, er wollte sie beißen. Doch er ignorierte diesen Hunger. In diesem Moment, in der berauschenden Gegenwart Violets, war er mehr Mann als Vampir.

»Du hast mir gefehlt«, raunte er atemlos. »Vi, du hast mir so gefehlt.«

Sie wich zurück und lächelte ihn an. Eine Sekunde lang

glaubte er, sie würde dasselbe erwidern, was sie jedoch nicht tat. Dann dachte er, dass sie ihm womöglich das Knie zwischen die Beine rammen würde, was ebenfalls nicht passierte.

Letzteres hätte ihn allerdings auch nicht mehr treffen können als ihre nächsten Worte: »Du bist nicht wegen Rupert und dem Silberhandorden hergekommen.«

»Bin ich nicht?«, fragte er verdutzt, denn noch dachte er mit einem Organ, das sehr viel tiefer saß als sein Gehirn.

Ihr Lächeln wurde breiter. »Es war nur ein Vorwand, den du gebraucht hast, um meine Heirat zu verhindern. Frag dich selbst, Payen, warum du es tun musstest. Vielleicht vergebe ich dir dann, dass du mich fünf Jahre lang hast warten lassen.«

»Violet …«

Sie stieß ihn weg, und er wehrte sich nicht. »Du kannst dich selbst belügen, wenn du willst, aber wage es nicht, mich nach all der Zeit anzulügen! Ehrlichkeit ist das Mindeste, was du mir schuldest.«

Und dann ging sie. Payen blieb allein, hart und spitz zurück und fühlte sich wie ein ausgemachter Idiot.

Denn sie hatte recht.

Payen Carr liebte sie, dessen war Violet sich sicher.

Weniger sicher war sie sich darüber, ob er es selbst wusste. Die Art, wie er auf sie reagierte, ließ keinen Zweifel an seinen Gefühlen, doch sie ahnte, dass er sich einredete, er hätte ihre Hochzeit in Wahrheit aus Hass auf die Silberhand ruiniert.

»Blödsinn«, sagte sie laut in die Stille hinein, als sie ein hübsch eingewickeltes Geschenk auf einen Stapel mit weiteren Präsenten legte, die zurückgeschickt werden mussten.

Ihre Freundin Sarah blickte verwundert auf. »Was war das?«

Den ganzen Morgen arbeiteten sie schon, brachten Schildchen an den Geschenken an, damit die Diener wussten, wohin sie welches Paket bringen sollten, und sortierten sie nach Adressen. Was aus London oder von weiter her kam, würde natürlich mit der Post zurückgeschickt.

»Ich sagte, Blödsinn.« Violet lächelte verkniffen.

Sarah sah sie mit großen blauen Augen an. »Aus einem bestimmten Grund?«

»Weil Männer blöd sind.« Sie notierte eine Adresse auf einem Etikett. »Weißt du, dass Rupert sich tatsächlich wegen Payen echauffiert hat? Er darf ruhig ins Bordell gehen, aber eine einzige Indiskretion meinerseits, und ich bin eine Hure.«

Sarahs blonde Locken wippten, als sie überlegte. »Blödsinn«, flötete sie, worauf beide kicherten.

»Bereust du es?«, fragte Violets Freundin, nachdem sie sich wieder beruhigt hatten.

»Was? Dass ich Rupert rausgeworfen habe?« Violet befestigte ein weiteres Schild an einem Geschenk. »Nein, das bereue ich nicht.« Es stimmte. Zwar hätte sie niemals zugegeben, dass sie auf einen Ausweg aus der Heirat gewartet hatte, denn das würde zu kaltherzig anmuten und selbst bei ihrer guten Freundin Sarah auf Unverständnis stoßen. Aber nach dem, was Rupert gestern Abend gesagt hatte, bedauerte sie nicht, ihn rausgeworfen zu haben.

»Nein.« Sarah neigte sich vor, als könnten sie womöglich belauscht werden. »Ich meinte, ob du bereust, dass du mit Mr. Carr … *intim* warst?« Natürlich wusste sie Bescheid, denn an ihrer Schulter hatte Violet sich ausgeweint, als Payen fortgegangen war.

Violet hielt inne und überlegte, obwohl ihr die Antwort auf der Zunge lag. »Ganz und gar nicht.« Es fühlte sich gut an, das vor jemand anderem einzugestehen. »Ich habe versucht, mir einzureden, dass es ein Fehler war, aber inzwischen denke ich, es war das Einzige, was ich jemals richtig gemacht habe. Das Einzige, was ich wahrhaftig nur für mich getan habe, ohne auf andere Rücksicht zu nehmen.«

Ihre Freundin seufzte, lehnte einen Arm auf ein großes Geschenk in Blümchenpapier und stützte ihr Kinn in die Hand. »Mr. Carr ist so hinreißend.« Sie lüpfte eine blonde Braue. »Sieht er unbekleidet genauso gut aus?«

»Besser«, sagte Violet, und wieder lachten beide.

Eine Weile arbeiteten sie stumm weiter. Schließlich schlug eine Uhr im Haus.

»Zehn Uhr.« Violet hob den Kopf, als der letzte Schlag verklang. »Jetzt wären wir in der Kirche gewesen.« Trotz ihrer Gewissheit, dass es richtig gewesen war, die Verlobung zu lösen, konnte Violet nicht umhin, ihrem Hochzeitstag etwas nachzutrauern.

Und all den Geschenken.

Sarah rümpfte die Nase und sah hinaus in den grauen, nebligen Morgen. »Pah, es ist kein schöner Tag für eine Hochzeit. Obwohl es sehr viel romantischer gewesen wäre, wenn Mr. Carr seinen Auftritt während der Trauung gehabt hätte statt gestern Abend auf dem Ball.«

Und sehr viel erhellender, denn im Tageslicht wäre Payen in Flammen aufgegangen.

»Kann sein, aber dann hätte Payen mich vor Vikar Carlson und sämtlichen Gästen blamiert.«

Sarah warf ihr einen besorgten Blick zu. »Wenigstens hat er mit seiner Enthüllung gewartet, bis ihr nur noch zu fünft wart.«

»Ja«, murmelte Violet, die sich keinerlei Illusionen machte, was passiert wäre, hätte Henry nicht darauf bestanden, dass sie den Ballsaal verließen. »Payen hätte es auch vor allen Gästen gesagt, um meine Heirat mit Rupert zu verhindern.«

Zum Teufel mit dem Mann! Violet wusste nicht, ob sie ihn küssen oder erwürgen wollte.

Sarah stieß einen Seufzer aus. »Er muss dich sehr lieben.«

Violet nickte. »Das denke ich auch, doch er leugnet es.«

»Warum?«

»Er behauptet, dass er die Heirat wegen etwas verhindern wollte, das er über Rupert erfahren hat.«

Abermals rümpfte Sarah die Nase. »Ich kann mir nicht vorstellen, dass Rupert schon einmal etwas getan hat, das ihn in einen Skandal verwickelt haben könnte – bis jetzt natürlich.«

»Natürlich.« Violet schmunzelte. »Ich darf keine Einzelheiten preisgeben, schließlich weiß ich nicht, ob Payens Informationen stimmen, und es ist Ruperts Angelegenheit, nicht meine. Nicht mehr.«

»Dennoch muss Mr. Carr dich gernhaben, dass er solche Mühen auf sich nimmt.«

»Das hoffe ich.«

»Willst du ihn heiraten?«

»Er hat mich nicht gefragt.«

»Und wenn er es täte?«

Lächelnd legte Violet noch ein Paket zur Seite. »Wenn er fragt, würde ich ja sagen.«

Sarah lachte begeistert und klatschte in die Hände. Ihre Augen strahlten, und ihre Wangen waren gerötet vor Freude. »Wie wundervoll! Denkst du, er fragt?«

Violets Lächeln erstarb. Sie bemühte sich ihr Leben lang schon, sich nichts vorzumachen, und würde jetzt nicht damit anfangen. »Nein.«

Sogleich wurde Sarah ernst. »Oh, Violet.«

»Keine Sorge, meine Liebe. Ich bin nicht zu stolz, ihn selbst zu fragen.« Hierauf strahlte ihre Freundin wieder. Violet mochte es nicht, von Sarah bemitleidet zu werden. Schließlich war sie von zwei wunderbaren Eltern großgezogen worden, besaß eigenes Vermögen und hatte Freunde, die sie liebten. Sarah war nicht annähernd so begütert wie sie, und doch beklagte sie sich nie, verglich ihre Umstände nicht mit Violets. Eines Tages hatte Sarah einfach vor der Tür gestanden, nachdem Violet nach Hertford gekommen war, und hatte sie gefragt, ob sie ihre Freundin sein wollte. Violet hatte einen Blick auf das dünne, kleine Mädchen geworfen, das einen Kopf kleiner und mindestens dreißig Pfund leichter war als sie selbst, und beschlossen, dass sie es wollte.

»Würdest du das wirklich tun?« Wie immer schien Sarah nicht zu erkennen, ob Violet scherzte. »Würdest du ihn fragen?«

Violet nickte. »Ja, würde ich.« Und vielleicht tat sie es auch – vorausgesetzt, sie brachte den Mut dazu auf. Henry hatte ihr erzählt, dass Payen einige Tage bleiben würde. Angeblich wollte er sich vergewissern, dass der Silberhandorden ihnen keine Probleme machte. Seine Anwesenheit würde den Skandal noch befeuern, aber das Schlimmste war ohnehin bereits passiert.

Violet konnte sich Payens Antwort schon recht gut vorstellen. Er würde irgendeinen Unsinn reden, dass er ein Vampir wäre und sie ein Mensch. Gütiger Gott, ließe sich das nicht leicht beheben? Er bräuchte nichts weiter zu tun, als sie auch zum Vampir zu machen, der Narr.

Die Tür flog auf, und Eliza kam hereingestürmt. Ihr Gesicht war tiefrot, und ihre Augen blitzten zornig. Sie hatte nicht einmal Hut und Handschuhe abgelegt. »Ich erwürge Payen Carr!«

Violet sah sie verwundert an. »Warst du in der Stadt?«

Ihre Ziehmutter nickte, immer noch atemlos. »War ich.«

»Obwohl Henry dir ausdrücklich gesagt hat, dass du lieber im Haus bleiben sollst? Wenn du mich fragst, Eliza, hast du den Ärger gesucht und gefunden.«

»Nein, er hat mich gefunden«, verteidigte sich Eliza. »Ich war im Handschuhladen, weil ich ein neues Paar grauer Handschuhe brauchte, da kam Mrs. Randall auf mich zu, dieses unleidliche Frauenzimmer.«

Sarah machte große Augen angesichts Elizas scharfen Tons, während Violet sich ein Lächeln abrang. »Sie konnte es nicht abwarten, etwas zu sagen, stimmt's?«

Eliza schüttelte den Kopf und zupfte ihre Hutnadel heraus. »Was für ein furchtbares Klatschmaul!«

Violet verschränkte die Arme vor der Brust. »Und, was sagt man in der Stadt? Bin ich ruiniert?«

Elizas Arme fielen vor lauter Hilflosigkeit völlig erschlafft herunter. Sie sank niedergeschlagen auf einen Stuhl neben Sarah und hielt ihren Hut auf dem Schoß. »Ja.« Sie blickte zu Violet auf. »Ich bin sicher, dass Rupert nichts damit zu hat, aber Payens überraschende Ankunft hier und seine abrupte Abreise vor fünf Jahren … Die Klatschmäuler sind überzeugt davon, dass ihr beide eine Liaison habt und Rupert deshalb die Heirat abgesagt hat. Es tut mir so leid, meine Liebe.«

Ruiniert. Wie seltsam sich das Wort in Violets Kopf anhörte. Ruiniert bedeutete, dass etwas irreparabel beschädigt war. Violet fühlte sich nicht irreparabel beschädigt.

Eliza kam zu ihr. »Wir gehen nach Frankreich oder Italien. Dort wirst du jemanden kennenlernen, oder zumindest legt sich in der Zwischenzeit der Skandal.«

Violet schüttelte den Kopf. »Ich gehe nicht weg. Noch nicht.«

»Aber Liebes …«

»Nein, Eliza«, sagte sie scharf, keinen Widerspruch duldend. »Soweit ich weiß, sind zwei Menschen nötig, um eine Frau zu ruinieren. Payen Carr ist mir etwas schuldig. Vor fünf Jahren habe ich ihn davonkommen lassen, aber diesmal läuft er mir nicht weg.«

Offenbar gefiel Eliza ihr Gesichtsausdruck gar nicht. »Violet, was hast du vor?«

»Payen gehört mir und ich ihm«, antwortete sie so selbstgewiss, dass ihre Worte nicht so melodramatisch klangen, wie sie es sonst getan hätten. »Und es wird Zeit, dass er es begreift. Ich werde diesen Va…, Mann heiraten, und wenn es das Letzte ist, was ich tue.«

4

*A*ls Payen am späten Nachmittag aufwachte, war sein erster Gedanke, dass Eliza ihre Drohung, die Vorhänge in seinem Zimmer aufzuziehen, nicht wahrgemacht hatte.

Der zweite galt Violets Kuss von gestern Abend, der sich auf alle Zeiten in sein Gedächtnis eingebrannt hatte.

Warum sollte eine Frau, deren Heirat soeben vereitelt worden war – um es milde auszudrücken –, den Mann küssen, der sich dafür verantwortlich zeichnete? Und die Dinge, die sie gesagt, und die Fragen, die sie gestellt hatte. Was zur Hölle dachte sie sich nur?

Ihn zu fragen, weshalb er zurückgekommen war, also wirklich! Er musste herkommen, um zu verhindern, dass sie einen Mann heiratete, der Teil eines großen Übels war. Glaubte sie, es mache ihm Spaß, ihre Hochzeit zu ruinieren?

Gott, hoffentlich nicht, denn es hatte ihm Spaß gemacht. Violet von der Heirat mit Villiers abzuhalten war vergnüglicher gewesen als die ganzen letzten fünf Jahre seines Lebens.

Was wirklich erbärmlich war.

Er beschloss, nicht weiter darüber nachzudenken. Als er Violet das letzte Mal verlassen hatte, hatte er gewusst, dass es für sie keine Zukunft geben konnte. Sosehr er sie auch anbetete, im Laufe der Jahre hatten zu viele kapriziöse Frauen seinen Weg gekreuzt. Und ihm waren zu viele auch wieder genommen worden. Zu oft schon hatte man ihn betrogen, enttäuscht, gefährdet und zum Narren gehalten.

Das Lachhafte war, dass ihn nichts von alledem immun gegen die Frauen oder die Liebe gemacht hatte. Vielmehr war er zu einem Feigling geworden, der sich nicht traute, sein Herz – oder das einer anderen Person – aufs Spiel zu setzen, weil das Risiko zu hoch war, dass es gebrochen werden würde.

Er lauschte in die Dunkelheit, konzentrierte sich auf die Geräusche im Haus, bis er das eine fand, das er suchte. Violet. Sie sprach mit Eliza, fragte, ob Payen angedeutet hätte, wie lange er bleiben wollte.

Lange genug, um sich zu überzeugen, dass sie sicher war. Dann würde er wieder gehen. Aber er hatte arrangiert, dass Eliza und Henry seine Anwesen in Frankreich oder Venedig nutzen konnten, falls Violet entschied, ins Ausland zu gehen, bis sich der Skandal gelegt hatte. Bisher hatte er natürlich noch nichts gehört, doch abgesagte Hochzeiten sorgten stets für Gerede.

Sobald er gewiss war, dass Villiers keine Bedrohung für Violet oder die Rexleys darstellte, würde er weiterziehen und sehr lange fort bleiben, vielleicht für den Rest ihres Lebens. Es war besser für alle, wenn er sich so fern von Violet hielt, wie er nur konnte.

Er warf die Decken beiseite, stieg aus dem Bett und schritt nackt durch das dunkle Zimmer zum Bad. Nachdem er sich gewaschen und angekleidet hatte, zündete er eine Lampe an, um ein wenig zu lesen. Lesen beruhigte seinen Geist und half, die letzten Stunden zu vertreiben, bis die Sommersonne im Westen versank. Als hätte er eine innere Uhr, wusste er genau, wann er sein Zimmer gefahrlos verlassen konnte.

Rechtzeitig zum Dinner begab er sich nach unten, doch Violet war nicht da.

»Sie hat sich ihr Essen mit auf ihr Zimmer genommen«, erzählte Eliza, deren Blick keinen Zweifel daran ließ, wer ihrer Meinung nach für Violets Ungeselligkeit verantwortlich war.

Er konnte nichts sagen, das den Zorn der Freundin mildern würde. Nichts, das alles wiedergutmachen könnte. Folglich blieb ihm nur die Hoffnung, dass Eliza und vor allem Violet ihm zu vergeben lernten.

Andererseits hatte Violet gestern Abend nicht den Eindruck erweckt, sonderlich traurig zu sein. Sie hatte ihm sogar gedankt. Also warum mied sie ihn jetzt?

Während des gesamten Abendessens nagte diese Frage an ihm. Er aß, weil es ihm ein Gefühl von Normalität und Gewohnheit gab, nicht weil er es gebraucht hätte. Was ihn nährte, würde er sich später holen, wenn er sich unbemerkt hinausschleichen konnte.

Doch ehe er verschwand, musste er mit Violet sprechen. Im Verlauf des Abends wurde Payen beständig unruhiger. Was, wenn etwas nicht stimmte? Könnte Villiers versucht haben, Violet zu kontaktieren? Oder planten die beiden gar durchzubrennen?

Das war natürlich ein abwegiger Gedanke, denn Violet schien gestern erleichtert gewesen zu sein. Doch er hatte sich schon häufiger von vermeintlich »ehrlichen« Damen täuschen lassen. Falls Violets Verhalten also darauf abzielte, ihn hinters Licht zu führen, war es ihr gelungen.

Sollte sie tatsächlich mit Villiers durchbrennen, würde Payen ihr verdammt noch mal folgen, bis ans Ende der Welt, falls nötig, und sie zurückbringen. Und er würde Villiers eigenhändig den Kopf abreißen.

Die Vorstellung, dass sie weglaufen könnte, machte ihn noch unruhiger. Vor seinem geistigen Auge sah er sie vor sich, wie sie mit Villiers lachte, ihn küsste, sich von ihm berühren ließ. Und diese Bilder quälten ihn übler, als es jeder Gegner hätte tun können. Schließlich lief er im Salon auf und ab wie ein wildes Tier in einem Käfig, drauf und dran, jemanden anzufallen.

Eliza, die ihn skeptisch beobachtete, verkündete gegen elf Uhr, dass Henry und sie sich zurückzögen. Henry machte Anstalten, ihr zu widersprechen, doch ein Blick seiner Frau reichte, dass er es bleiben ließ. Mitfühlend sah er zu Payen. »Gute Nacht, alter Knabe.«

Unweigerlich musste Payen schmunzeln. Er entsann sich nicht, dass ihn in dieser Familie jemand schon einmal anders als »alter Knabe« genannt hatte. »Gute Nacht, Henry, Eliza.«

Sie nickte nur. Dann aber, als sie bereits dabei war, hinter ihrem Mann den Salon zu verlassen, drehte sie sich noch einmal um und sah Payen mit einem Blick an, der Feuer hätte gefrieren lassen können.

»Sie bat mich, nichts zu sagen, aber ich finde, dass du es wissen solltest. Dein kleines Spektakel gestern Abend hat Violets Reputation unwiderruflich beschädigt. Die Schandmäuler verbreiten, ihr beide wärt ein Liebespaar, und unabhängig davon, wie wahr es einst gewesen sein mag, muss sie nun deshalb leiden. Ich hoffe bei Gott, dass du recht hast, was Rupert betrifft, denn sie ist ruiniert, Payen. Das Schlimmste ist jedoch, dass du alles wieder in Ordnung bringen könntest, und ich weiß, dass du es nicht tun wirst. Und Violet weiß das auch.«

Mit diesen bitteren Worten, die schmerzten wie tausend zornige Wespenstiche, ließ sie ihn stehen. Voller Scham und vor allem Reue starrte Payen auf den leeren Türrahmen.

Kein Wunder, dass sie nicht zum Essen erschienen war. Was immer sie gestern Abend noch an freundlichen Gefühlen für ihn gehegt haben mochte, durfte sich inzwischen restlos verflüchtigt haben.

Aber es war besser so. Dass sie ihn verachtete, machte es leichter für sie, wenn er fortging. Sie würde ihr Leben weiterleben und er das seine.

Zum Teufel damit! Wie wollte er den Rest seines unsterblichen Lebens in dem Wissen fristen, Violet aufs Schmerzlichste verletzt zu haben? Die letzten fünf Jahre waren die Hölle gewesen, und die konnte er nicht noch weitere Jahrhunderte ertragen. Er konnte nicht zulassen, dass Violet ihn bis ans Ende ihrer Tage für einen miesen Schuft hielt.

Er war schon halb die Treppe hinauf, ehe ihm überhaupt bewusst wurde, was er tat. Violets Zimmer befand sich am Ende des Flurs im ersten Stock, ausreichend entfernt von Henrys und Elizas Schlafzimmer, um ihr ein gewisses Maß an Privatsphäre zu erlauben. Dennoch führte der Weg zu Violets Zimmer vorbei an dem der Rexleys. Umso glücklicher traf es sich, dass Payen schon als Sterblicher leichtfüßig und behende gewesen war und sich nun, als Vampir, mit der Lautlosigkeit einer Katze bewegte.

Er klopfte nicht an, weil er nicht riskieren durfte, dass

jemand ihn bemerkte. Vor allem wollte er nicht sofort abgewiesen werden. Vorsichtig drehte er am Türknauf. Es war nicht verriegelt, so dass er ohne auch nur ein »Darf ich?« ins Zimmer trat und die Tür hinter sich schloss.

Violet saß am Fenster, teils in Mondlicht, teils in den matten Schein einer einzelnen Lampe gebadet. Sie trug ein dünnes Nachthemd und hatte einen Morgenrock um ihre Schultern gewickelt. Durch den zarten Seidenstoff konnte er die Umrisse ihrer Schenkel sowie den rosigen Schimmer einer festen Brustknospe erkennen.

Heiliger!

Violet blickte von ihrem Buch auf, offenbar kein bisschen überrascht, ihn zu sehen – von seinem wortlosen Eindringen in ihr Privatgemach ganz zu schweigen.

»Guten Abend, Payen.« Sie erhob sich von ihrem Stuhl, legte das Buch beiseite und stand vor ihm. Ihr dichtes, glänzendes Haar fiel ihr über die Schultern, und ein zarter Duft von Erregung stieg von ihr auf. »Verriegle bitte die Tür. Ich möchte nicht, dass wir gestört werden.«

Es war nicht der Triumph, der Violet mit einem Kribbeln bis in die Zehenspitzen erfüllte, sondern die Erkenntnis, dass Payen ihr ebenso wenig widerstehen konnte wie sie ihm. Sie war nicht allein mit ihrem maßlosen Begehren.

Den ganzen Abend wartete sie schon auf ihn, wohl wissend, dass er sie so sehr wollte wie sie ihn und kommen würde, weil er es nicht aushielt, ihr fernzubleiben.

Gott, wie sie es liebte, recht zu haben!

Sie ging näher zu ihm, bis sie direkt vor ihm stand. Ihre Blicke begegneten sich, verschmolzen fast miteinander, und sie löste den Gürtel ihres Morgenrocks. Ein Schulterzucken reichte, dass ihr der glatte Seidenstoff mit einem zarten Wispern von den Armen glitt und sich zu ihren Füßen bauschte.

Payens sherrybraune Augen wanderten hinab zu ihren Brüsten unter dem dünnen Nachthemd, und Violets Atem stockte, als er sie mit beiden Händen umfing. Seine Finger fühlten sich warm und fest an, massierten sie liebevoll, während seine Daumen über die Spitzen strichen. Mit jedem Streicheln wurden ihre Brustknospen härter. Wonneschauer überliefen ihren Leib, bündelten sich zwischen ihren Schenkeln, tief in ihrem Schoß, wo sie sich danach verzehrte, von ihm ausgefüllt zu werden.

Violet blickte ihm in die Augen, hob die Hände und zog die Träger ihres Nachthemds über die Schultern. Payen nahm seine Hände von ihren Brüsten, so dass ihr Nachthemd auf den Morgenrock zu ihren Füßen fiel. Nackt stand Violet vor ihm und sprach kein Wort, während er sie betrachtete. Auf solch intime Weise gemustert zu werden, hätte sie für gewöhnlich verlegen und unsicher gemacht, nicht jedoch bei ihm, denn sie wusste, in seinen Augen war sie makellos – zumindest körperlich. Er schien die üppigen Kurven ihres Leibes, die breiten Schultern und runden Hüften zu mögen.

»Wunderschön«, flüsterte er, streifte mit seinen Fingerspitzen über ihren blassen Bauch und wieder hinauf zu ihren Brüsten. »Meine schöne Kriegergöttin.«

Violet erschauerte unter den Liebkosungen seiner Hände und seiner Stimme. Sie zitterte schon, obgleich er sie kaum berührte. »Zieh dich aus.«

Ein träges, verführerisches Lächeln trat auf seine Züge. »Bring mich dazu.«

Wie konnte sie diese Herausforderung nicht annehmen? Ein wohliger Schauer durchlief sie, als sie ihm den Gehrock von den Armen streifte und beiseitewarf. Ihm folgten seine Krawatte und die Weste. Unterdessen stand er beinahe regungslos vor ihr. Kein einziges Mal unternahm er den Versuch, ihr zu helfen, denn seine Finger waren anderweitig beschäftigt, berührten sie, wo immer sie konnten, und verursachten ihr eine Gänsehaut.

Als sie sein Hemd aus dem Hosenbund zupfte, hatte Violet das Gefühl, dass ihr ganzer Leib vor Erregung pulsierte. Sie fühlte sich heiß und kitzelig, teils schwer, teils angespannt vor Verlangen. Ihre Brüste streiften Payens Oberkörper, wo das gestärkte Leinen seines Hemds auf eine Weise an ihren Brustspitzen rieb, die sie aufseufzen ließ.

Sie zerrte sein Hemd nach oben, woraufhin er es am Saum fasste, es sich über den Kopf zog und achtlos zu Boden fallen ließ.

Hinterher war sein goldblondes Haar zerzaust, stand in kleinen Büscheln ab, die Violet reizten, mit den Fingern durch die seidige Masse zu fahren. Der Lampenschein betonte seine Wangenknochen, schattierte die schmaleren Gesichtspartien darunter und akzentuierte das Muskelspiel an seiner Brust und dem flachen Bauch.

Violets Mund wurde trocken, als sie eine Hand zu seiner Schulter hob und die straffe Haut berührte, ihre Finger streichelnd über die kräftigen Muskeln und festen Knochen gleiten ließ. Dann wagte sie sich kühn über die samtene Haut seiner harten Brust hinab. Sein Bauch darunter war fest und glatt, bis auf die kleine Einbuchtung, die mit einer Haarlinie versehen über den Nabel hinweg und weiter nach unten verlief, um sodann in seinem Hosenbund zu verschwinden.

»Du bist wunderschön«, murmelte sie. Inzwischen glitten ihre beiden Hände über ihn. »Wie ein goldener Gott.« Ihr war gleich, dass es albern klang, denn genau so sah sie ihn, als sie nun ihren Finger in die Vertiefung seines Nabels tauchte und hörte, wie er den Atem einsog.

»Es bräuchte einen Gott, dir zu entsagen«, raunte er ein wenig heiser.

Für einen Moment sah Violet in seine Augen und erkannte darin nichts als Ehrlichkeit und Verlangen. Ihr Herz schien kurzzeitig stehenzubleiben, und sie musste wegsehen. Ihr Blick wanderte unwillkürlich zu der Wölbung an seiner Hose. Violet griff nach ihr, umfing sie mit ihrer Hand und begann sie zu reiben. Sie lächelte, als sie sein Stöhnen vernahm.

»Mir wurde erzählt«, flüsterte sie und neigte sich dicht an sein Ohr, »dass ein Mann es als genussvoll empfindet, wenn eine Frau sein Glied in den Mund nimmt.«

Payens Erektion zuckte unter ihrer Hand. Er lachte leise und ließ seine Finger ihren Rücken hinab zu ihrem Po wandern. »Das ist wahr. Möchtest du mein Glied denn in den Mund nehmen, Vi?«

Sie wich zurück und sah ihn ohne einen Anflug von Scham oder Verlegenheit an. »Würde es dir gefallen?«

»Bei Gott, ja.«

Hastig löste sie das Band seiner Hose und zog die edle Wolle über seine festen Hüften und Schenkel hinab, ohne den Blick von seinem Gesicht abzuwenden. Sie kniete sich vor ihn, streifte ihm die Schuhe ab und zog ihm die Hose ganz aus. Nachdem sie die Sachen zur Seite geworfen hatte, nahm sie sich einen Moment, um Payen in seiner Nacktheit zu bewundern.

Sie rieb ihre Wange an seinem Schenkel, fühlte das Haar auf der warmen, straffen Haut. Dann drehte sie den Kopf ein wenig, so dass sie seine stolz aufragende Erektion betrachten konnte. Sie, Violet, war es, die für sein Verlangen und seine Bereitschaft verantwortlich war.

Für einen Augenblick überkamen sie Zweifel, doch dann legte sie eine Hand um sein Glied. Sogleich spannte er sich merklich an. »Ja, so ist es gut«, raunte er. »Berühre mich. Leck an mir.«

Mehr Ermunterung brauchte Violet nicht. Seine Worte sprachen zu ihrem Begehren, intensivierten ihr Sehnen. Sie spürte die Feuchtigkeit zwischen ihren Schenkeln, die kühle Luft an ihren erhitzten Schamlippen. Während sie die Spitze seines Glieds küsste und mit der Zunge umrundete, streichelte sie ihn.

Payen stöhnte.

Mit einem scheuen Lächeln blickte sie zu ihm auf und leckte ihn noch einmal. »Gefällt dir das?«

Seine Lippen öffneten sich zu einem kleinen Seufzer, als Violet die Spitze seiner Erektion in den Mund nahm und sanft daran sog. »Gott, ja. Mehr. Bitte.« Er ließ seinen Kopf in den Nacken fallen, als sie mehr Druck ausübte. »Saug daran.«

Sie gehorchte. Violet verwöhnte ihn mit ihrer Zunge, genoss das Salzaroma seiner Haut. Schließlich nahm sie ihn tief in den Mund, streichelte ihn mit der Zunge, und zog sich wieder zurück, um ihn zu quälen, während sie ihn weiter mit der Hand rieb. Payen hielt ihren Kopf mit beiden Händen, nicht fest, damit sie sich bewegen konnte, aber doch so, dass sie nicht vollständig zurückwich. Als würde sie das wollen!

Diese Macht über ihn zu haben berauschte sie. Violet hielt sich an seinen Schenkeln fest, wiegte den Kopf auf und ab und sog an ihm, bis sich seine Finger in ihrem Haar krümmten.

»Vi!«, hauchte er. »Violet … ah.« Dann versteifte er sich, erschauerte und stöhnte laut, als sein Höhepunkt erreicht war.

Violet stand wieder auf. Payen lehnte an der Frisierkommode, den Kopf nach hinten geneigt, und rang nach Atem. Er war überwältigend schön.

»Du bist unglaublich«, sagte er und blickte auf. Violet strahlte.

»Und nun darf ich dich kosten. Das letzte Mal ist schon viel zu lange her.«

Er hatte recht. Allein bei dem Gedanken daran, was er vorhatte, eilte Violet buchstäblich zum Bett, stieg auf die Matratze und sank mit gepreizten Schenkeln auf die Kissen. Konnte er riechen, wie feucht und erregt sie war?

Payen folgte ihr zum Bett, wo er sich mit einem verführerischen Lächeln zwischen ihre Beine kniete. »Bereit?«

»Ja.« Wozu sollte sie lügen? »Ich will deinen Mund auf mir, deine Zunge in mir.« Er hatte es schon einmal getan, und damals hatte sie geglaubt, sterben zu müssen, so phantastisch hatte es sich angefühlt.

Sie brauchte ihn nicht zweimal zu bitten. Payen stützte sich auf die Unterarme und neigte seinen Kopf zwischen ihre Schenkel. Bei der ersten Berührung seiner Zunge zuckten ihre Hüften nach oben, und ihre Empfindungen schienen sich ins Unermessliche zu steigern.

Er setzte seine Zunge rücksichtslos und kühn ein, leckte Violet und sog an ihr, bis sie meinte, es nicht mehr ertragen zu können, füllte sie mit seiner Zunge aus. Dann glitt er mit einem Finger in sie und streichelte eine Stelle tief in ihr, so dass sie sich seufzend wand, während er mit der Zunge jenen kleinen Punkt zwischen ihren Schamlippen umkreiste, der ihr unvorstellbare Wonnen verhieß. Sie erbebte unter ihrem Höhepunkt und musste ihre Schreie dämpfen, indem sie eine Hand auf ihren Mund schlug.

Payen ließ ihr keine Zeit, sich zu erholen. Das konnte er nicht. Er war längst wieder hart, ungeduldig vor Verlangen und dem Drang, in ihr zu sein. Mit einer Hand führte er sein Glied zu ihrer feuchten Öffnung und glitt hinein. Sie war herrlich eng und feucht, dehnte sich um ihn. Es brachte ihn beinahe um, sich Zeit zu lassen, und einzig ihr wohliges Seufzen spornte ihn an, sich zu bändigen.

Er neigte sich hinunter, verteilte unzählige Küsse auf ihren Hals und biss sie sanft; es war kaum ein leichtes Kratzen mit den Zähnen. Prompt bog sie sich ihm entgegen, so dass er vollständig in ihr versank. Er würde sie nicht richtig beißen, denn so schön es auch für beide wäre, sollte nichts diesen vollkommenen Moment stören.

Es war lange her, seit er solch eine Erfüllung gefühlt hatte, zu lange, seit Violet ihm gezeigt hatte, was es bedeutete, zu Hause zu sein. Ihre Arme und Beine waren um ihn geschlungen und hielten ihn so fest, dass es an sein Innerstes rührte – an sein Herz.

Sein Mund wanderte zu ihren Brüsten, liebkoste und neckte die Spitzen, bis sie hart und gerötet waren. Violet seufzte und stöhnte unter ihm. Sie vergrub die Finger in seinem Haar, drückte seinen Kopf auf ihre Brust. »Fester«, flehte sie. »Oh, Payen, fester!«

Er biss sie. Er wollte es nicht, wollte eigentlich nur zart an ihr knabbern, doch seine vollständig verlängerten Reißzähne stachen in die zarte Haut. Violet bog sich ihm entgegen, gab sich ganz dem Biss hin und stieß dabei einen kleinen Wimmerlaut aus.

Payen ließ sich von ihrem Aroma ausfüllen, während er sich in ihr bewegte. Heiß und feucht kam Violet jedem seiner Stöße entgegen. Beide näherten sich dem nächsten Höhepunkt.

Payen wurde schneller, er würde gleich kommen. Jeder einsame Moment der letzten fünf Jahre, jede leere Nacht war diese Wonne wert gewesen, Violet zu spüren, die ihn anflehte, sie zum Höhepunkt zu bringen. Für diese Frau, die einzige, die ihn jemals bedingungslos akzeptiert hatte, würde er Berge versetzen.

Sie machte ihm Angst, und dennoch empfand er in ihren Armen einen Frieden, wie er ihn nie zuvor gekannt hatte. Er versteifte sich, als ihn sein Höhepunkt überkam, schlug seine Hüften gegen ihre. Sie bewegte sich mit ihm und schrie unter ihrem Orgasmus auf.

Erst eine Weile später, als er neben ihr lag und ihrem langsamer werdenden Atem lauschte, fühlte Payen einen Anflug von Reue.

5

iolet wusste, was dieser Gesichtsausdruck bei Payen bedeutete. Denselben Ausdruck hatte sie vor fünf Jahren gesehen, unmittelbar bevor er aus ihrem Leben verschwunden war.

»Wenn du jetzt sagst, dass es dir leidtut, kastriere ich dich«, sagte sie in einem Tonfall, der sich sogar in ihren eigenen Ohren fremd anhörte.

Payen fuhr zusammen und sah sie unglücklich an. »Violet, ich …«

»Ich meine es ernst, Payen. Ich habe einen silbernen Brieföffner in meinem Sekretär.«

Ein trauriges Lächeln umspielte seine Lippen. Dass er ihre Drohung nicht ernst zu nehmen schien, war nicht halb so kränkend wie die offensichtliche Tatsache, dass er ihre Hingabe, ausgerechnet in jener Nacht, die ihre Hochzeitsnacht hätte sein sollen, nicht ernst nahm. Er war der einzige Mann, mit dem sie je das Bett geteilt hatte, der einzige, dem sie ihr Herz geschenkt hatte.

Deshalb erlaubte sie ihm nicht, ihr das Gefühl zu geben, sie wäre beschmutzt, weil sie ihn gewählt hatte.

Seine Hand auf die Matratze gestützt, drehte er sich zu ihr. Die Muskeln in seinem Arm wölbten sich unter der straffen goldenen Haut. Ihr Blick wurde über seinen Brustkorb hinunter zu den Laken gelenkt, die seine schmalen Hüften bedeckten. Er war eine wunderschöne Ablenkung, zerstreute ihre Gedanken, indem er ihr Verlangen weckte.

Jedenfalls beinahe.

»Du willst wieder weglaufen«, sagte sie und sah ihm ins Gesicht, das nicht minder atemberaubend als der Rest von ihm war. »Genau wie vor fünf Jahren.«

Er streckte eine Hand aus und legte sie an Violets Wange. Während er sie mit einem Blick betrachtete, bei dem ihr das Herz brechen wollte, streichelte er sie sanft. Es tat entsetzlich weh, dass er sich nicht erlaubte, mit ihr zusammen zu sein. »So schnell ich kann«, antwortete er.

Auch wenn er sie unsagbar wütend machte, konnte sie ihn nicht hassen. »Warum?«

Seine Fingerspitzen streiften ihre Lippen. Die Berührung war so zart und voller Ehrfurcht, dass Violet der Atem stockte. »Du weißt, warum.«

»Sag es«, flüsterte sie heiser, denn ihre Kehle war schmerzlich eng. Violet presste sich das Laken an die Brust, nicht um ihre Blöße zu bedecken, sondern um eine Art Barriere zwischen ihm und ihrem Herzen zu haben. Natürlich nützte das nichts, trotzdem fühlte sie sich so ein bisschen stärker, und es hielt sie davon ab, ihr Gesicht in seine Hand zu schmiegen wie eine vernachlässigte Hauskatze.

Im matten Licht glitzerten seine Augen wie polierte Tigeraugen. »Ich bin ein Vampir.«

»Ich weiß, was du bist.« War sie für ihn ein dummes Kind? Sie wusste seit Jahren, was er war, hatte es längst gewusst, bevor sie ihm ihre Unschuld schenkte. Bevor sie sich in ihn verliebte. Kurz nachdem sie zu Eliza und Henry gekommen war, hatten sie gemeinsam einen abendlichen Ausritt unternommen. Ihr Pferd war erschrocken, als ein Kaninchen vor ihnen über den Weg gehuscht war, es hatte gescheut und war durchgegangen. Payen hatte es eingefangen – zu Fuß. Und falls das nicht hinreichend bewies, dass er nicht menschlich war, dann tat es spätestens der Umstand, dass er heute keinen Tag älter aussah als vor zehn Jahren.

Seine Hand sank von ihrer Wange auf das Laken zurück, aber er bewegte sich nicht weg. Das musste er auch gar nicht, denn er hatte mit seinen Worten eine größere Distanz zwischen ihnen geschaffen, als sie physisch möglich wäre. »Und du bist ein Mensch.«

Ein fadenscheiniges Argument, wie sie beide wussten. »Das lässt sich leicht ändern.« Als er widersprechen wollte – denn ganz so einfach war es bekanntlich nicht –, sagte sie: »Dir sollte etwas Besseres einfallen.«

Seine Reaktion kam so prompt, dass er sie sich vorher überlegt haben musste – wahrscheinlich schon geübt hatte. »Ich habe einen Eid geschworen, niemals jemanden zu wandeln, als ich vom Blutgral getrunken habe.«

»Das ist sehr lange her, Payen.« Lange genug, dass es sich ihrem Verständnis entzog. Was auf Payen selbst gleichfalls zutraf, nur scherte sie das nicht. Sie könnte hundert Jahre alt werden und würde trotzdem hinterher nur einen Bruchteil seines Lebens kennen, aber das machte ihr nichts aus. Sie liebte ihn.

»Ich habe mein Wort gegeben.«

Violet strich sich eine Locke zurück, die ihr über die Schulter gefallen war, und sah ihn streng an. Sie war kein junges Mädchen mehr und ließ ihn nicht noch einmal so leicht davonkommen. »Wen willst du davon überzeugen, dass wir nicht zusammen sein können? Mich oder dich?«

»Dich«, antwortete er ohne Zögern, aber auch ohne jede Boshaftigkeit. Dann lächelte er matt. »Und vielleicht auch ein bisschen mich selbst.«

»Ist ein siebenhundert Jahre altes Versprechen es wert, eine Chance auf Glück auszuschlagen?«, fragte Violet unwillkürlich.

Fast hätte er nein gesagt, wie sie an seinen Augen erkannte. Dieser sturköpfige, dumme Mann. Er wollte sie genauso sehr wie sie ihn. Vielleicht liebte er sie sogar genauso sehr, nur wagte sie es nicht, das ernsthaft zu glauben. »Ich habe einen Eid abgelegt.«

»Und mich von meinem abgehalten.« Ein billige Retourkutsche, aber wen kümmerte es?

»Wofür du mir gedankt hast.« Seine Miene, seine Haltung und sein Tonfall waren defensiv. Und nun wich er zurück. »Du wolltest von mir hören, dass du Villiers nicht heiraten sollst.«

Sie erlaubte ihm nicht, das gegen sie zu kehren und ihr die Schuld zu geben. »Weil ich gehofft hatte, du würdest etwas für mich empfinden.« Sie hatte nichts mehr zu verlieren, nachdem er ihr die Unschuld und die Reputation genommen hatte, ihr Herz und ihre Seele. Was könnte er ihr noch nehmen?

»Das tue ich.« Es war ein Tiefschlag, wie sie beide wussten, und beantwortete ihre Frage. Offenbar konnte er ihr noch eine Menge antun. Er sprach sehr leise, betrachtete sie ruhig, doch das winzige Aufflackern von Gefühl entging ihr nicht.

Wollte er mit ihr spielen? Das konnte er haben. Sie warf

die Decken zurück und stieg aus dem Bett. »Offensichtlich nicht genug.«

»Verdammt, Vi, es ist nicht so leicht!«

»Doch, ich denke sogar, dass es verblüffend leicht ist.« Sie nahm sich ihren dünnen Morgenmantel, streifte ihn über und gürtete ihn in der Mitte. »Entweder du liebst mich oder nicht, Payen.«

Er wurde blass, und Violets Herz zerbrach in tausend scharfkantige Scherben.

Nicht genug. Sie kämpfte gegen den Schmerz, verschloss ihn tief in sich. »Das dachte ich mir.« Aber, lieber Gott, sie hatte gehofft, beinahe schon daran geglaubt.

Blitzartig war er aus dem Bett, gänzlich unbekümmert ob seiner Nacktheit, und kam zu ihr. Doch er berührte sie nicht, und sie hatte den Eindruck, dass er es absichtlich vermied. »Du verstehst das nicht.«

Violet blieb vor ihm stehen, so dicht, dass sich fast ihre Zehenspitzen berührten. Sie wollte ihn schlagen, ihn schütteln, ihn küssen, wollte sich an ihn klammern und ihn in sich aufnehmen. Stattdessen stieß sie ihm eine Fingerspitze an die Brust. »Dann erklär's mir.«

»Meine Gefühle für dich spielen keine Rolle.« Seufzend strich er sich mit einer Hand durchs Haar. »Ich wusste, was ich tat, als ich zum Vampir wurde. Ich verlor alles, was ich gewesen war oder hätte sein können, um der zu werden, der ich bin.«

Einen Moment lang beobachtete sie, wie sich seine Wangen kaum merklich röteten und sein Ausdruck verschlossener wurde. Warum hatte sie es nicht vorher bemerkt? War sie zu jung gewesen, um es zu erkennen, oder schlicht blind? »Wie war ihr Name?«

Nun verschloss er sich vollends. »Wie kommst du auf den Gedanken, dass es eine Frau war?«

Sie sprach offen, ein klein wenig ermutigt von dieser neuen Erkenntnis. »Weil sich Männer nur selten ausgesprochen dumm verhalten, es sei denn, eine Dame ist involviert.«

»Du hast keine allzu hohe Meinung von deinem Geschlecht, scheint mir.«

»Ganz im Gegenteil. Ich traue Frauen so gut wie alles zu. Dass Männer sich derart leicht von uns täuschen lassen, wundert mich.« Sie legte eine Hand auf sein Herz, das unmenschlich langsam schlug. »Erzähl mir von ihr.«

»Alyce«, antwortete er, und ein Schatten legte sich über seine Augen, eine Mischung aus Erinnerung und Bedauern. »Sie ist der Grund, weshalb Stephen Rexley starb.«

In Violets reizendem Gesicht wich die Verärgerung einem Ausdruck der Verwirrung, ehe sie begriff. »Henrys Vorfahr?«

Payen nickte und drehte sich weg von ihr. »Er war mein Freund.« Diese Geschichte würde er ihr nicht nackt erzählen. Er hob seine Hose vom Fußboden auf und zog sie an, denn er brauchte alle Rüstung, die er bekommen konnte.

Zum Glück – oder auch leider – wartete Violet geduldig, bis er sich angekleidet hatte. Er streifte sich sein Hemd über und setzte sich auf die Bettkante, von wo aus er sie müde ansah, während er in seine Schuhe schlüpfte. Es war keine angenehme Geschichte, und dennoch musste Violet sie hören. Das war das Mindeste, was er ihr schuldete.

Vielleicht verstand sie ihn dann, auch wenn er es bezweifelte. Sie war ja noch so jung. Was wusste ein junges Mädchen wie sie schon von Liebe und Versprechen? Fraglos hielt sie ihn für eine Art romantische Figur, einen Ritter in schimmernder Rüstung, einen Helden. Er war nichts von alledem.

Immer noch wartete sie geduldig, nur in ihre dünne Morgenrobe gehüllt, die nichts der Phantasie überließ. Andererseits müsste er seine Phantasie ohnedies nicht bemühen, um sich an jede ihrer weichen Rundungen, jede Vertiefung zu erinnern.

Er seufzte. »Wir waren beide Templer, deren Auftrag lautete, den Blutgral vor dem Silberhandorden zu beschützen. Ich hatte schon von dem Kelch getrunken und mich zum Vampir gewandelt, um unserer Sache besser dienen zu können. Stephen war unsicher, ob er sich bis in alle Ewigkeit dem Kampf gegen die Silberhand und ihr Machtstreben verpflichten wollte.« Er lächelte ein bisschen traurig. »Ich hingegen konnte es gar nicht erwarten, ewige Treue zu schwören.«

Und als Philips Soldaten den Kelch entwendet hatten, hatte er die sechs neuen Vampire ein Jahrhundert lang verfolgt, hatte auf eine Chance gewartet, den Gral zurückzuholen. Sie hatten zwar die Macht des Kelchs nicht missbraucht, sehr wohl aber ihre eigenen neuen Kräfte. Das änderte sich jedoch, als einer von ihnen Selbstmord beging, indem er in den Sonnenaufgang wanderte. Die verbliebenen fünf wandten sich der Kirche zu und erfuhren, dass der Blutgral wieder in Sicherheit war.

Violet beobachtete ihn, ihre Miene seltsam unlesbar, dabei war sie gewöhnlich ein offenes Buch für ihn. »Das kann ich mir vorstellen. Hast du Alyce geliebt?«

Ungeduldiges kleines Ding. Aber immerhin verhinderte sie, dass er zu viel grübelte. »Ja. Sie lebte in dem Ort, in dem Stephen und ich zu jener Zeit wohnten. Wir machten über ihren Bruder, einen jungen Mann, mit dem wir gelegentlich in der Schenke beisammen saßen, ihre Bekanntschaft.« Bei der Erinnerung an den jungen Mann verhärteten sich seine Züge. »Ich habe sie mit all der Narretei eines Jungen geliebt. Und Stephen ebenfalls, nur wusste ich das nicht.«

Sein Geständnis schien Violet nicht zu treffen, denn sie war viel zu klug, als dass sie auf eine Frau eifersüchtig gewesen wäre, die seit langem tot war. Vielleicht war sie doch kein so junges, unbedarftes Mädchen mehr, wie er gedacht hatte. »Wen von euch hat Alyce geliebt?«

Payen lachte kurz auf, ein bisschen stolz und zugleich ein bisschen verbittert. Seine Violet war nicht dumm. »Ich würde sagen, vor allem sich selbst, aber das wäre unfair. Ich schätze, dass sie von uns beiden Stephen lieber hatte, was jedoch nichts zur Sache tut, denn sie wollte nur eines von uns.«

»Lass mich raten.« Violet verschränkte die Arme unter ihren vollen Brüsten, so dass sie ihren Busen unwissentlich nach oben hob, als wolle sie ihn Payen darbieten. »Alyce gehörte der Silberhand an.«

Vielleicht hätte es ihn überraschen sollen, dass sie es erraten hatte; andererseits ähnelte seine Erzählung der Handlung eines Schauerromans oder einer Moralgeschichte wider die Sündhaftigkeit von Damen, wie sie dieser Tage so beliebt waren. »Nicht ganz. Ihr Bruder war Mitglied. Damals hatte der Orden noch nicht begriffen, wie nützlich ihm Frauen sein konnten. Das kam erst etwas später.« Und an jene Frauen wollte er jetzt gar nicht denken.

»Und wie hat sie dich verraten?«

War es so offenkundig? Entweder entging ihr die Bedeutung seiner Geschichte, oder er maß den Geschehnissen eine Tiefe bei, die sie gar nicht besaßen. »Überhaupt nicht. Das tat ich selbst, indem ich ihr die Wahrheit über mich enthüllte.«

Violet machte große Augen. War sie etwa verletzt? Sie musste doch erahnen, dass es andere vor ihr gegeben hatte. So viele.

Und keine war wie sie gewesen.

Violet umklammerte ihre Robe fester, so dass sie den Seidenstoff zerknüllte. »Sie hat dich an ihren Bruder verraten.«

Für einen Moment wollte Payen nichts lieber, als sie in seine Arme zu nehmen und sie wie von Sinnen zu küssen, weil sie mit solch einem Entsetzen und Ekel sprach. Es mochte daran liegen, dass sie keine eigene Familie mehr besaß und folglich auch die Loyalität nicht kannte, die Alyce angetrieben hatte. Es konnte aber auch sein, dass Violet niemals einen Mann verraten hätte, von dem sie behauptete, dass er ihr am Herzen lag.

Das wiederum bedeutete, dass Villiers ihr nicht am Herzen gelegen hatte – zumindest nicht sehr.

»Ja, sie gestand Stephen, was sie getan hatte, warum, weiß ich nicht. Der Idiot kam, um mich zu warnen, heldenhaft bis zum bitteren Ende.«

»Wurde er im Kampf getötet? Henry erzählte mir, dass er in der Schlacht starb.«

Payen hatte Mühe, ihr in die Augen zu sehen. »Das habe ich ihm erzählt. In Wahrheit hat die Schlacht erst begonnen, nachdem Stephen gestorben war. Er wurde von Alyces Bruder ermordet, der zuvor seine eigene Schwester umgebracht hatte, weil sie seiner Meinung nach illoyal gewesen war.«

Violet runzelte die Stirn. »Das muss schrecklich für dich gewesen sein.«

»Ich hatte meine Rache.« Er würde ihr nicht sagen, was er mit jenen Männern getan hatte, wollte nicht einmal daran denken. Selbst nach all den Jahrhunderten konnte er ihr Blut riechen, fühlte es an seinen Händen kleben.

Seine aufgeweckte kleine Violet, die um ein Vielfaches stärker war als ihre Namenspatronin, sah ihn an, als würde sie riechen, was er roch, und empfinden, was er empfand. Hätte sie damals gelebt, sie hätte mit dem Schwert in der Hand neben ihm gekämpft.

Sie würde für ihn töten, wurde ihm schlagartig klar, und es traf ihn mitten ins Herz.

Allerdings würde sie ihn nicht mit einer Geschichte von altem Verrat davonkommen lassen. »Also willst du nicht mit mir zusammen sein, weil ich dich der Silberhand ausliefern könnte? Vertraust du mir nicht?«

»Das ist es ganz und gar nicht.«

Eine dunkle Braue hob sich. »Hast du nicht gedacht, ich würde dich an Rupert verraten? Dass er und ich womöglich schon Verbündete sind?«

Payen war beleidigt. »So etwas würdest du nie tun.« Dessen war er sich absolut gewiss.

»Dann verurteilst du alle Frauen aufgrund des Verhaltens von einer?«

»Natürlich nicht.« Allmählich verlor er die Geduld.

»Aber wegen jener Geschichte dürfen wir nicht zusammen sein.«

»Herrgott, Violet!« Er holte tief Luft, stand vom Bett auf und kam zu ihr. Als er seine Hände auf ihre Schultern legte, fühlte er ihre Kraft. »Menschen, die ich liebe, sterben.«

Trotzig reckte sie ihr Kinn. »Menschen sterben, Payen, ganz gleich ob du sie liebst oder nicht.«

»Du verstehst es nicht.« Und er wusste leider auch nicht, wie er es ihr begreiflich machen sollte.

»Doch, ich verstehe sehr wohl.« Sie neigte den Kopf zur Seite. »Offen gesagt, finde ich es ein wenig erbärmlich.«

Seine Hände sanken nach unten. »Wie bitte?« Er musste sich verhört haben.

»Ich hätte dich nie für einen Feigling gehalten.«

Er hatte also doch richtig gehört. Verärgerung, nein, Wut, brodelte in ihm. »Ich habe schon Männer für geringfügigere Affronts getötet.«

Violets Gesichtsausdruck war nachgerade spöttisch. »Du würdest mich nie körperlich angreifen, wie wir beide wissen.«

Es war eine kaum verschleierte Spitze, denn er hatte sie emotional verletzt. »Ich bin kein Feigling.«

»Was dein Herz angeht, bist du sehr wohl einer«, entgegnete sie, hob die Hände und legte sie an seine Wangen. Sein Instinkt verlangte, dass er zurückwich, sich in Sicherheit brachte, aber sein Stolz erlaubte es ihm nicht. Er würde ihr nicht bestätigen, dass sie recht hatte.

»Du liebst mich.« Die Überzeugung, mit der sie es sagte, machte ihn beinahe noch ärgerlicher.

»Das habe ich nie gesagt«, erwiderte er überheblich.

Damit rief er nur ein mildes Lächeln bei ihr hervor. »Du liebst mich, und ich liebe dich. Nur genieße ich nicht den Luxus, ewig warten zu können, Payen. Falls du zu lange zögerst, deinem Herzen zu folgen, werde ich nicht mehr da sein. Frag dich selbst, was dir wichtiger ist: dein Eid oder mich für immer an deiner Seite zu haben.«

Schockiert und in seinen Grundfesten erschüttert, wich er zurück. Sie liebte ihn? Liebte *ihn?* Nein, das konnte nicht sein. Und dennoch wirkte sie vollkommen ehrlich. In ihrem Blick war nichts als Gewissheit und Trauer. Sie liebte ihn, und sie glaubte, dass er sie liebte.

Bei Gott, in was war er hineingeraten?

Er musste weg. Dringend, irgendwohin, wo sie nicht war. Weit fort.

Er ging zum Balkon.

»Nur zu, lauf weg«, sagte Violet leise. »Aber wenn du bis Sonnenaufgang nicht zurück bist, komme ich und suche nach dir, Payen Carr. Ich werde dich jagen bis zu dem Tag, an dem ich sterbe.«

Und er sah ihr an, dass sie es ernst meinte. »Warum?«

Ihr Lächeln war gleichermaßen traurig wie entschlossen. »Weil ich lieber den Rest meines Lebens mit der Suche nach dir verbringe als damit, dich zu vermissen.«

Das reichte. Mehr konnte er nicht ertragen. Er starrte sie an, wenige Sekunden nur, die sich wie eine halbe Ewigkeit anfühlten, und als sein Herz es nicht mehr aushielt, drehte er sich um und floh durch die offene Balkontür. Er sprang vom Balkongeländer, schwang sich in die Lüfte und jagte ohne ein Ziel vor Augen so schnell wie möglich davon.

Und aus dem dunklen Garten unten schaute Rupert Villiers staunend zu.

6

*P*ayen kehrte in der Morgendämmerung zurück. Violet hörte ihn auf der Treppe – und wusste, dass er nur ihretwegen überhaupt ein Geräusch machte.

Als er ihre Tür erreichte, war er allerdings wieder mucksmäuschenstill. Violet fühlte seine Anwesenheit eher, als dass sie ihn hörte, doch sie wusste, dass er da war und sie beide nichts als die dünne Tür trennte, die nicht einmal verriegelt war. Was für einen Nutzen hätte ein Schloss auch schon gegen ein Wesen, das mit bloßen Händen Mauern durchschlagen konnte? Mehr noch: Warum sollte sie ihre Tür vor dem Mann verschließen, den sie liebte?

Das Einzige, was Payen davon abhielt, in ihr Zimmer zu kommen, war er selbst. Und dieses Wissen dämpfte ihre Freude über seine Rückkehr. Regungslos lauschend lag sie in ihrem Bett. Sie war nicht ganz sicher, wann er wegging, aber irgendwann merkte sie, dass er nicht mehr in der Nähe war. Vielleicht hatte sie sich alles nur eingebildet. Dennoch blieb Violet wach, bis das erste fahle Morgenlicht durch ihr Fenster kroch. Nun konnte sie beruhigt schlafen, denn bis zum Sonnenuntergang war Payen ihr Gefangener.

Wenige Stunden später wachte sie mit neuer Hoffnung auf. Zwar hatte sie noch keinen Plan, wie sie einen jahrhundertealten Sturkopf zur Räson bringen wollte, aber sie war kampfbereit.

Seine Loyalität – so überaltet sie auch sein mochte – war bewundernswert. Zweifellos würde er Violet dieselbe Treue und Verlässlichkeit beweisen, denn seine Gefühle für sie waren nicht das Problem. Das Problem war vielmehr in seinem Kopf: Er glaubte, dass er sie nicht lieben und bei ihr sein könnte, ohne seinen uralten Schwur zu brechen.

Wer ihn damals diesen Eid hatte schwören lassen, hatte doch gewiss nicht im Sinn gehabt, dass Payen kein Glück in seinem Leben erfahren durfte, oder doch? Jene Leute konnten unmöglich gemeint haben, dass er seine Auserwählte nicht zum Vampir wandeln durfte. Und falls doch, dann irrten sie.

Mit dieser festen Überzeugung stieg Violet aus dem Bett und läutete nach ihrer Zofe. Anschließend wusch sie sich, schlüpfte in ihre Unterkleider und stand still, während ihre Zofe sie in das Korsett einschnürte. Das feine Knochengerüst machte ihre Taille schmeichelhaft eng, hob aber gleichzeitig ihre Brüste viel zu weit nach oben. Doch daran ließ sich leider nichts ändern.

Payen schien ihre Brüste zu mögen. Vorletzte Nacht hatte er sie geradezu vergöttert, so wie er sich ihnen mit Mund und Händen gewidmet hatte. Ach, wie herrlich hatte sich seine Zunge auf den empfindlichen Spitzen angefühlt!

»Geht es Ihnen gut, Miss?«, fragte ihre Zofe. »Sie sehen ein wenig rot aus. Ist das Korsett zu stramm?«

Verlegen schüttelte Violet den Kopf. »Nein, alles bestens, Anna, danke.« Schluss mit den Gedanken an Payen und die Wonnen, die er ihr beschert hatte! Trotzdem überlief sie ein wohliger Schauer, als sie sich ausmalte, solche Freuden bis in alle Ewigkeit zu genießen.

Die Unsterblichkeit schreckte sie nicht, obgleich es sicher furchtbar einsam war, wenn man die Nächte allein verbringen musste. Sie erlaubte nicht, dass es Payen weiterhin so erging.

Anne unterbrach ihre Gedanken, als sie ihr ein rosa und cremeweiß gestreiftes Morgenkleid über den Kopf zog. Violet steckte die Arme in die schmalen Ärmel. Es war ein neues Kleid, sehr hübsch und feminin, stilvoll, aber ohne all die Rüschen und Raffungen, die aktuell so beliebt waren. Eine Frau von ihrer Statur brauchte keine bauschigen Polster an den Hüften und am Po – da war die Tournure schon schlimm genug. Violet musste zugeben, dass die Farben ihrem Teint schmeichelten und der hohe Ausschnitt ihren Busen gut kaschierte. An ihrer Größe und ihrer stattlichen Figur konnte sie nichts ändern, aber dieses Kleid, das zu ihrer Hochzeitsausstattung gehörte, gab ihr das Gefühl, hübsch und beinahe zart zu sein.

Vielleicht stand Payen ja rechtzeitig auf, um sie darin zu sehen.

Der einzige Vampir in einem Haus voller Menschen zu sein musste sich schrecklich anfühlen, nicht bloß wegen der offensichtlichen Versuchungen, sondern weil man sehr viel allein war. Wegen des tödlichen Sonnenlichts blieb einem die Gesellschaft tagsüber verwehrt, und in dieser ländlichen Gegend gingen die Leute abends zeitig ins Bett, so dass die einsamen nächtlichen Stunden lang wurden.

Payen brauchte jemanden, der die Nacht mit ihm teilte;

jemanden, der ihn akzeptierte, wie er war, und eine klare Vorstellung davon hatte, wie anders das Leben an seiner Seite war. Jemanden, der wusste, wie es war, allein zu sein.

Als ihre Eltern gestorben waren, war Violet alt genug gewesen, um sich heute lebhaft, voller Liebe und Kummer, an sie zu erinnern. Henry und Eliza waren sehr gut zu ihr, hatten jedoch niemals versucht, den Platz ihrer Eltern einzunehmen. Zumal sie zwei eigene Kinder hatten, die inzwischen verheiratet waren und den Earl und die Countess bald zu Großeltern machen würden.

Die Rexleys hatten ihr stets das Gefühl gegeben, herzlich willkommen zu sein, dennoch war Violet alt genug, das zu vermissen, was sie einst gehabt hatte. Und sie hatte sich nie des Gefühls erwehren können, nicht richtig dazuzugehören.

Bis Payen erschienen war. Zu ihm gehörte sie so sicher, wie der Mond zur Nacht gehörte. Sie musste ihn nur dazu bringen, es endlich einzugestehen. Nein, sie musste ihn dazu bringen, es zu *akzeptieren!*

Mit diesem Gedanken und voller Entschlossenheit begab sie sich nach unten, um sich dem helllichten Tag und dem Skandal ihrer geplatzten Vermählung zu stellen.

Die Gesellschaftsseiten der Zeitungen neigten eher zu Mitgefühl mit Rupert, obwohl die meisten Artikel von Frauen geschrieben waren. Keine von ihnen verstand, wie Violet einen solch reizenden Mann abweisen konnte.

Eine Schreiberin allerdings verkündete, dass sie ihren Gemahl auch jederzeit für einen Mann wie Payen verlassen würde.

»Wenn Payen mich nicht heiratet, kann ich mich nie wieder in London sehen lassen«, bemerkte Violet mit einem Anflug von Verbitterung, als sie ihre Kaffeetasse aufnahm.

Eliza beobachtete sie über ihren Tassenrand hinweg. »Möchtest du Payen denn heiraten?«

»Seit ich sechzehn bin, wünsche ich mir nichts anderes.« Sie nippte an ihrem heißen Kaffee. »Er liebt mich, Eliza. Er erlaubt sich nur nicht, glücklich zu sein.«

Ihre Freundin und Ziehmutter schien nicht überzeugt. Glaubte sie, dass Violet zu jung war, zu naiv? Zugegeben, sie mochte erst vierundzwanzig sein und nicht allzu viel von der Welt gesehen haben, aber sie kannte ihr Herz. Und sie kannte Payen. Sie wollte sogar wetten, dass sie den Vampir besser kannte als Henry, dem er schon seit dessen Kindertagen vertraut war.

Henry wusste im Gegensatz zu ihr nicht, wie Stephen Rexley wirklich gestorben war. Sich das wieder ins Bewusstsein zu rufen ließ Elizas zweifelnde Miene weniger schmerzen und gab Violet das nötige Selbstvertrauen, mit hocherhobenem Haupt am anderen Ende des Tisches zu sitzen.

Nach dem Frühstück kümmerte Violet sich um die übrigen Geschenke, die noch zurückgeschickt werden mussten. Etwa eine Stunde später kam Eliza und teilte ihr mit, dass Rupert sie zu sehen wünsche. Violet war, gelinde gesagt, überrascht.

»Möchtest du, dass ich mit ihm spreche?«, fragte Eliza und legte eine Hand auf Violets Arm.

Violet tätschelte ihre zarten Finger. Auch wenn Eliza nicht ihre richtige Mutter war, beschützte sie sie doch wie eine solche, was Violet sehr zu schätzen wusste. »Nein, ist schon gut. So viel schulde ich dem armen Mann.« Sie blickte sich zwischen den Geschenkebergen, die noch zurückgeschickt werden mussten, um. »Aber vielleicht lieber im Salon, wo wir nicht ganz so augenfällig an meinen Fauxpas erinnert werden.«

»Er wartet schon dort.« Eliza hielt ihren Arm fester. »Es wäre schlimmer gewesen, du hättest ihn geheiratet und dich selbst betrogen.«

Das wusste Violet ebenfalls, war aber froh, es auch von Eliza zu hören. Und es gab ihr Kraft, als sie wenige Augenblicke später in den Salon trat, wo ihr früherer Verlobter sie erwartete.

Sie straffte die Schultern. »Guten Morgen, Rupert.«

Er sah erstaunlich gut aus für einen Mann, der von seiner zukünftigen Braut verstoßen worden war. »Violet, du siehst bezaubernd aus.«

»Danke.« Sie sah ihn fragend an. »Welchem Umstand verdanke ich … diese Freude?« Eine erbärmliche Wortwahl, doch leider wollte ihr Verstand momentan nicht verlässlich arbeiten.

Rupert blickte an ihr vorbei zur geschlossenen Tür. »Ist Mr. Carr hier?«

»Er ist gerade indisponiert.« Und das war ein Glück, denn das Sonnenlicht, das in den Salon fiel, hätte ihn umgebracht. »Du brauchst dich nicht vor ihm zu fürchten, Rupert.« In dem Augenblick, in dem sie es aussprach, erkannte Violet, dass Rupert keineswegs ängstlich wirkte. Sein Blick schien eher … erregt. Prompt überkam sie tiefes Unbehagen.

»Ich würde gern mit ihm sprechen«, sagte Rupert, der sie mit seinen unheimlich hellen Augen betrachtete. »Offenbar missfällt Mr. Carr meine Verbindung zum Silberhandorden, und wir möchten ihm versichern, dass der Orden heute ein ganz anderer ist als der, gegen den er früher gekämpft hat.«

»Wir?« Ihr Unbehagen wuchs.

»Ja, der Orden.«

Aus Unbehagen wurde echte Furcht. »Hast du dem Orden von Payen erzählt?«

»Selbstverständlich.« Er sagte es, als wäre es das Natürlichste überhaupt. Wie stark war er mit dem Orden verbandelt? War seine Ahnungslosigkeit gestern nur vorgetäuscht gewesen? Oder hatte jemand beschlossen, dass er mehr erfahren sollte, nachdem er von Payens Ankunft berichtet hatte? Gütiger Gott, wie viel wussten diese Männer heute über den siebenhundert Jahre alten Vampir?

»Warum hast du ihnen von Mr. Carr erzählt, Rupert?«

Ein spöttischer Ausdruck trat auf seine Züge. »Du weißt, was er ist, Violet, also spiel nicht die Dumme. Ich habe ihn in den frühen Morgenstunden dein Zimmer verlassen sehen. Sehr eindrucksvoll. Zunächst war ich schockiert, doch hinterher begriff ich, welch ein Wunder er ist.«

Wie hatte Payen ihr Zimmer verlassen? Über den Balkon. Oh, nein! Violet drückte eine Hand auf ihren rumorenden Bauch. Er war geflogen, und Rupert hatte ihn gesehen.

»Beobachtest du mich heimlich?« Eigentlich spielte es keine Rolle, aber lieber wollte sie wütend auf Rupert sein, als um Payen zu fürchten.

»Selbstverständlich.« Sein Lächeln schwand. »Es hat nicht lange gedauert, bis du den Vampir in dein Bett gelassen hast, nicht wahr?«

Auf keinen Fall durfte sie Schwäche zeigen. Sie musste an Payen denken; deshalb gab sie sich betont verwirrt. »Den was?«

Er kam auf sie zu, und wieder umspielte ein nachsichtiges Lächeln seine Lippen. Violet hatte einige Mühe, nicht instinktiv zurückzuweichen. »Ich mache dir keinen Vorwurf. Es ist durchaus vorstellbar, dass er äußerst verführerisch sein kann. Meisterhaft geradezu.«

Diese Situation wurde zunehmend unangenehmer. »Er geht dich nichts an, Rupert. Dies hier betrifft nur dich und mich.«

»Ja, und ich denke, es wäre für uns alle von Vorteil, wenn wir Freunde blieben.«

Ich denke, du gehörst ins Irrenhaus. »Ungeachtet meiner Untreue?«

Er strich ihr über die Arme. »Ich vergebe dir deine Indiskretion.«

»Warum solltest du das?« Dann fiel es ihr ein. »Du willst an Payen herankommen. Warum?«

Er hielt es offenbar für unnötig, ihr etwas vorzumachen. »Meine Ordensbrüder möchten sich sehr gern mit ihm unterhalten, ihn studieren. Er ist eine wandelnde Enzyklopädie historischen Wissens, Violet. Stell dir vor, was wir lernen könnten.«

Akademische Neugierde war es gewiss nicht, die dieses Funkeln in seinen Augen hervorrief, zumal er eine unverhohlene Abneigung gegen Gelehrte hegte. So viel wusste Violet. Und sie war nicht so dumm, die Mitglieder des Silberhandordens zu unterschätzen. Egal, was sie über Rupert dachte, sie kannte Payens Vorgeschichte mit der Sekte und wusste, wie tief sein Hass auf sie war. Was fraglos auf

Gegenseitigkeit beruhte. Entsprechend war Ruperts Interesse an Payen alles andere als wohlwollend, und Violet würde ihren Geliebten um jeden Preis beschützen.

»Du und ich müssen keine Freunde sein, damit du mit Payen reden kannst, Rupert.«

»Nein, aber ich denke, es würde mir helfen, sein Vertrauen zu gewinnen. Überdies dürfte es all diese hässlichen Gerüchte über dich zum Verstummen bringen, meine Liebe.« Seine Finger legten sich locker um ihre Arme. »Ich bete dich an, Vi. Und es widerstrebt mir, dass du verletzt werden könntest.«

Welch neue Töne von dem Mann, der sie erst unlängst beschuldigt hatte, ein Flittchen zu sein. Sein Blick war gerade aufrichtig genug, dass Violet sich schmutzig fühlte, und zugleich ausreichend verlogen, um ihr eine scheußliche Angst einzujagen. Bedrohte er sie, oder bildete sie es sich bloß ein?

»Es tut mir leid, Rupert, ehrlich, aber ich denke, du solltest jetzt gehen.«

Da er nie leicht aufgab, drückte er ihre Arme ein letztes Mal, ehe er sie losließ. »Vertrau mir, Violet. Denk an Lord und Lady Wolfram. Ich will nur, was das Beste für dich ist.«

Und für ihn, vermutete sie. Er war schlimm getroffen gewesen, als ihre Hochzeitspläne zunichtegemacht worden waren, und sie kannte ihn gut genug, um zu wissen, dass er das noch nicht überwunden hatte. Er hatte ihr nicht verziehen und würde es auch nicht. Es waren nicht seine Gefühle, die ihn heute hierher führten, sondern die Tatsache, dass sie ihm von Nutzen sein konnte. Dieselben Motive, die sie veranlasst hatten, seinen Antrag anzunehmen. Zu diesem Zeitpunkt hatte sie jede Hoffnung auf Payen aufgegeben gehabt, auch wenn sie weiter von seiner Rückkehr geträumt hatte.

Rupert war nicht ihretwegen hier, wahrscheinlich nicht einmal um seiner selbst willen. Er tat es für den Silberhandorden, und der wollte Payen.

O Gott!

»Ich werde darüber nachdenken.« Es war eine Lüge, aber der einfachste Weg, ihn loszuwerden.

Rupert, der ihr offenbar glaubte, lächelte. »Schön.« Er neigte sich vor, um sie zu küssen, und Violet wandte ihm ihre Wange zu.

»Wir unterhalten uns später«, sagte er, während er schon zur Tür ging.

»Ja, natürlich.« Doch als sie ihn hinausbegleitete, hatte sie nur einen einzigen Gedanken.

Payen musste schnellstens England verlassen.

Payen war im Bad und lag bis zu den Schultern in sandelholzparfümiertem Wasser, als Violet in sein Zimmer kam. Die Sonne war eben erst an den Horizont gewandert, wo sie ihren sommerlich langen Untergang begann, da fing Payens feiner Geruchssinn Violets einzigartiges, zartes Aroma ein. Und außerdem hörte er ihr ganz und gar nicht zartes Herzpochen.

»Vergewisserst du dich, dass ich noch hier bin?«, rief er etwas gereizter als beabsichtigt. »Hast du geglaubt, dass ich weglaufe?«

Sie kam mit rauschenden Röcken ins Bad gestürmt. Die Angst, die sie ausstrahlte, ließ ihn aufmerksam werden, und er setzte sich so abrupt auf, dass Wasser über den Wannenrand schwappte. »Was ist los?«

»Du musst weg!« Nach all ihren Ankündigungen, ihn bis ans Ende ihres Lebens zu jagen, sollte er sich unterstehen wegzulaufen, hätte dieses plötzliche Umschwenken amüsant sein können, wären da nicht ihr dringlicher Ton und das Flehen in ihren Augen gewesen. Sie sank neben der Wanne auf die Knie, ohne darauf zu achten, dass ihr Kleid durchnässt wurde.

Payen ergriff ihre kalten Hände. »Ganz ruhig, Kleines.«

Sie starrte ihn mit riesigen, haselnussbraunen Augen an. »Rupert. Er weiß, was du bist. Und er sagte, dass wir Freunde sein sollten. Payen, ich glaube, dir droht Gefahr!«

»Von Rupert Villiers? Unwahrscheinlich.« Damit wollte er eher sie als sich selbst beruhigen. Rupert Villiers mochte für sich genommen keine Bedrohung sein, doch in Gesellschaft mehrerer anderer kampferprobter Männer, die um die Schwächen eines Vampirs wussten …

Sie zog ihre Hand aus seiner und umklammerte seine Schulter, so dass sich die Fingerspitzen tief in seine Muskeln gruben. »Du musst fort. Noch heute Nacht.«

Sie sorgte sich um ihn. Mehr noch, sie hatte schreckliche Angst. Wann hatte sich das letzte Mal ein Mensch um sein Wohl gesorgt? Das war mindestens Jahrzehnte her. Die meisten Leute hielten ihn für unverwüstlich oder glaubten zumindest, er wäre fast unmöglich zu töten. Nicht so seine Violet. Vielleicht hätte er beleidigt sein sollen, weil sie ihm so wenig zutraute, aber er war nicht dumm. Mit seltsamer Gewissheit wusste er, dass ihre Sorge den Gefühlen entsprang, die sie für ihn hegte, nicht irgendeinem Zweifel an seinen körperlichen Fähigkeiten.

Diese Erkenntnis war gleichermaßen ernüchternd wie

erregend. Payen erhob sich aus der Wanne, verunsichert von einer Emotion, die er nicht benennen konnte, und sein Glied war so hart, dass er es als Rammbock hätte benutzen können.

Violet bemerkte es natürlich. Wie hätte sie nicht? Sie stand ebenfalls auf, ihre Hand noch in seiner.

»Mir scheint, du nimmst meine Sorge überhaupt nicht ernst«, sagte sie, wobei ihr Blick nach unten auf seine Erektion fiel, die prompt vor Freude zuckte.

»Ganz im Gegenteil«, antwortete Payen, der aus der Wanne stieg und sie in die Arme nahm. »Ich nehme dich immer ernst. Du bist wie ein Schwert, das über mir schwebt.«

Sie funkelte ihn an. »Welch entzückendes Kompliment.«

Er umfing den dicken Haarknoten in ihrem Nacken, so dass sie ihren Kopf nicht abwenden konnte. »Ich kann nicht von dir loskommen, und ich weiß, dass es nur eine Frage der Zeit ist, bis du mein Herz durchbohrst.« Es war gewiss kein hübsches Kompliment, doch Violet würde es verstehen, wie sie überhaupt immer alles verstand. Leider.

Wärme erhellte ihr Gesicht, vermochte jedoch nicht, den Kummer aus ihren Augen zu vertreiben. »Du kannst es mir auch einfach schenken. Dann müsste ich es dir nicht herausschneiden.«

Er lächelte. »Wo bliebe da der Spaß?«

Violet erwiderte sein Lächeln nicht. »Mir fehlt die Zeit, dich mürbe zu machen.«

Er schluckte, weil er auf einmal einen Kloß im Hals hatte. »Ich dachte, du wolltest mich jagen.«

»Bis ich sterbe. Und ich werde eines Tages sterben,

Payen. Willst du wirklich mit diesem Bedauern weiterleben?«

Er hatte sich verboten, darüber nachzudenken, und nun
schleuderte sie ihm genau diesen Gedanken ins Gesicht,
wo er ihn traf wie ein Eimer abgestandenes Waschwasser.

Violet und der Tod waren nichts, woran er dachte, wenn
er es irgendwie vermeiden konnte. Sie war so jung, wie
konnte er da an ihr Ende denken? Und dennoch wusste er,
dass es kommen würde. Unzählige Male hatte er schon
Leben vergehen gesehen.

Keine Violet mehr. Keine Haselnussaugen, keine süßen
Lippen. Kein Wahnsinnigwerden vor Fragen und Forde-
rungen. Kein Schwert mehr über seinem Kopf.

Er bekam keine Luft.

Sanfte Finger streiften seine Wange und waren feucht,
als sie die Hand wieder zurückzog. »Ich deute das als
Nein«, flüsterte sie.

Dann reckte sie sich auf die Zehenspitzen und küsste
ihn mit einer Innigkeit, die den Schmerz in seiner Brust
linderte und weiter nach unten verlagerte. Er war hart vor
Verlangen nach ihr, und wenn sie ihn ließ, würde er sie
gleich hier nehmen.

Ehe er sichs versah, lag er rücklings auf seinem Bett,
und Violet hockte über ihm, ihre Röcke um sie beide herum aufgebauscht. Allem Anschein nach war es Violet, die
ihn nahm. Er führte sein Glied zwischen ihre Schenkel,
zur Öffnung ihrer dünnen Unterhosen, wo der Stoff bereits klamm von ihrem Nektar war. Ihr Leib nahm ihn
bereitwillig auf, feucht, heiß und eng. Er glitt vollständig
in sie hinein, bis ihr Po seine Schenkel berührte.

Es war ein schneller, ungeduldiger Akt. Violet wiegte

ihre Hüften auf ihm, rieb sich an ihm, während er sie unter den Bergen von Röcken und Unterröcken hielt. Ihm blieb nichts anderes, als ihr seine Hüften entgegenzuheben, sie zu bitten, ihn ganz in sich hineinzulassen und mit ihm gemeinsam zum Höhepunkt zu kommen.

Und als sie ihn erreichten, war er von einer Intensität, die ihnen beiden Wonneschreie entlockte.

Hinterher sank Violet auf ihm zusammen. Payen begriff, dass er verloren war. Er musste einen Kompromiss zwischen dem Eid und seinen Gefühlen für diese Frau finden, denn er konnte sie auf keinen Fall aufgeben.

Sie streichelte sein Kinn und seine Wange. Ihre Brust war auf seinen Oberkörper gepresst, so dass er ihren Herzschlag durch die Stoffschichten fühlte. Es schlug im Takt mit seinem.

»Versprich mir, dass du abreist«, flüsterte sie. »Tu nur dieses eine Mal, worum ich dich bitte, und lauf weg.«

Wieder wurde ihm die Kehle eng, doch das ignorierte er. Er wollte sie nicht verlassen, wusste nicht, ob es sicher für sie war. Andererseits wäre sie in größerer Gefahr, solange er hier war. »Nur, wenn du mir versprichst, mich baldmöglichst zu jagen.«

Violet hob ihren Kopf und sah ihn verwundert an. Tränen glänzten in ihren Augen. »Ich werde dich jagen.«

Er küsste sie. »Dann sorge ich dafür, dass du mich findest.«

Mehr durfte er ihr vorerst nicht zugestehen.

7

*V*iolet musste ihr gesamtes Vertrauen und mehr aufbieten, um Payen gehen zu lassen. Sie hätte ihm jederzeit ihr Leben anvertraut, keine Frage, aber darauf zu bauen, dass er sich gestattete, sie zu lieben, war etwas gänzlich anderes.

Sie liebte ihn, und doch machte sein plötzliches Verschwinden vor fünf Jahren es ihr schwer, ihm abermals ihr Herz zu schenken. Es war durchaus denkbar, dass er an einen Ort floh, zu dem sie ihm nicht folgen konnte, und behauptete, es wäre zu ihrem eigenen Besten.

Seine Sachen waren bereits gepackt und nach London geschickt worden, wo er auf ein Schiff steigen und zum Kontinent übersetzen sollte. Sobald er in Sicherheit war, würden Henry, Eliza und Violet ebenfalls abreisen, um dem Skandal nicht länger ausgesetzt zu sein. Payen wollte sie in Italien treffen. Eliza wäre gewiss nicht einverstanden, aber Violet musste ihrem Herzen folgen.

Sie verabschiedeten sich in der Bibliothek, deren Glastüren zum Garten offen standen. Auch wenn sie keine direkten Nachbarn hatten, war es klüger, wenn Payen aus dem abgeschlossenen hinteren Gartenteil in die Luft aufstieg, wo ihn niemand sehen konnte. Wie eine riesige Fledermaus – ein Bild, aus dem Gerüchte geboren würden.

»Mir gefällt es nicht, feige zu fliehen«, sagte Payen. »Lieber würde ich bleiben und kämpfen.«

Henry klopfte ihm auf die Schulter. »Ich weiß, dass du uns beschützen willst, alter Knabe, aber wir waren uns einig, dass es für uns alle sicherer ist, wenn du fortgehst. Weder Eliza noch ich möchten miterleben, wie dir etwas zustößt, und du willst ebenso wenig, dass uns etwas passiert.« Sein Blick huschte zu Violet. »Oder jemand anderem.«

Violet errötete unter den wissenden Blicken ihrer Vormunde, vor allem jedoch errötete sie, weil Payen sie so ansah, wie sie es sich immer gewünscht hatte: wie eine Frau, die er nicht verlassen wollte.

»Halte dich fern von Villiers«, warnte Payen sie, als hätte sie nicht ohnehin genau das vor. »Er könnte denken, dass du weißt, wo ich bin, und dich benutzen, um an mich heranzukommen.«

Violet schluckte. Bis vor kurzem hätte sie Rupert solcher Verschlagenheit für unfähig gehalten. Sein Besuch indes hatte ihr gezeigt, dass er nicht der Mann war, den sie zu kennen glaubte.

Und das machte sie nachdenklich. Hatte Rupert oder jemand, der ihm nahestand, schon vorher von ihrer Verbindung zu Payen gewusst? War Payen der Grund, weshalb Rupert überhaupt um ihre Hand angehalten hatte? Welche ironische Fügung wäre das, wo Violet doch aus lauter Groll gegen Payen überhaupt erst Ruperts Werben angenommen hatte.

»Glaubst du wirklich, dass es sicherer ist, wenn du fort bist?« Auch wenn es ihre Idee gewesen war, kamen ihr Bedenken.

Payen nahm ihre kalten Hände in seine. »Ja. Villiers und der Orden würden ohne Zweifel versuchen, dich gegen mich zu benutzen, wenn ich bliebe.«

»Sagtest du nicht, von dem Orden wären nur noch wenige Mitglieder übrig?«

»Ich hörte, dass es hier und da in Europa noch kleine Gruppen gibt. Doch es braucht nur eine Person, um die alten Überzeugungen wieder aufleben zu lassen. Sagt nur einer, er hätte einen Templer-Vampir gefunden, bricht die Hölle los.«

»Was wollen sie von dir?«

»Rache, Macht. Rache für die Templer-Einmischung vor Jahrhunderten, und die Macht, von der sie denken, dass sie ihnen zusteht.«

Violet beobachtete, wie sich Payens braune Augen verdunkelten. Seine Züge waren angespannt, als er den Kopf hob und zur Tür blickte. Sie folgte seinem Blick, und wo eben noch niemand gewesen war, füllte nun eine Gestalt den Türrahmen aus. Genau genommen waren es mehrere Gestalten, aber die ganz vorn erregte Violets Aufmerksamkeit.

»Rupert.« Verdammt. Sie waren nicht schnell genug gewesen.

Ihr früherer Verlobter lächelte eisig. »Wollen Sie verreisen, Carr?«

Payen zuckte gelassen mit den Schultern, doch die Hand, mit der er Violets hielt, war alles andere als entspannt. »Ich habe erledigt, weshalb ich hergekommen war.«

»Ach ja.« Der junge Mann presste seine Hände zusammen und trat über die Schwelle. »Sie haben meine Hochzeit ruiniert.«

»Und es war mir eine Freude«, entgegnete Payen. »Violet verdient etwas Besseres als Sie.«

Rupert lachte. »Ich bin nicht sicher, ob der Vikar Ihnen da beipflichten würde.«

Payen erwiderte seinen Blick ruhig. Sein Gesicht war vollkommen ausdruckslos, verschlossen und – leer. So hatte Violet ihn noch nie gesehen. »Der Vikar mag in manchen Belangen unwissend sein. Das wahre Böse trägt allzu oft ein menschliches Antlitz.«

»Ja, das behaupten alle Monstren.« Rupert schüttelte den Kopf. »Wussten Sie übrigens, dass ich vor Ihrem Erscheinen hier keine Ahnung von der Geschichte der Silberhand hatte? Ich schulde Ihnen großen Dank, denn Sie haben eine bedeutende Bildungslücke bei mir geschlossen. Hätten Sie nicht so laut getönt, wäre ich in dem Glauben geblieben, dass Violet und Sie ein Liebespaar wären und weiter nichts. Stellen Sie sich meine Überraschung vor, als ich einigen Freunden im Orden von dem berichtete, was Sie sagten.«

Nun runzelte Payen die Stirn. Es war offensichtlich, dass er sich die Schuld an dem hier gab. »Fraglos waren sie allzu gern bereit, Sie aufzuklären.«

»Oh, ja, das waren sie.« Rupert kicherte. »Ich wollte die phantastische Geschichte kaum glauben, die sie mir erzählten. Ja, ich kam sogar gestern Abend her, um Sie darauf anzusprechen – und dann sah ich, wie Sie aus Violets Schlafzimmer kamen.« Er warf Violet einen verächtlichen Blick zu, der allerdings nicht halb so sehr schmerzte wie Elizas schockierter Gesichtsausdruck. »Ich sah Sie fliegen, und da wusste ich, dass meine Brüder recht hatten.«

Payens Miene verhärtete sich. Violet konnte beinahe

hören, wie er sich im Stillen für seine Unachtsamkeit verfluchte. Sie schlang die Finger um seine Faust, woraufhin er ihr einen Seitenblick zuwarf. Die Wärme in seinen Augen war alles, was sie brauchte.

»Was wollen Sie, Villiers?«, fragte Henry – der strenge, mutige Henry.

Rupert sah nur Payen an. »Den Blutgral. Wo ist er?«

Das war es also. Payen versuchte, Violet mit seinem Körper abzuschirmen. Die Silberhand wollte den Kelch des ewigen Lebens, die Essenz Liliths, der Dämonin und Mutter aller Vampire. Vermutlich wollte Villiers eine Kostprobe der Unsterblichkeit für sich.

»Ich weiß es nicht.« Das war nur halb gelogen. Er wusste, dass der Gral sich im Besitz jener Männer befand, die ihn den Templern an jenem schicksalhaften Oktobertag vor über sechshundert Jahren gestohlen hatten. Seither hatte Payen lediglich gehört, dass der Kelch in Sicherheit sei. Sein Freund Molyneux, ein junger französischer Priester, war von den wenigen noch verbliebenen Templern auserkoren worden, auf die Vampire und den Gral aufzupassen, und selbst er wusste nicht mehr als das Allernotwendigste. Payen jedenfalls würde dieser kleinen Missgeburt nicht erzählen, wer die Männer – Vampire – waren.

»Nun denn«, begann Villiers und richtete seine Pistole auf Payen. »Dann muss ich eben Sie stattdessen nehmen, Mr. Carr.«

Payen lachte. »Tatsächlich, kleiner Mann?«

Villiers wurde zornig. »Ich habe Silberkugeln in dieser Pistole.« Er nickte zu den Männern hinter sich. »Los!«

Payen machte sich bereit zum Kampf, nur gingen die Männer nicht auf ihn los. Sie packten Eliza und Henry, und als Payen ihnen zu Hilfe eilen wollte, richtete Villiers seine Waffe auf Violet. Zwei Männer eilten zu ihr, und er konnte ihre Furcht riechen, als sie sich zu beiden Seiten von Violet postierten.

Sie alle hatten Pistolen, deren Läufe sich auf ihn, seine Freunde und Violet richteten. Ein Schuss würde ihn verletzen, und außerdem war leider nicht einmal er schnell genug, um alle drei zu retten. Mindestens einer von ihnen würde sterben.

Gott stehe ihm bei, doch er würde Violet retten, wenn er konnte, selbst wenn er seine Freunde dafür opfern musste.

Es gab einen Knall. Payen wich nach links aus und fühlte, wie heißes Metall an ihm vorbeipfiff. Der Geruch verriet ihm, dass es eine Silberkugel gewesen war. Villiers hatte die Wahrheit gesagt. Silber konnte tödlich für einen Vampir sein, wenn die Kugel in seinen Kopf oder sein Herz drang.

Villiers grinste. »Betrachten Sie es als Warnschuss. Kommen Sie friedlich mit, Carr, oder muss ich die Netze holen?« Hinter ihm hielt ein Mann ein großes Silbergeflecht hoch.

Himmelherrgott.

»Wir möchten Lord und Lady Wolfram oder Miss Wynston-Jones nicht verletzen«, sagte Villiers. »Aber wir werden es tun, wenn Sie nicht kooperieren.«

»Gütiger Gott, Mann!«, rief Henry. »Was zum Teufel tun Sie denn? Hierfür werden Sie hängen!«

Tatsächlich schien Villiers für einen Moment zu zögern. »Nicht, wenn sie mich nicht erwischen, Mylord. Was sagen Sie, Vampir?«

Payen sah zu seinen Freunden. Eliza und Henry waren blass, während Pistolenläufe an ihre Schläfen gedrückt wurden. Violet beobachtete ihn mit riesigen Augen, die ihn anflehten, nicht nachzugeben.

Um ihrer Sicherheit willen wandte er sich wieder zu Villiers und seufzte. »Ich komme freiwillig mit.«

»Nein!«, schrie Violet und griff nach ihm, doch Payen wich ihr aus. Sein Herz war schwer von einem Schmerz, den er nicht einordnen konnte, aber er wusste, dass er das Richtige tat. Hiermit wäre Violet auf immer sicher. Sobald sie aus dem Haus waren, konnte er zu fliehen versuchen und Villiers umbringen, aber er durfte nicht riskieren, dass die Menschen zu Schaden kamen, die er liebte.

Er hätte ahnen müssen, dass Violet es so nicht enden lassen würde, hätte sich denken können, dass ihre Liebe über jede Vernunft siegte. Es hätte ihm klar sein müssen, dass sie nicht ruhig mitansehen würde, wie er fortging, nachdem er ihr geschworen hatte, es nicht zu tun.

Eilig schritt er auf Villiers zu. Die Pistole, die der Mann auf ihn richtete, zitterte kaum. Oh, ja, der Orden hatte ein würdiges Mitglied in ihm gefunden. »Was haben die Ihnen versprochen?«, fragte er.

Villiers lächelte. »Geld, Macht, alles.«

»Womit Sie Violet immer noch nicht hätten.«

Tatsächlich schwand Villiers Freude für einen kurzen Augenblick. »Ich werde eine bessere Ehefrau finden als diese fette Vampirdirne.«

Payen hätte ihm die Kehle aufgerissen, hätte er nicht an der Stimme des jungen Mannes erkannt, dass es Gekränktheit war, die aus ihm sprach. Stattdessen lächelte er und registrierte kaum, dass jemand ihm eine Handfessel anlegte. So wie sie brannte, musste es sich gleichfalls um Silber handeln. »Es muss Sie schier umbringen zu wissen, dass ich Ihnen zuvorgekommen bin und sie seither wieder hatte.«

Villiers biss die Zähne zusammen. »Sie haben sie ruiniert, und das auf jede erdenkliche Weise.« Er hob seine Pistole. »Vielleicht sollte ich Sie einfach töten – und Violet mit dem Bild Ihrer hübschen Visage, die überall auf der Salonwand verspritzt ist, leben lassen.«

Payen fürchtete den Tod nicht, er wollte aber nicht, dass Violet es sah. »Das würde Ihren Anführern nicht gefallen.«

»Seien Sie sich nicht zu sicher. Ich wäre der Erste seit Jahrhunderten im Orden, der einen Vampir getötet hat. Sicher dürfte auch Ihr Blut sehr nützlich für unsere Experimente sein.«

Payen sah ihm in die Augen. »Und mich nennen Sie ein Monster.«

Villiers zog den Hammer der Pistole mit einem Blick zurück, der Payens Schicksal zu besiegeln schien. Dieser kleine Junge war zu aufgeregt vor lauter Machtgefühl, Furcht und Wichtigtuerei. Er würde abdrücken.

Und dann wurde Payen gestoßen. Er stolperte ein paar Schritte vor und prallte gegen Villiers. Etwas riss an seinem Arm, als der Mann, der dabei war, ihn zu fesseln, die Eisen losließ, und ein lauter Knall dröhnte in seinem Ohr. Villiers hatte abgedrückt.

Eliza schrie auf, dann blieb die Zeit stehen. Payen roch und schmeckte Blut in der Luft. Er hatte gehört, wie die Kugel auf Haut traf, gefolgt von einem würgenden Gurgeln und dem Rascheln von Stoff, als ein Körper mit einem dumpfen Aufprall zu Boden fiel. Er drehte sich um und sah sie.

Seine Violet lag am Boden. Blut pulsierte aus einer klaffenden Wunde an ihrem Hals. Hatte sie versucht, ihn aus der Schussbahn zu stoßen?

Neben ihm stieß Villiers vor Schreck einen stummen Schrei aus. Der Idiot zitterte wie Espenlaub, so dass es ein Leichtes gewesen wäre, ihm gleich hier die Gurgel herauszureißen und zuzusehen, wie er starb.

Doch der Anblick von Violet, deren Augen erstarben, hinderte Payen daran. Er rannte zu ihr, fiel neben ihr auf die Knie. Das Haus erbebte unter seinem zornigen Brüllen. Aus dem Augenwinkel sah er, wie Villiers und seine Männer flohen, doch das kümmerte ihn nicht.

Er würde sie später ausfindig machen.

Eine Blutlache bildete sich unter Violet, tränkte ihr Haar und den Stoff ihres Kleides. Schreckliche Röchellaute kamen aus ihrer Kehle, während sie die Lippen bewegte.

»Nicht reden«, sagte Payen zu ihr, als er begriff, was sie wollte. »Mein Gott, Vi, nicht reden.«

Eliza und Henry waren neben ihm und brachen beide in Tränen aus, als sie erkannten, wie schwer ihr Mündel verletzt war. Sie konnten nichts tun. Violet würde sterben.

»Nein«, flüsterte Payen. Das durfte nicht geschehen. Eine Welt ohne Violet wäre grau und leblos, genau wie die Fotografie, die Lady Verge ihm gezeigt hatte. Es gäbe keine Musik, kein Vergnügen, kein Lachen ohne Violet. Allein die Vorstellung, sie nie wieder zu sehen, nie wieder in den Armen zu halten, traf ihn wie eine Kanonenkugel in die Brust.

Und er wusste mit absoluter Gewissheit und ohne jedwede Scham, dass er nicht in einer Welt leben konnte, in der es keine Violet gab.

Er liebte sie.

Deshalb blickte er die Frau, die er liebte, an und sagte, ohne Elizas und Henrys Anwesenheit zu beachten: »Ich werde dich jagen, Violet Wynston-Jones.«

Ihre bereits matten Augen wurden für einen Sekundenbruchteil heller, als sie begriff, und sie nickte. Die Geste war so schwach, dass es einem weniger aufmerksamen Beobachter entgangen wäre. Nicht hingegen Payen.

Er hörte, wie ihr Herz langsamer wurde. Es blieb wenig Zeit, deshalb neigte Payen den Kopf zu der Halswunde, wo das Silber ihre Haut zerfetzt hatte, und trank. Er wollte ihr keinen zusätzlichen Schmerz bereiten, nahm nur so viel, wie er brauchte, während Eliza und Henry ihn verfluchten und zu wissen verlangten, was diese Respektlosigkeit bedeuten sollte.

Doch er beachtete sie nicht und bat auch nicht um ihre Erlaubnis, als er seinen Kopf wieder hob, sich ins Handgelenk biss und sein Blut Violet anbot. Zuerst sog sie zaghaft und schwach an ihm, wurde dann aber mit jedem Zug stärker.

Er ließ sie trinken, so viel sie wollte. Ihm wurde schon leicht schwindlig, aber er musste sicher sein, dass sie genug bekam.

Schließlich richtete er sich halb auf. Unter Elizas und Henrys entsetzten Blicken nahm er hastig seine Krawatte ab und band sie um Violets Hals, um die Blutung zu stillen.

»Mein Gott, Mann«, rief Henry ungläubig. »Was hast du getan?«

Payen drehte sich erschöpft zu seinem Freund um. »Ich hoffe, dass ich die Frau gerettet habe, die ich liebe.«

8

$\mathcal{D}$ ie Trauung fand zwei Abende später um acht Uhr an Bord eines Schiffes nach Frankreich statt. Die Braut trug Flieder – die Lieblingsfarbe des Bräutigams – anstelle von Weiß. Und der Bräutigam steckte ihr einen Ring an, den vor fast achthundert Jahren eine andere Carr-Braut getragen hatte: seine Mutter.

»Wollen Sie diese Frau zu Ihrer Gemahlin nehmen?«, fragte der Kapitän.

Da er seinen Schwur gegenüber den Templern gebrochen hatte, fand Payen es nur richtig, den wichtigsten Schwur seines Lebens gegenüber Violet abzulegen, der Frau, die er zum Vampir gewandelt hatte.

Der Frau, die ihn niemals entkommen ließe, selbst wenn er wollte.

Er lächelte ihr zu, wobei er nur ein klein wenig von seinen Reißzähnen entblößte. »Ja, ich will.«

Henry und Eliza waren Trauzeugen. Keiner der beiden hatte ihm bisher ganz vergeben, dass er ihr Mündel gewandelt und zu einem Leben in ewiger Dunkelheit verdammt hatte, doch sie konnten auch ihre Freude nicht verhehlen, Violet noch bei sich zu haben.

»Hiermit erkläre ich euch zu Mann und Frau.«

Violet sprang ihm buchstäblich in die Arme. Wie sehr er es genoss, sie halten zu können, ohne Angst zu haben, dass er sie zerbrach. Er liebte ihre Kraft und ihre Weichheit, jeden Millimeter von ihr. Er liebte sie.

Rupert Villiers hatte England noch in der Nacht des Überfalls verlassen. Keiner schien zu wissen, wohin er geflohen war, und fürs Erste war es Payen recht so. Wenn Violet sich an ihr neues Leben gewöhnt und ihre gemeinsame Existenz in ruhigere Bahnen gefunden hatte, würde er die Jagd nach dem kleinen Mistkerl aufnehmen. Aber darüber wollte er nicht in seiner Hochzeitsnacht nachdenken.

Sie aßen ein leichtes Dinner mit Henry und Eliza, bevor sie sich in ihre Kabinen zurückzogen. Payen war dankbar, mit Violet allein zu sein.

»Ich hätte Elizas vorwurfsvolle Blicke keine Minute länger ertragen.«

Violet lachte und kehrte ihm den Rücken zu. »Sie wird es schon noch verwinden. Knöpfst du mir bitte das Kleid auf?«

Er küsste ihren Nacken. »Mit Vergnügen.«

»Bereust du es?«, fragte sie, während er die winzigen Perlknöpfe auf ihrem Rücken löste. Er konnte es gar nicht erwarten, sie nackt vor sich zu haben.

Nachdem er die Knöpfe geöffnet hatte, drehte er Violet zu sich, damit sie ihn ansehen und erkennen konnte, dass er es ehrlich meinte. »Ich bereue, dich vor fünf Jahren verlassen zu haben. Aber ich könnte niemals bereuen, jetzt bei dir zu sein.«

»Sicher?«

Ihre Unsicherheit war neu. Zweifelte sie an seinen Gründen, sie zu verwandeln? »Dass ich Lady Verges Porzellanteller zerschnitten habe, bedaure ich mehr.«

Sie staunte. »Du hast einen Teller durchgeschnitten?«

»Als ich von deiner Verlobung erfuhr, ja.«

Sie lachte so bezaubernd, dass es ihm gar nichts ausmachte, den peinlichen Vorfall zu erwähnen. »Es gibt vieles in meinem Leben, das ich bereue, Violet Wynston-Jones Carr, aber dich zu lieben zählt nicht dazu.«

»Du liebst mich?«

Er umfing ihr Gesicht mit beiden Händen. »Natürlich liebe ich dich. Und ich bin ein Esel, dass ich es dir nicht schon längst gezeigt habe. Du bist die Farbe in meiner Welt, Violet. Mit dir wird jede Nacht heller.«

Tränen hingen in ihren braunen Wimpern, als sie lächelte. »Ich wusste, dass du mich liebst, aber nach dem, was passiert ist« – nach wie vor konnte sie nicht über den Überfall reden –, »dachte ich, dass du es vielleicht getan hast, weil du dich schuldig fühltest.«

»Nein, meine Gründe waren ganz und gar eigennützige«, antwortete Payen, der das Kleid von ihren Schultern schob, so dass es zu Boden glitt und sich um ihre Füße bauschte. »Weil ich dich für immer bei mir haben wollte.«

Sie schlang ihre langen, starken Arme um ihn. »Dann rennst du nicht mehr davon?«

»Oh, nein, gewiss nicht. Und solltest du auf die Idee kommen, meine Liebste, jage ich dich. Wo du auch hingehst, ich finde dich.«

Violet lächelte. »Und ich finde dich.«

Payen hätte sie auf der Stelle geliebt, mitten in der Kabine auf dem Schiff, das unter ihnen schaukelte, aber seine Ehefrau verdiente es, ihre Hochzeitsnacht in einem Bett zu verbringen, und genau dorthin trug er sie, sobald er sie vollständig entkleidet hatte.

Sie lag unter ihm, Arme und Beine ausgebreitet wie eine heidnische Gabe an die Götter. Eine Gabe an ihn.

Er umfing ihre runden Brüste mit beiden Händen und rieb die Spitzen sanft mit den Daumen. Violet seufzte vor Wonne, legte ihre Hände auf seine, und dieser Anblick allein fuhr ihm direkt in die Lenden, wo sein bereits pochendes Glied aufragte. Ihre Brustknospen waren so empfindlich, so unglaublich empfänglich für seine Liebkosungen. Payen nahm eine in den Mund, streichelte sie mit der Zunge und biss sanft hinein. Violet wand sich unter ihm, bog ihm die Hüften entgegen. Er nahm ihre stumme Einladung an, sank zwischen ihre Schenkel und drückte sein Glied gegen ihre feuchten, heißen Schamlippen.

Er liebte es, sie zu fühlen, sie zu schmecken und ihre Wonnelaute zu hören. Ihr Duft, ihre Hitze und ihre süße, köstliche Weiblichkeit verzauberten ihn.

Er sog an ihrer Brustspitze, bis sie dunkel und hart war und Violet an seinem Haar zog. Dann widmete er sich der anderen Brust. Als sie ihr Geschlecht an seinem rieb, ungeduldig darauf wartend, dass er in sie eindrang, wusste er, dass es Zeit für den nächsten Schritt war.

Er rutschte tiefer, küsste die unteren Wölbungen ihres Busens, ihren Brustkorb, tauchte mit seiner Zungenspitze in ihren Nabel ein und neckte ihren weichen, runden Bauch mit seinem rauhen Kinn. Sie erschauerte unter dem Reiben seiner Bartstoppeln, hielt den Atem an, als er sie mit seinen Reißzähnen streifte.

Bald kniete er zwischen ihren Beinen, und Violet klammerte sich mit beiden Händen an seine Schultern. Das warme, salzige Aroma ihrer Erregung umfing ihn und flutete ihn mit einem Verlangen, das zu bändigen er seine gesamte Willenskraft aufbieten musste.

Zärtlich öffnete er ihre Schamlippen. Der erste Zungenstrich war nur ein kurzes Streicheln, reichte aber aus, dass sie die Hüften anhob. Der zweite war schon fester, zielstrebiger. Violet stöhnte, grub die Fersen in die Matratze und bewegte sich ihm entgegen. Payen leckte wieder, drückte den Mund tiefer an ihre Scham, damit er sie mit Lippen und Zunge verwöhnen konnte.

Er strich über die kleine Knospe vorn zwischen ihren Schamlippen, bis Violet geradezu schluchzte vor Wonne. Dann glitt er mit zwei Fingern in sie hinein und krümmte sie leicht, um den kleinen Damm tief in ihr zu reiben. Violets Hüften hoben sich, während ihr Stöhnen lauter wurde. Dann presste Payen die Lippen gegen die zarte Haut ihres Schenkels und biss zu.

Ihr Höhepunkt war so heftig, dass sie seine Finger mit ihrem Nektar überflutete, während sich ihre Muskeln wie eine Schraubzwinge um ihn zusammenzogen. Ihre Schreie hallten durch die Kabine, und Payen kam nicht umhin, einen gewissen Stolz zu empfinden, denn irgendjemand von der Besatzung hörte es sicherlich und bewunderte seine Fertigkeit. Immerhin strebte jeder Mann, der dieser Bezeichnung würdig war, danach, eine Frau vor Wonne zum Schreien zu bringen.

Payens Selbstzufriedenheit war indes nicht von Dauer, denn im nächsten Moment lag er auf dem Rücken und Violet hockte rittlings auf ihm. Sie senkte sich auf sein schmerzlich erregtes Glied und wiegte sich mit einer solchen Leidenschaft auf ihm, dass die Laken zerrissen, weil er die Hände zu fest hineinkrallte. Und dann war es an ihm, zu brüllen, als er mit Violet zusammen zum Höhepunkt kam. Das Beben war kaum verebbt, da neigte Violet sich zu ihm, damit sie ihre Zähne in seine Schulter und er seine in ihre versenken konnte. Erregungsschauer durchfuhren sie, während sie voneinander tranken.

»Das war nett«, sagte sie hinterher, als sie sich auf den zerrissenen Laken an ihn schmiegte.

Payen lachte. »Nett? Weib, du bist noch mein Tod.«

Sie stützte sich auf einen Ellbogen auf, so dass ihr langes braunes Haar über ihre Schulter und auf seine Brust fiel. »Dein Tod? Wohl kaum. Ich glaube, ich bin dein Leben, Payen Carr.«

Dem musste er zustimmen, trotzdem neckte er sie. »Ich habe schon Jahrhunderte vor dir gelebt, du keckes kleines Ding.«

»Du hast existiert«, korrigierte sie arrogant. »Gelebt hast du bis zur ersten Nacht mit mir nicht. Gib es zu! Deshalb bist du weggelaufen.«

Er sah sie erstaunt an. Es gelang ihr immer wieder, ihn zu verblüffen. Mit einem Finger malte er die sanfte Kurve ihrer Wange nach. »Du hast recht. Und ich wäre beinahe gestorben, als ich dachte, ich verliere dich. Ich wäre dir in den Tod gefolgt, Violet. Ich war so dumm, es nicht eher zu erkennen, aber ich hätte mein Leben beendet, um dich im nächsten zu suchen.«

Tränen liefen ihr über die Wange, und auch Payens Augen brannten verdächtig.

»Du musst dich nicht von den Templern abwenden«, sagte sie. »Ich stelle mich dir nicht in den Weg, wenn du die Versprechen erfüllen willst, die du ihnen gegeben hast.«

Er zog sie an sich und küsste sie. »Ich liebe dich.«

Violet öffnete den Mund, doch er brachte sie mit seinem Kuss zum Schweigen. Sie musste nicht sagen, dass sie ihn liebte, denn er fühlte es, genauso wie er fühlte, dass er durchaus sein Versprechen gegenüber den Templern halten konnte. Ja, er hatte es sogar fest vor. Aber jene Schwüre kamen weit hinter denen, die er seiner Ehefrau gab.

Nachwort

Mein Mann sagt, ich hätte den besten Job der Welt. Das Einzige, was noch besser wäre, als sich für das bezahlen zu lassen, was man gern tut, wäre, wenn Avon Books beschließt, seine Autorinnen künftig von Hugh Jackmann, Gerard Butler oder John Cusack mit Schokolade füttern zu lassen, während sie schreiben. Nur würde mein Mann dann wohl nicht mehr so viel von meinem Job halten. Deshalb lasse ich mich von ihm mit Schokolade füttern und freue mich weiterhin über den besten Job – und den besten Ehemann – der Welt.

Über die Autorin

Kathryn Smith entdeckte ihre Leidenschaft für Bücher im Alter von zehn Jahren, als sie die Romane von Kathleen E. Woodiwiss las, der Pionierin im Bereich historischer Liebesromane. Sie studierte Literaturwissenschaft und begann nach einer kurzen Tätigkeit als Journalistin mit dem Schreiben von Liebesromanen. Mittlerweile hat sie zahlreiche Bestseller in Amerika veröffentlicht, die in viele andere Sprachen übersetzt wurden. Kathryn Smith lebt mit ihrem Ehemann in Connecticut.

Weitere Informationen zur Autorin unter: www.kathryn-smith.com

Romane von Kathryn Smith

Die Schattenritter

1. Unsterbliches Verlangen
2. Kuss der Dunkelheit
3. Salon der Lüste
4. Leidenschaft der Nacht
5. Ewige Versuchung

Tochter der Träume

1. Tochter der Träume
2. Wächterin der Träume